PIOGGIA COLOR RUGGINE

WRACK AND RUIN

LIBRO 1

OTTO SCHAFER

SOUND EYE PRESS

Tutti i personaggi e gli eventi descritti in questa pubblicazione sono fittizi; ogni eventuale somiglianza con persone reali, vive o morte, è puramente casuale.

Pubblicato nel 2023

ISBN 979-8-9860760-7-2 (copertina rigida)
ISBN 979-8-9860760-6-5 (copertina flessibile)
ISBN 979-8-9860760-5-8 (ebook)

Progetto grafico e illustrazioni di Rafido @99Designs
Editing a cura di The Blue Garret
Traduzione a cura di Marcello Boni
Revisione a cura di Elisa Comito

Sound Eye Press

www.ottoschafer.com

Per coloro che accumulano provviste, preparandosi per il giorno in cui i morti si rifiuteranno di morire. Sappiamo cosa sta per succedere.

INDICE

CAPITOLO 1
UN BRUTTO PRESENTIMENTO

ZOE allungò la mano e schiacciò il pulsante snooze sull'iPhone. Non voleva svegliarsi. Non voleva andare a lezione. Tutto ciò che desiderava era restare al caldo sotto le coperte, chiudere gli occhi e ritornare a dormire.

«È già suonata la sveglia?» chiese Oliver, stirandosi e sbadigliando mentre si girava verso di lei.

La sera prima erano rimasti svegli fino a tardi a discutere della solita questione, che finiva sempre nello stesso modo. Ma stavolta era stata più dura delle altre: lei era rimasta sveglia per un'ora dopo la fine del litigio. Non poteva permettersi notti così, non a quel punto del semestre.

«Sì. Meglio che ti alzi o farai tardi», rispose con voce piatta, disattivando la sveglia con un dito mentre la luce del telefono illuminava il profilo barbuto di Oliver.

«Sei ancora arrabbiata?» domandò lui.

Lei si voltò dall'altra parte. «No, Oliver, non sono arrabbiata. Sono solo... stanca.»

«Siamo rimasti svegli fino a tardi», osservò lui, avvicinandosi per baciarle il collo.

Zoe si scostò bruscamente, tirando via la coperta. Il gelo

della stanza la investì appena scesa dal letto. "Come riescono gli uomini a fare sempre la domanda più stupida, nel momento peggiore?", si chiese. Davvero Oliver pensava che lei potesse mettersi a dormire al culmine di una lite in cui gli aveva tolto la parola per la rabbia e poi, grazie a pochi scampoli di sonno, svegliarsi giuliva e affettuosa, come se niente fosse successo?

Avevano avuto tanti litigi, ma stavolta finalmente gli aveva detto chiaro e tondo che non credeva facesse tardi per lavoro. Perché lui non riusciva semplicemente a dirle la verità? Era difficile pensare che la ditta di nettezza urbana gli facesse fare così tanti giri extra da tenerlo fuori fino a tarda sera, molte ore oltre il normale. E, per quanto fosse presa dagli studi di infermieristica e dai turni in ospedale, non significava che non fosse capace di intuire che lui stava nascondendo qualcosa. Per l'amor del cielo, avevano telecamere puntate su tutta la casa! Ma ogni volta che lo incalzava lui si rifugiava in scuse raffazzonate, prive di logica. Non solo: non era più se stesso. E quando lei glielo aveva fatto notare, lui era diventato sfuggente, sulla difensiva.

Sentì il letto muoversi alle sue spalle. Oliver si schiarì la gola. «Sono solo le cinque, non devi alzarti ancora. Perché non ti rimetti giù? Magari riesci a dormire un altro po', prima di andare a lezione.»

«No. Devo studiare.» Era esattamente quello che avrebbe dovuto fare la sera prima.

«Va bene», disse lui. «Non dimenticare che oggi abbiamo deciso di prenderci la serata tutta per noi. È previsto tempo freddo, l'ideale per accendere un bel fuocherello.»

«Sì», rispose lei con voce piatta, sistemando il reggiseno prima di infilarsi la maglietta.

«Potremmo proiettare un film sul muro della legnaia,

come l'ultima volta, che ne dici? Ah, e non dimenticare che domani viene l'imprenditore per il patio! Ha detto che ci serve il permesso di costruire. Ho controllato: il tribunale di Bloomridge apre alle otto. Ti andrebbe di...»

«Sì, Ollie», lo interruppe Zoe con un sospiro. «Già immaginavo che avresti avuto tanto lavoro da sbrigare fino a tardi... con tutti i giri extra che vi hanno assegnato, giusto?»

«Io... beh... sì... È solo che tanto sarai già a Bloomridge e...»

«Ci penso io prima di andare a lezione.»

«Grazie, tesoro! Tornerò a casa il prima possibile.»

Lei sapeva che mentiva ma non era in vena di discutere. Tanto lui avrebbe negato.

Due ore dopo, Zoe si mise al volante della sua Xterra, posò la tazza di caffè nel portabicchieri e fece manovra per uscire dal vialetto.

La sua routine del mattino consisteva nell'ascoltare Shakespeare durante i trenta minuti di tragitto verso l'università. Non c'entrava nulla con gli studi di medicina, ma le opere teatrali del drammaturgo inglese la affascinavano e, per quanto potesse sembrare strano, la aiutavano a concentrarsi meglio sulla lezione di fisiologia avanzata. In quel periodo il suo dramma preferito era *Amleto*.

Quella mattina aveva messo su una delle scene che amava di più, quella del teschio tra Amleto e il becchino. «Ahimè, povero Yorick! L'ho conosciuto, Orazio...»

Ma dopo la lite con Oliver della notte precedente, non riusciva a concentrarsi. Spense l'audiolibro con un sospiro. «C'è qualcosa di marcio in Danimarca», mormorò tra sé. Poi disse al telefono: «Chiama Alexis».

Al terzo squillo, rispose una voce femminile. «Ehi, ciaaaooooo bella!»

«Gesù, Alexis... che ti prende? Devi proprio essere tanto allegra?»

«Vaffanculo, stronzettaaa! Cos'è che ti ha fatto incazzare? Aspetta! Fammi indovinare: inizia con la O e finisce con *bastardo*?»

«Abbiamo litigato di brutto ieri sera. Ti giuro, Alexis, sono certa che mi tradisce!»

«Non ti tradisce! Jason era un traditore, ed è per quello che ho lasciato quel coglione. Ma Oliver? Oliver non lo farebbe mai.»

Zoe avrebbe voluto crederci con tutto il cuore ma qualcosa le diceva che lui aveva una relazione. Tornava a casa sempre più tardi e non parlava. Doveva esserci un'altra donna. Probabilmente si scopava qualche puttana lungo il giro di raccolta rifiuti. No, impossibile... Sam gliel'avrebbe detto se fosse successo qualcosa del genere. Allora chi? Qualcuna dell'ufficio movimento mezzi?

«Mi stai ascoltando?» disse Alexis dall'altro capo.

«Scusa... cosa?»

«Ti dico che devi parlargli. Parlare sul serio... senza muovere accuse, senza urlare. Lo ami, giusto?»

«Certo. Ma penso che ormai sia troppo tardi per sistemare le cose.»

La verità era che, dopo otto anni di matrimonio e tutte le difficoltà affrontate, Zoe non sapeva più se lo amava davvero. Qualcosa dentro di lei, però, non era pronta ad ammetterlo. Non ad alta voce.

«Ma smettila! Non siete arrivati a quel punto. Jason e io abbiamo oltrepassato la fase del dialogo riappacificatore la terza volta che lui ha infilato il cazzo in una troietta. Ma voi due avete ancora una possibilità. Però *dovete* parlarne sul serio. Digli come ti senti, come ti senti davvero, senza colpevolizzarlo. Poi chiedigli come si sente lui.»

Zoe inserì la freccia, svoltò sulla Route 9 e bevve un sorso di caffè. Un'ondata d'ansia le attanagliò lo stomaco e i palmi delle mani iniziarono a sudarle. Se davvero lui la tradiva, sarebbe stato un punto di non ritorno.

«Ci sei ancora?»

«Sì, scusa. Forse hai ragione. Oggi passeremo la serata insieme. Dopo il turno in ospedale, abbiamo programmato di ritrovarci davanti al fuoco ad arrostire marshmallow e proiettare un film.»

«Ecco, è perfetto! E certo che ho ragione. Parlagli.»

CAPITOLO 2
SEGRETI E LINGERIE

DALL'ORIZZONTE UNA LUCE soffusa cominciava a rischiarare le strade di River City.

Attraverso il parabrezza del vecchio autocompattatore Mack, Oliver osservava i lampioni spegnersi, uno dopo l'altro. Ombre grigie prendevano il posto del bagliore artificiale in quel momento sospeso tra la fine della notte e l'inizio di un nuovo giorno.

L'autunno in Illinois era la sua stagione preferita. Dopo un'estate rovente, l'aria fresca era un sollievo. Le prime ore del mattino diventavano sempre più fredde col passare dei giorni, ma più tardi avrebbe comunque tolto la felpa grigia con il cappuccio. Fuori, il verde del fogliame aveva lasciato spazio a un mosaico di tonalità arancio bruciato, rosso rubino, marrone con sfumature di cioccolato fondente. Amava quella stagione ma presto le foglie sarebbero cadute, segnando l'avvio dei turni straordinari per la raccolta.

Alla River City Disposal lo stipendio era fisso: che uno se la prendesse comoda restando fuori per l'intera giornata, o si facesse in quattro per finire il giro in un lampo, la paga non cambiava. Diverso era il discorso per il lavoro straordinario di raccolta delle foglie, che veniva pagato a ore. Finito il giro normale e scaricata la spazzatura alla stazione di trasferimento, iniziava il turno extra. Si usciva di nuovo con il camion per caricare sacchi su sacchi di foglie.

Il compenso non era un granché ma per la verità a Oliver non interessava. La raccolta del fogliame era facoltativa e non aveva alcuna intenzione di parteciparvi. Se avesse giocato bene le sue carte, tuttavia, avrebbe potuto dire a Zoe di essersi offerto volontario per lavorare fino a un'ora più tarda di quella a cui le aveva fatto credere che finisse il suo turno, prolungando un altro po' la farsa.

Sorrise tra sé, sapendo che gli serviva una buona scusa per ritardare il rientro a casa e la raccolta delle foglie sarebbe stata l'alibi ideale. Non vedeva l'ora che iniziassero a cadere!

Afferrò la manopola di legno consumata fissata al volante e sterzò, immettendosi in un vicolo. Si arrestò di colpo, mise in folle e tirò il freno pneumatico con un gesto rapido e rodato, già ripetuto centinaia di volte quel giorno. La mano gli scivolò istintivamente verso la maniglia della portiera. "Due bidoni", pensò, esitando. Dopo aver coperto tutto il giro praticamente da solo il giorno prima, sentiva la spalla più rigida del solito; la muoveva a fatica. Anche nei giorni migliori, la vecchia ferita non gli permetteva di dimenticare quanto fosse stato vicino alla morte, quanto poco fosse mancato perché quel proiettile gli portasse via tutto. Scacciò il ricordo. Erano passati solo venti minuti da quando aveva preso l'ibuprofene, probabilmente troppo poco per sentire il suo magico effetto...

"Beh, al diavolo!" pensò, sollevando il chiavistello e aprendo la portiera con una spallata. Saltò dal sedile alla strada, ignorando il gradino. Corse fino al retro del camion rosso e bianco e afferrò la seconda pattumiera sul marciapiede, una Rubbermaid blu. La sua aiutante, Sam, aveva già aperto i coperchi di entrambi i bidoni appena scesa dal furgone. Oliver si caricò il contenitore sulla schiena, lo portò verso la tramoggia del camion e lo svuotò con un colpo deciso.

«Sono solo due bidoni, Ollie! Stavolta non avevo bisogno del tuo aiuto», lo rimproverò Sam.

Oliver lasciò ricadere il bidone ormai svuotato, lo riportò sul marciapiede e replicò:

«Lo so, ma voglio raccontarti una cosa assurda successa ieri.»

«Va bene, ma faremo tardi sulla tabella di marcia. E mi sento già in colpa per averti dato buca ieri!» disse lei, richiudendo i coperchi.

«Prima di tutto, non mi hai piantato in asso: eri malata, e lo capisco. Secondo, oggi il giro è più leggero del solito e, se finiamo troppo presto, dovremo nasconderci almeno fino alle dieci. Hai visto cos'è successo a Dusty e Ray Ray?»

«Sì, e avevo detto a quell'idiota di Dusty di non tornare in centrale alle otto del mattino. Non mi ha ascoltato e, come previsto, i capi gli hanno allungato il giro di servizio di tre ore. Adesso devono fare un viaggio in più alla stazione di trasferimento, perché un solo carico non basta per tutto il percorso», concluse Sam, scuotendo la testa. «Beh, se la sono cercata!»

«È quello che si meritano, ma a noi non succederà, quindi non c'è bisogno di finire a tempo record oggi. Oh, e terzo, non sono arrabbiato perché non sei venuta, però non pensare nemmeno per un secondo che ti risparmierò il racconto della giornataccia che ho avuto ieri solo perché ti senti in colpa per non esserti presentata.»

Oliver si chinò, raccolse un piatto di carta da terra e lo lanciò nel contenitore come un frisbee.

«Tra l'altro, è stata la cosa più assurda che abbia mai visto e, se ieri tu fossi venuta al lavoro, mi sarei perso la storia più folle della mia vita!» disse, schioccando le nocche.

Sam socchiuse gli occhi.

«Ti rendi conto che stai creando una tale aspettativa che al confronto la storia in sé non potrà che essere deludente?»

Oliver sorrise.

«Oh, mia cara Sam, sbagli di grosso!»

«Beh, togliti quel sorriso da stronzetto dalla faccia e continua, bello!»

Oliver prese fiato, con aria teatrale.

«Hai presente quella casa in Melody Court? C'è sempre un bidone verde pieno, ma la proprietaria tende a...»

«...tende a dimenticarsi di portare fuori la spazzatura fino all'ultimo secondo», intervenne lei, finendo la frase. Con un sorriso malizioso aggiunse: «Beh, fa finta di dimenticarsene.»

«Aspetta, cosa intendi con "fa finta"?» chiese Oliver.

«Ollie, su, sei proprio un coglioncello! Come hai fatto a sposarti? Aspetta, fammi indovinare: eri in un bar... no, in un club, ma non stavi ballando, semplicemente ciondolando in giro. Probabilmente con alcuni amici, giusto? Zoe stava ballando con le sue amiche. Esce dalla pista, ti sorride e tu le offri da bere. Lei ti schiaffeggia, ti afferra per il colletto e ti bacia appassionatamente. Poi ti chiede di sposarla.»

Sam sorrise e alzò le spalle.

«Beh? Dimmi che mi sbaglio, forza!»

Oliver fece una smorfia.

«Ma sei fuori? Sì, ti sbagli di grosso. Per tua informazione, ci siamo conosciuti a una serata karaoke. Sono stato io a chiederle di sposarmi! E poi perché avrebbe dovuto schiaffeggiarmi...»

Scosse la testa, scacciando il pensiero.

«Non importa. Cosa c'entra questo con la signora di Melody Court?»

Sam girò attorno al camion e spinse entrambe le maniglie idrauliche verso l'interno. La lama della tramoggia si aprì e il pannello del compattatore entrò in azione. «Che tristezza!» disse urlando per farsi sentire nonostante il rumore della presa di forza e il rombo del motore del camion. «Ok, te lo spiego in modo che il tuo cervello maschile possa afferrare il concetto. Le piace correre fuori in vestaglia... una vestaglia troppo corta e troppo discinta.»

Sbattendo ripetutamente gli occhi verdi, piegò le labbra a formare un cuoricino e lanciò a Oliver uno sguardo seducente. Con voce roca e sensuale disse: «Oh, mi dispiace tanto, stava per sfuggirmi... Grazie per avermi aspettato!»

Sorrise timidamente e sbatté di nuovo le ciglia.

Oliver aggrottò la fronte.

Sospirando, Sam abbandonò il sorrisetto e tornò a essere... Sam. «È ovvio che la pollastrella ci sta provando!»

Oliver si accigliò. «Non ricordo che mi abbia mai detto niente del genere.»

La lama raggiunse il sigillo della tramoggia e si fermò. Questa volta Sam tirò entrambe le maniglie. La lama si incurvò: seguì un suono di bottiglie di vetro che si frantumavano, metallo che si accartocciava e immondizia che scricchiolava. Con movimento regolare, la pompa idraulica sollevò il pannello di imballaggio, compattando il contenuto della tramoggia nel ventre del camion. Liquidi sconosciuti, rancidi e marroni, si riversarono lungo il metallo lucido per raccogliersi nel contenitore ormai vuoto.

«Sciocco, Ollie... non sta flirtando con te, sta flirtando con me.»

Oliver alzò le sopracciglia e, sopra il rombo del motore, gridò: «Cosa? Davvero?»

«Non essere così sorpreso. Come puoi biasimarla? Con questo po' po' di spettacolo davanti casa una volta alla settimana!»

Sam fece ondeggiare i fianchi, indicando il proprio corpo con un gesto della mano guantata. Oliver rise. Non c'era dubbio: Sam era bella, persino con la camicia dell'uniforme che aveva modificato tagliando le maniche e annodandola in vita. I jeans attillati, che sembravano dipinti addosso, non facevano che sottolinearlo. E perché no, con il suo fisico? Non a caso era la campionessa locale di CrossFit.

Era anche l'unica donna ad aver mai lavorato come assistente di autocompattatore alla River City Disposal. Forse persino l'unica donna impiegata in una ditta di smaltimento rifiuti in tutta la zona.

Il motore si riaccese e il camion tornò a emettere il suo incessante ronzio.

«Oh, cavolo... ehm, Sam, dimmi che non ti interessava», disse Oliver.

«Stai scherzando? Ci sto provando da mesi! O forse mi inganno... forse è lei che ci sta provando con quella vestaglietta succinta... In ogni caso sì, Ollie, mi interessa eccome! La prossima settimana mi darà il suo numero, puoi contarci.»

Sam gli diede una pacca amichevole sulla spalla. Oliver sbuffò.

«Aspetta un attimo... a questo punto, direi che la storia non ti piacerà quanto speravo.»

Sam mise una mano sul fianco, aggrottando la fronte.

«Oliver McCallister! Che cosa hai fatto?»

«Wow! Sembri mia moglie quando si incazza. Senti, non è quello che ho fatto io, Sam. È quello che ha fatto il tuo sostituto.»

«Uno di Insta-Labor?» chiese lei, facendo una smorfia come se avesse appena morso un limone.

«Sì. E non me ne frega niente di quello che dicono alla centrale: è l'ultima volta che uso uno di quei tizi. La prossima volta che non ti presenti, me la vedo da solo.»

Era già abbastanza grave che due autisti fossero stati derubati dai loro sostituti e, anche se Oliver non aveva mai vissuto quell'esperienza in prima persona, aveva comunque dovuto affrontare la sua fetta di comportamenti strani da parte loro.

Insta-Labor era un servizio per le aziende che avevano bisogno di manodopera poco qualificata in casi di emergenza. Oliver e gli altri quaranta e passa autisti che, di tanto in tanto, erano costretti a ricorrervi, sapevano bene cosa aspettarsi: arrivati al parcheggio si sarebbero trovati davanti una fila di persone, per lo più disgraziati senza fissa dimora, se non addirittura tossicodipendenti che cercavano di racimolare abbastanza per pagarsi la prossima dose. Come autista, aveva l'ingrato compito di scegliersi un aiutante per la giornata basandosi solo sull'aspetto. Nella mente di Oliver, le domande più urgenti erano sempre le stesse: "C'è qualcuno che non ha la faccia da ladro? Chi sembra più sobrio? Chi si sarà fatto una doccia nell'ultima settimana?" Superati i requisiti minimi di sicurezza e igiene, passava alla domanda cruciale: "Chi sembra fisicamente in grado di reggere un intero turno sull'autocompattatore?"

Una volta svuotato il contenitore, Oliver fece un cenno verso il camion.

«Ok, mi fermo alla prossima tappa e ti racconto il seguito», disse, correndo verso la cabina di guida.

«Ehi, e il discorso del non voler finire troppo presto?»

«Vale sempre», gridò voltandosi. « Voglio solo farti sudare il gran finale della storia.»

Rise mentre saliva i due gradini per rientrare in cabina.

«Va bene, ma stai solo rendendo ancora più remota la possibilità che sia davvero un finale eclatante, sai!»

«Ne varrà davvero la pena!» disse lui, sbattendo la portiera e tirando giù la leva del freno a mano per innestare la marcia.

Dando un'occhiata allo specchietto retrovisore, si assicurò che Sam fosse ben piantata sul gradino e si reggesse saldamente al corrimano, poi premette sull'acceleratore.

Alla fermata successiva, Sam era già scesa. Lo aspettava con le mani sui fianchi e un'espressione scontenta. Si tolse i guanti e il cappellino da baseball, liberando la coda di cavallo castano ramata.

«Perché fai così, Ollie?» chiese Sam, fissando il lungo vialetto di cemento che portava al ranch a un solo piano.

Oliver salì sul gradino posteriore e si issò a bordo del cassone. Allungò le braccia sopra la testa, dove due bidoni stavano appoggiati su un'ampia sporgenza. Afferrò il manico di uno e lo tirò giù, lasciando che il grande contenitore nero gli scivolasse sulla schiena.

«Non sei obbligata a venire, Sam. Ma se lo fai, potrai sentire prima la mia storia.»

«Uffa! Va bene. Ma quella vecchia strega potrebbe benissimo pagare il servizio di ritiro come fanno tutti quelli che non vogliono trascinare la spazzatura fino in strada. Guarda questo posto! È ovvio che se lo può permettere.»

«Non paga il servizio perché non vuole che portiamo noi fuori la sua spazzatura. Vuole farlo lei.»

«Eppure eccoci qui, a camminare lungo il suo vialetto infinito.»

«La signora Richmond sta invecchiando e a volte fa fatica a trasportare i bidoni. Ma se pagasse il servizio, non avrebbe più un motivo per fare questa passeggiata. Consideralo un modo per aiutarla a restare motivata» disse Oliver.

«Sai, Ollie, sei un ragazzo fastidiosamente gentile. Come fai a ricordarti il suo nome?» chiese Sam.

«Cerco di ricordare i nomi di tutti i nostri clienti. Soprattutto di quelli che ci lasciano la mancia a Natale», rispose Oliver con un sorriso.

«Oh, merda! È la signora che ogni anno fa quella torta secca e disgustosa?» rise Sam. «Non sono sicura di poterla considerarla una mancia. Preferisco i buoni vecchi contanti. A parte quel tizio di Rosewood che produce il suo vino e ci regala sempre un paio di bottiglie. Lui sì che è un tipo a posto.»

«Sì, J. Crumley. Bravo ragazzo. Ha anche un locale di barbecue sulla Sixth Street.» Oliver digitò un codice sul tastierino della porta del garage.

«Come ho detto, sei un bravo ragazzo» commentò Sam.

Il cancello si aprì, rivelando una Cadillac beige e due pattumiere marroni. Oliver sollevò il coperchio della prima: all'interno, sacchetti bianchi coperti di vermi, probabilmente frutto del caldo del garage e del cibo marcio. Girò la testa, trattenendo il respiro.

I vermi erano la cosa peggiore: creature opache in perpetuo contorcimento, con un odore inconfondibile. Niente superava quel fetore nauseabondo. Aprì la seconda pattumiera: nessun verme. La svuotò rapidamente nel suo bidone.

«Sì, bravo ragazzo, dici? Beh, forse dovresti aspettare a dirlo finché non ho finito la mia storia.»

Sam incrociò le braccia, aggrottando la fronte.

«Va bene, torniamo a ieri e alla signora di Melody Court. Quando sono arrivato nella sede di Insta-Labor, c'era una ben magra scelta... ma sfortunatamente il tizio che ho dovuto prendere non era affatto magro! Diciamo che era un tipo robusto e allegro che mi ricordava un giovane Babbo Natale... se Babbo Natale vivesse per strada... e magari fosse sotto metanfetamina.»

«Sotto metanfetamina? Gesù, Ollie, è proprio strano!» disse Sam.

«Davvero? È strano trovare tossici da Insta-Labor? Da quando?» ribatté Oliver, arrampicandosi dentro al bidone e iniziando a saltare su e giù. Il suo peso comprimeva i rifiuti, liberando lo spazio per versarvi il contenuto della pattumiera verminosa.

«No, ma hai detto che era un tipo grosso. Di solito i tossici di metanfetamina sono pelle e ossa.»

Oliver si abbassò, chinò, sollevò il bidone sul ginocchio e poi se lo fece scivolare sulla schiena. «Oh, non so... magari aveva appena iniziato. Comunque: siamo in Melody Court, mi fermo davanti alla casa della tipa con la vestaglia "succinta". E prima che tu lo chieda: no, non so davvero come si chiami. C'è un solo bidone, come sempre, quindi non ho intenzione di scendere. Guardo nello specchietto: il mio assistente, Shorty, salta già dal gradino, afferra il bidone e sparisce dietro al camion...»

«Aspetta», disse Sam, rimettendo i coperchi sulle pattumiere e premendo il pulsante che chiudeva il garage. «Si chiamava Shorty? Era proprio basso... o altissimo? Devo immaginarmi per bene la scena.»

Oliver sbuffò. «Né l'uno né l'altro. Più o meno della mia altezza, capelli lunghi castani e barba folta dello stesso colore. Si è presentato come Shorty e io non ho fatto domande.»

«Ok. Vai avanti.»

«Continuo a guardare nello specchietto e Shorty non si vede. Passa un minuto, poi due... niente. Gli avevo già mostrato almeno tre volte come si usa la tramoggia, ma non partiva. Allora penso: deve aver trovato qualcosa di interessante nella spazzatura. Dopo un altro minuto mi dico: "Che diavolo combina?". Tiro il freno a mano e salto giù, pregando di non trovarlo mentre sgranocchia resti di vecchia pizza, come l'ultimo tizio.»

Sam fece una smorfia di disgusto.

«Non può essere vecchia più di un giorno!» dissero insieme, scoppiando a ridere.

«Giro l'angolo del camion e vedo il bidone rovesciato nella tramoggia. E Shorty è lì che... balla» disse Oliver, fermandosi un istante per creare suspense.

«Balla come balliamo noi quando accendiamo la musica dal cassone?»

Il loro camion aveva un altoparlante montato sopra la tramoggia e collegato alla radio: ogni mattina ascoltavano il talk show *The Morning X* e, quando il giro sforava nel pomeriggio, mettevano la musica e si scatenavano in balletti mentre buttavano i rifiuti.

«No, l'altoparlante era spento. Ballava ascoltando una musica che aveva in testa soltanto lui, ma non è questa la parte migliore. Pare avesse pescato qualcosa fra i rifiuti...» Oliver fece un mezzo sorriso. «Un paio di mutandine bianche con bordini di pizzo rosa.»

I due raggiunsero il retro del camion. Oliver rovesciò il contenuto del bidone nella tramoggia, poi lo rilanciò sul supporto: il contenitore fece un piccolo rimbalzo e si assestò.

«Che schifo! Ha trovato le mutandine e ha cominciato a ballare?»

Oliver annuì. «Non è tutto. Aspetta, mi fermo un attimo.»

«Cosa?! Non ti azzardare! Oliver McCallister, dopo

tutto questo non puoi lasciarmi in sospeso! Neanche per una sosta!»

Oliver scoppiò a ridere e alzò le mani. «Va bene, va bene. Giro dietro al camion e vedo Shorty che balla... con le mutandine sporche sulla testa! L'elastico di pizzo rosa gli poggia perfettamente sui baffi, e il triangolo del cavallo, con una macchia scura, gli copre del tutto il naso», concluse con aria di riprovazione.

«Con l'elastico delle mutandine teso sopra le orecchie, eccolo lì che saltella da un piede all'altro, e sbracciandosi come a ritmo di jazz!»

Per rendere l'idea, Oliver imitò il saltello, braccia aperte e dita che frullavano nell'aria.

«Non è possibile!» rise Sam.

«È possibilissimo! E c'è di meglio.»

«Come potrebbe esserci di meglio?»

«Perché mentre lui balla e io sto per scoppiare dalle risate... indovina chi sbuca da dietro il camion con il sacco di spazzatura dimenticato?»

«Oh, no!» esclamò Sam, portandosi una mano alla bocca.

«Oh, sì! E rimane di sasso nel vedere le mutandine che ha appena buttato sulla testa di un Babbo Natale lercio e mezzo drogato, fermo nel mezzo di un passo di danza, in equilibrio precario su un piede e con l'altro sollevato a mezz'aria! Lui la fissa da dietro il pizzo sporco e... le sorride. Miss vestaglietta avvampa in viso, lascia cadere il sacco di spazzatura, scappa in casa e sbatte la porta!»

«Oh mio Dio! Avevi ragione! È la storia più assurda che abbia mai sentito».

«Beh, al quartier generale non l'hanno tanto apprezzata.»

«Oh, merda!»

«Sì. Ero a malapena risalito sul camion quando mi hanno chiamato alla radio: "Una cliente in Melody Court sostiene che il tuo assistente si è messo la biancheria intima da lei buttata sulla testa".»

Oliver sorrise con malizia. «Ho risposto: "È ridicolo, Sam non indosserebbe mai la biancheria intima di un'altra donna in testa, senz'altro non un indumento gettato via!"»

Sam gli assestò un pugno sulla spalla. «Idiota!»

Oliver rise. «Allora dalla centrale hanno replicato: "Sam non ha nemmeno la barba. Beh, complimenti, abbiamo una cliente in meno a Melody Court."»

«Aspetta... cosa?» chiese Sam, il sorriso che svaniva.

«Sì, ricordi quando ti ho detto che questa storia non ti sarebbe piaciuta? Ecco: non passiamo più al 217 di Melody Court.»

«Cavolo, Oliver! Stavo per provarci! E lei ci stava di brutto, mi mancava poco per conquistarla!» sbottò Sam, battendosi le mani sui fianchi.

Dall'altoparlante nascosto sopra la tramoggia arrivò il segnale d'allarme: *bip, bip, bip, beeeeeeeeep!*

«Non incavolarti con me! È colpa tua. Sei tu che non sei venuta a...»

Oliver si interruppe, fissando l'altoparlante.

«Che succede? Non è il primo martedì del mese; questo non è il test delle sirene per i tornado.»

«*Stiamo per trasmettere un annuncio speciale del presidente degli Stati Uniti*» comunicò l'altoparlante.

«Dai, saliamo in cabina e vediamo cosa succede», disse Oliver.

CAPITOLO 3
SUPERNOVA

OLIVER E SAM erano appena montati in cabina quando la presidente Ona Freeman attaccò: «È stato individuato un grande asteroide, dal diametro di circa dieci chilometri, che potrebbe entrare nella nostra atmosfera nei prossimi quindici minuti. L'esercito americano, insieme ai nostri alleati, ha già messo in atto un piano per intercettarne la rotta e deviarlo verso una traiettoria sicura. Nel continente americano sono attesi fulgidi lampi, seguiti da colori simili a quelli dell'aurora boreale. Potrebbero verificarsi blackout e brevi interruzioni delle comunicazioni, niente altro. Non allarmatevi.»

Oliver e Sam si fisarono attoniti.

«Un asteroide?» Sam spalancò gli occhi. «Cristo, Ollie! E adesso?»

Ma, prima che lui potesse rispondere, dalla radio si diffusero le voci di altri autisti.

«Base, camion sette in arrivo. Devo... stare con la mia famiglia. Passo.»

«Base, anche camion dieci in arrivo. Passo.»

«Camion ventotto alla base. Io resto fuori, non voglio dover recuperare tutto domani. Passo.»

«Camion sedici a ventotto: stai dando per scontato che ci sarà un domani, Doug! Passo.»

Poi fu un esplodere di voci che si sovrapponevano l'una all'altra. Oliver allungò il braccio e spense la radio.

«Dannazione... lo bombarderanno con missili atomici!» esclamò.

«Come? Non hanno parlato di atomiche», obiettò Sam visibilmente preoccupata.

«Non ce n'era bisogno» ribatté lui, cupo. «Lampi, blackout, fulgori boreali... cosa credi che siano?» Fece un respiro profondo. «Sam, devo cercare di raggiungere Zoe ma prima posso portarti alla base e lasciarti lì.»

Lei scosse la testa.

«Non ho nessuno che mi aspetta. Invece di attraversare mezza città, andiamo subito a casa tua. Risparmieremo almeno mezz'ora.»

Oliver deglutì a fatica mentre cercava di elaborare ciò che avevano appena sentito. Stava succedendo davvero?

«Ollie?»

Sam aveva ragione. Restava il fatto che lui lavorava a River City mentre Zoe era al campus di Bloomridge. Le due città si trovavano a mezz'ora di distanza, in direzioni opposte, dalla loro casa nel centro della cittadina di Mackinaw.

«Hanno detto che intercetteranno l'asteroide in quindici minuti... per arrivare a casa mia ce ne vogliono trenta».

«Sì, ma hanno anche detto che non c'è nulla da temere», replicò Sam. «E anche se il loro piano, qualunque sia, fallisse, avremmo comunque un po' di tempo, no? Avremmo ancora una chance di andare a prendere Zoe prima che... beh, prima della fine.»

Lui annuì, serrando la mascella. Ce l'avrebbero fatta.

Dovevano farcela. Sempre supponendo che Zoe avesse sentito l'allarme e stesse tornando a casa di corsa. Ma sì, certo, che altro avrebbe potuto fare? Un asteroide di dieci chilometri stava per entrare nell'atmosfera terrestre.

«Grazie, Sam» disse, innestando la marcia. Sam era incredibile, la sua migliore amica e, qualunque cosa fosse successa, non avrebbe mai dimenticato quel gesto.

«Ok, Mack, vecchio bastardo, fai vedere di cosa sei capace!»

Corsero giù per il vicolo, imboccando la Sixth Street. Sam fissava il cielo, come se si aspettasse di veder apparire il meteorite da un momento all'altro.

«Tieni, chiama Zoe», disse Oliver, passandole il telefono mentre cambiava la marcia. «Voglio assicurarmi che abbia sentito l'allerta e stia tornando a casa.»

«Il telefono non squilla!» disse lei.

«Merda... la rete sarà intasata. Tutti stanno chiamando qualcuno. Continua a provare!»

Lei annuì e ricominciò a digitare. Oliver condusse il camion verso est, prendendo la Route 74 e il ponte di Murray Baker Bridge.

Sotto di loro, il fiume Illinois scorreva placido verso sud, fino a gettarsi nel possente Mississippi.

«Cosa può deviare la traiettoria di un asteroide di dieci chilometri? Solo un'arma nucleare, giusto?» chiese Sam.

«Sì. Nient'altro ha una potenza simile.»

Il traffico, davanti a loro, iniziò a rallentare fino a bloccarsi. Oliver batté i palmi sul volante.

«Andiamo! Devo tornare a casa.»

«Tranquillo. Ce la faremo», provò a rassicurarlo Sam.

«Tu non capisci», ribatté lui, il tono più teso del solito. «Ho fatto un casino, Sam! Io e Zoe abbiamo litigato di brutto ieri sera.»

«Ha qualcosa a che fare con il messaggio che mi ha mandato, dicendo che aveva bisogno di parlarmi?»

Oliver le lanciò un'occhiata.

«Cosa? Zoe ti ha scritto? E non me l'hai detto?»

«Stavo per farlo, ma poi... beh, è scoppiato tutto questo casino.»

«E cosa voleva?»

«Ha scritto che doveva chiedermi una cosa. Che non sei tornato a casa dopo il turno e le hai detto che lavoravamo fino a tardi per coprire dei giri extra.»

Il volto di Oliver prese fuoco sotto lo sguardo di Sam.

«Dannazione» mormorò. «E tu cosa le hai risposto?» chiese, senza staccare gli occhi dalla strada mentre si avvicinava la fine del ponte.

Sam incrociò le braccia. «Non ti ho tradito, se è questo che vuoi sapere. Ma non ho intenzione di mentire a Zoe.»

«Allora... cosa le hai risposto?» chiese Oliver in tono nervoso.

«Non le ho ancora risposto. Ma dovrò farlo, Oliver! Quindi, che diavolo sta succedendo?»

«È complicato.»

«Semplificalo!» sbottò lei, alzando la voce.

Uscirono dal ponte proprio mentre un lampo squarciava il cielo del mattino. Oliver inchiodò di colpo e Sam fu sbalzata in avanti, sbattendo contro il cruscotto.

«Ahi!» .

«Oddio! Scusa, Sam! Lo vedi?» disse, indicando il cielo.

«Sì... dammi solo un secondo per staccarmi dal parabrezza.»

Oliver volse lo sguardo verso di lei. «Scusa! E allacciati la cintura, ok?»

Di fronte a loro, la strada era puntellata delle luci rosse

dei freni di tre colonne di auto, tra una cacofonia di rumori metallici, stridore di gomme sull'asfalto e clacson impazziti.

La luce in cielo si fece più intensa, come se il sole stesso stesse esplodendo in una supernova. Ma non era una supernova.

«L'atomica...» sussurrò Sam.

Oliver stava ancora guardando l'orizzonte quando un SUV rosso sfrecciò accanto a loro, impattando con violenza contro una piccola berlina bianca. Il conducente del SUV doveva aver sterzato all'ultimo secondo perché il veicolo sbandò, si sollevò e iniziò a ribaltarsi per aria.

Oliver spalancò gli occhi mentre il mezzo rotolava sopra i tettucci di altre auto, finendo per schiantarsi contro un furgone.

«Gesù! Che cazzo... Credo che l'autista sia spacciato!» gridò Sam.

«Non dire così. C'è ancora una possibilità che...»

La pozza di carburante sgorgata sotto il SUV si accese in un vortice di fiamme. Poi seguì il boato dell'esplosione.

CAPITOLO 4
CHIAMATE IL 911!

ZOE SALÌ gli ultimi gradini che portavano al secondo piano del tribunale di Bloomridge. La scala principale e l'ascensore erano chiusi per lavori di ristrutturazione, e per arrivare fin lì aveva dovuto seguire un percorso alternativo: una rampa più stretta, indicata da cartelli provvisori, che si apriva infine sul lucido pavimento di marmo bianco. Le restava solo da trovare l'ufficio del *County Clerk*.

Che mattinata di merda! Aveva già dovuto pagare il suo tributo alla stupidità umana: all'ingresso nel parcheggio un automobilista idiota stava per strusciarle la fiancata, poi, mentre cercava un posto, un altro aveva rischiato di tamponarla in retromarcia. Già solo per questo, Oliver le avrebbe dovuto un favore enorme!

Attraversò l'atrio ma, non trovando l'ufficio che cercava, pensò di aver oltrepassato la porta giusta. Si voltò per tornare indietro quando qualcuno le piombò addosso con tale forza da scaraventarla sul pavimento di marmo. Cadde sul fianco, battendo il gomito; il telefono e la borsa le scivolarono via.

«Ma che cazzo!» esplose.

«Oddio, scusi!», esclamò un uomo alto e massiccio, cercando di rialzarsi.

Zoe afferrò il telefono e la borsa, aspettandosi che almeno le porgesse una mano per aiutarla. Ma, voltandosi, vide che il disgraziato si era già rimesso in piedi e si allontanava in fretta e furia, ignorandola del tutto.

«Stronzo!» gridò, mentre quello correva verso le scale.

Dall'altra parte dell'atrio, le porte del tribunale si spalancarono e una folla iniziò a riversarsi verso l'uscita di gran fretta. "Che diavolo sta succedendo?" si domandò. Erano appena passate le otto; le udienze sarebbero dovute iniziare, non finire.

Una donna in tailleur, con un ordinato chignon e gli occhiali, camminava spedita nella sua direzione. Zoe si rimise in piedi, infilando alla rinfusa il contenuto sparso nella borsa e massaggiandosi il gomito.

«Signora, mi scusi, che succede?» chiese, aspettandosi di sentire da un momento all'altro urla o colpi di arma da fuoco provenire dall'aula.

La donna si fermò e le diede un'occhiata. Il suo viso era grave ma Zoe si accorse che non la vedeva davvero. Aveva lo sguardo distante, come se avesse appena assistito a qualcosa di orribile.

«Non ha sentito? L'hanno annunciato dieci minuti fa! Grazie a Dio qualcuno ha ignorato il divieto di usare i cellulari a lavoro o avremmo passato i nostri ultimi minuti a discutere di multe e altre stronzate!»

«Ultimi... cosa? Che hanno annunciato?» chiese Zoe cercando di capirci qualcosa.

«Un enorme asteroide sta per colpire la Terra. Vogliono bombardarlo, fare qualcosa per deviarlo!»

«Cosa? Aspetti... cosa?!»

La donna aggrottò la fronte. «Mi dispiace, devo andare» disse, passandole oltre.

Un asteroide? Che diavolo stava dicendo? Zoe era incredula.

Dall'altra parte dell'atrio, sopra una grande porta di legno, vide l'indicazione *County Clerk*. Zoe puntò dritto verso quell'ufficio, facendosi largo tra la folla. Tutti avevano il telefono stretto all'orecchio. Riuscì a raggiungere la porta e ad aprirla. L'interno era dominato da un lungo bancone, dietro il quale si trovavano diversi impiegati rivolti verso le enormi finestre a tutta altezza. Tutti gli sguardi erano puntati al cielo.

«Mi scusi...» disse Zoe.

Un uomo dall'aria timida, quasi calvo ma con una riga di capelli ben curata sopra le orecchie, in camicia con colletto e gilet grigio, si voltò appena verso di lei. «Mi dispiace. Data la situazione... siamo chiusi.»

«Va bene, ma può dirmi che sta succedendo?» chiese Zoe, alzando lo sguardo verso le finestre. Oltre il vetro, solo l'azzurro limpido del cielo di prima mattina.

«Tom... penso che dovremmo scendere nel seminterrato, nell'area rifugio» disse una donna dai capelli grigi.

«Sì... sì, certo, Ginger» annuì lui. Poi avvertì il pubblico: «Tutti lontani dalle finestre!»

Come a sottolineare le sue parole, un allarme squarciò l'aria.

Zoe sussultò, portandosi le mani alle orecchie per proteggersi da quello scampanellio assordante. Le sembrò che durasse un'eternità finché si interruppe, riprese per altri dieci secondi, si interruppe di nuovo... e riprese a suonare.

«Se è corto, lasciare il forte! Se dura molto, tutti di sotto!» Tom recitò la filastrocca urlando e concluse: «Questo è il segnale per correre sotto! Forza, tutti quanti! Subito nel seminterrato!»

Mentre gli impiegati si staccavano dalle finestre per dirigersi verso il bancone, il cielo fu squarciato da un lampo bianco, accecante. Tutti si voltarono di scatto.

Zoe strinse le palpebre, cercando di proteggersi da quella luce che diventava ogni secondo più intensa, costringendola a distogliere lo sguardo e a cercare a tentoni la maniglia della porta. Dietro di lei, il bianco abbagliante del cielo si trasformò in un rosso cremisi. Spingendo la maniglia con forza, uscì barcollando nell'atrio del tribunale, davanti a tutti. Si voltò giusto in tempo per vedere Tom scavalcare il bancone, mentre gli altri impiegati, pigiati l'uno contro l'altro, si facevano strada attraverso un varco angusto tra il banco e un portello di legno con la scritta *Riservato al Personale*.

Zoe attraversò l'atrio di corsa in direzione delle scale, ma quelle principali erano sbarrate. La folla premeva, urlando e spingendo. L'istinto le diceva di starne alla larga. Si spostò verso il muro, riparandosi nello spazio tra una colonna sporgente e una fontanella. Mentre l'allarme continuava a suonare, gli impiegati e le persone provenienti dalle altre aule si riversavano nell'atrio come un fiume in piena.

«Quanto manca all'impatto, se i missili non hanno funzionato?» chiese un uomo, urlando.

«Non lo so! Forse una manciata di secondi... dobbiamo andare nel seminterrato!»

La folla avanzava in preda al panico. Si levarono delle urla: sulle scale, le persone stavano cadendo come tessere del domino.

«Dio mio!» esclamò Zoe sconvolta. Al centro dell'atrio, la ringhiera circondava un grande spazio vuoto che dava sul piano terra. Proprio davanti a lei, un uomo si arrampicò oltre il corrimano e cercò di calarsi nel vuoto, restando appeso solo con le dita.

«No!» gridò Zoe, scattando verso di lui.

Vide il panico negli occhi del pover'uomo, resosi conto in quel momento di aver commesso un terribile errore. La caduta era troppo alta. «Aiuto! La prego!» implorò, provando a tirarsi su.

Zoe si fece largo tra la folla e capì subito che l'uomo, pesante e con braccia sottili, non aveva la forza necessaria per cavarsi d'impaccio da solo. Mise la borsa a tracolla e lo afferrò per i polsi.

«Aiuto! Aiutatemi!» urlò alle persone ammassate intorno, ma l'allarme assordante copriva la sua voce. Quelle persone non lo vedevano? Forse sì, ma il panico le aveva trasformate in una mandria cieca: continuavano a spingere verso le scale, ignorando ogni altra cosa e persona.

«Non posso tenerla se molla! Non si lasci andare! Aiuto, vi prego!» gridò ancora Zoe.

L'allarme tacque.

«Signora, la prego! Non mi... lasci... andare!», implorò l'uomo terrorizzato.

L'allarme riattaccò.

«Non ce la faccio! Non riesco a resistere! Aiutatemi, vi prego... Mi dispiace!» gridò Zoe mentre l'uomo le scivolava dalle mani.

L'allarme cessò. Nell'intervallo di silenzio l'uomo si abbatté sul pavimento con un tonfo sordo, seguito dal rumore inconfondibile di un osso che si spezzava. Un mormorio di orrore attraversò la folla.

«Oh Dio... Gesù Cristo! Mi sono rotto una gamba!» urlò l'uomo.

Zoe fissò oltre la ringhiera: sotto di lei, il sangue si allargava in una pozza attorno all'infortunato. Un osso frastagliato gli sporgeva dalla coscia.

All'esterno, il cielo cremisi si stava incupendo, mentre un rombo profondo cresceva in intensità.

L'allarme riprese a suonare.

La folla accalcata sulle scale tornò a spingere con rinnovata forza. Alcuni scavalcavano i caduti, altri si lasciavano scivolare lungo il corrimano. C'era chi riusciva a raggiungere il pianterreno e chi, avvicinandosi a terra, cadeva o saltava. L'uomo ferito gemeva e sanguinava.

Zoe sapeva che avrebbe dovuto preoccuparsi di mettersi al sicuro ma riusciva a pensare solo all'infortunato e a come raggiungerlo per cercare di fermare l'emorragia. Già infermiera qualificata, era all'ultimo anno di pratica ospedaliera, e sapeva che quell'uomo rischiava di morire dissanguato. Se non fosse intervenuta subito, sarebbe stato spacciato.

In quel mentre, al piano di sotto un uomo entrò dalla porta che dava all'esterno. Si fece largo tra la folla in fuga, tirò fuori una pistola e sparò verso il soffitto.

Il colpo fu assordante.

La folla si arrestò all'istante. Tutti tacquero, chinando la testa. Il silenzio era rotto solo dai singhiozzi sulle scale e dai lamenti dell'uomo con la gamba spezzata, che continuava a chiedere aiuto.

L'allarme cessò, questa volta per sempre, e le luci tremolarono prima di spegnersi del tutto. Una luce rossastra filtrava attraverso le finestre e i lucernari, tingendo l'atrio di una tonalità inquietante.

«Zitti tutti!» gridò l'uomo armato. Era imbrattato da capo a piedi di un liquido denso e rosso, come se qualcuno gli avesse rovesciato addosso dello iodio. «Fermatevi! Ce l'hanno fatta! Hanno fatto saltare in aria quella maledetta cosa! Guardatemi: fuori piove rosso! L'asteroide è distrutto!» Poi rise. «È solo pioggia! Pioggia rossa!»

Un lungo sospiro di sollievo percorse la folla. Tutti d'improvviso, guardandosi attorno, sembravano prendere coscienza di quello che avevano appena fatto e visto.

«Ehi, questo signore ha bisogno di un medico!» gridò l'uomo coperto di rosso, infilandosi la pistola nella cintura. «C'è un medico qui?»

Zoe si guardò intorno, sperando che qualcuno si facesse avanti, ma quando nessuno rispose si mise a gridare: «Qui! Sono qui! Fatemi passare!»

«Lasciate passare quella signora in uniforme blu!» gridò l'uomo.

Stavolta la folla si aprì, consentendole di scendere. Passò accanto a una donna incinta, seduta sulle scale e singhiozzante. Si teneva la testa tra le mani ma non sembrava in pericolo di vita.

«Mi aiuti, per favore!» implorò la donna.

«Sta bene?» chiese Zoe.

«Ho battuto la testa e mi sono fatta male alle ginocchia, ma non credo di essermi rotta nulla.»

«Bene», rispose Zoe, anche se l'urgenza di arrivare all'uomo con la frattura le serrava lo stomaco. «Torno subito a controllarla.»

Passò in mezzo ad altri feriti: alcuni erano stati spinti o calpestati nella calca, altri erano caduti come la donna incinta. Si sentì prendere dal panico, rendendosi conto che da sola, senza aiuto, avrebbe potuto fare ben poco.

«C'è qualcun altro con formazione medica? Ci serve altra assistenza. E qualcuno chiami il 911, per favore!»

Un uomo elegante, in giacca e cravatta, si inginocchiò accanto a lei. «Ci ho provato, ma non riesco a prendere la linea. Continuo a tentare.»

Mentre alcuni si prodigavano per assistere gli altri feriti, Zoe si inginocchiò accanto all'uomo con la gamba rotta.

«Tranquillo, andrà tutto bene. Presto arriveranno i soccorsi.» Poi si rivolse all'uomo ben vestito. «Grazie. Sta sanguinando molto. Dobbiamo fermare l'emorragia. Lei come si chiama?»

«Ben», rispose quello, componendo di nuovo il numero.

«Ben, mi presta la sua cravatta?»

«Certo.»

Si slacciò la cravatta e gliela porse.

«Ehi, non ha un bell'aspetto!» disse l'uomo sporco di rosso, passandosi le mani sugli occhi.

Zoe guardò il ferito giusto in tempo per vedere i suoi occhi rovesciarsi all'indietro. Aveva perso conoscenza.

«È svenuto. Sta perdendo troppo sangue.»

Alzò lo sguardo verso l'uomo fradicio, che si stava ancora strofinando gli occhi.

«Ehi, sta bene?»

«Sì... mi bruciano solo un po' gli occhi.» Sbatté le palpebre. «Di cosa sono fatti gli asteroidi... ferro o roba simile? Credo di avere polvere metallica negli occhi. Là fuori piove a dirotto. Me ne è entrata anche in bocca... sa di acqua arrugginita.»

Sotto di lui, sul pavimento, si allargava una pozza di liquido arancione scuro.

Zoe avvolse la cravatta attorno alla coscia dell'uomo con la gamba rotta e la strinse con tutta la forza che aveva. Il sangue vivo le macchiava le mani, creando un contrasto netto contro la sua pelle color ebano. Non era mai intervenuta senza guanti, e in quel momento avrebbe dato qualsiasi cosa per averne un paio.

«Metta la mano qui», disse all'uomo fradicio di pioggia.

Lui obbedì, e lei riuscì a fissare la cravatta con un

doppio nodo. Il getto di sangue si ridusse a un lento rivolo. Ben rimase accanto al ferito, continuando a tentare di chiamare il 911, mentre Zoe tornò dalla donna incinta.

Le appoggiò una mano sul ventre. «Ha battuto la pancia?»

«No. Quando sono caduta mi sono girata per proteggere il bambino.» Si sfiorò la testa con una smorfia. «Credo di aver preso il colpo più forte alle ginocchia e alla testa.»

«Non ha dolori all'addome?»

«No... solo qui.» Indicò il bernoccolo e le ginocchia sbucciate. Rivolse a Zoe uno sguardo pieno di paura e preoccupazione. «Pensa che il bambino stia bene?»

Zoe le sorrise. «Penso che lei sia stata una bravissima mamma. Ha un bel bozzo, ma non vedo ferite aperte. Le ginocchia sono sbucciate, ma non serve ricucire. Appena arriviamo in ospedale, però, voglio che un medico la visiti, d'accordo? Per sicurezza.»

La donna si sforzò di sorridere e annuì, asciugandosi le lacrime con un fazzoletto.

Attraverso le porte di vetro, sembrava che il cielo grondasse sangue.

Tra scatti e fruscii di ombrelli che si aprivano, la folla stava diminuendo: molti erano già usciti nella tempesta, altri si accalcavano verso l'uscita.

Zoe provò a chiamare Oliver. Nessun segnale, come se anche la linea telefonica fosse morta insieme alla corrente. Tornò da Ben e dal ferito, si inginocchiò e gli prese il polso. Debole, ma presente.

«Ben, guardi se trova qualcosa per coprirgli la gamba. Se si sveglia e vede di nuovo l'osso, potrebbe andare in shock.»

«Certo.» Ben si tolse la giacca e gliela porse. Zoe la sistemò in modo da coprire l'osso esposto.

Poco distante, l'uomo con la pistola si massaggiava la testa, camminando avanti e indietro.

«Fa un male cane... Cosa? No. No... non lo so!»

«Che succede?» chiese Zoe alzando lo sguardo. L'uomo aveva un incarnato cinereo. Probabilmente, pensò lei, si sentiva male per via del sangue fuoriuscito dalla gamba. La vista del sangue a lei non faceva né caldo né freddo ma alcuni non la sopportavano.

«Non ha un bell'aspetto; dovrebbe sedersi.»

L'uomo si irrigidì, sbattendo le palpebre con aria improvvisamente confusa. «Sedermi? Oh, ti piacerebbe! Sarebbe proprio bello... come questo damerino, no?» Si voltò e fissò Ben con aria di sfida. «Chi sei tu? Una specie di avvocato?»

«Scusa, come ti chiami?» chiese Zoe, intuendo che qualcosa non andava. L'uomo era stato così d'aiuto quando aveva avuto bisogno di lui per stringere il nodo intorno alla coscia del ferito, e se non fosse intervenuto a calmare la folla, chissà quante persone sarebbero potute morire.

«Mi chiamo Chuck. E no, non sono un colletto bianco, stanne certa! Vedi queste mani?» Le mostrò i palmi rivolti verso l'alto. «Non sono diventate così a forza di parlare a vanvera e scrivere con una penna.»

«D'accordo, Chuck, non c'è motivo di agitarsi. Sei sicuro di sentirti bene?»

Chuck si piegò in avanti, stringendosi lo stomaco con entrambe le mani.

«Fa male... capisci? Ho fame... troppa fame.»

Abbassò la voce, mormorando quasi tra sé: «Lo so, ma non posso semplicemente...»

Ben, intento a rimboccarsi le maniche della camicia, lo guardò. «Amico, non hai un bella cera.»

All'improvviso lo sguardo di Chuck, dall'insondabile

dimensione in cui si era perso, tornò a posarsi su di loro. Il suo viso sembrava una maschera, con gli occhi stralunati e le labbra piegate in un ghigno grottesco.

Ben si irrigidì, lanciando un'occhiata a Zoe e poi tornando a fissare l'uomo che lo sovrastava. «Chuck, ascolta, stiamo solo cercando di aiutarti...»

«Certo, come no!» Chuck estrasse di scatto la pistola dalla cintura e puntò la canna dritta al volto di Ben. Ansimando, con voce tremante, Ben cercò di abbozzare alcune parole. «Ora... stai calmo. Non fare niente di ...»

Chuck premette il grilletto e, in un lampo, sangue e brandelli di materia cerebrale schizzarono su Zoe. Ben, senza più volto, le cadde in grembo. Zoe restò impietrita, mentre il fragore assordante dello sparo inghiottì ogni altro suono. Con il viso ancora caldo e umido di sangue, si voltò verso Chuck, proprio mentre lui le premeva la canna rovente contro la fronte.

CAPITOLO 5
PRINCESS

IL SUV rosso esplose in una sfera di fuoco; l'onda d'urto lo sollevò e lo scaraventò all'indietro, dritto verso l'autocompattatore.

Oliver afferrò Sam per il polso e la tirò giù verso il sedile.

«Ollie!» urlò Sam, mentre fuori il metallo si accartocciava e strideva. Qualcosa si abbatté sul parabrezza del camion con un colpo secco, frantumando il vetro.

Oliver sbirciò oltre il cruscotto e vide fuoco e devastazione. Non era stato il SUV a centrarli, ma qualcosa proiettato via quando il veicolo si era schiantato contro l'asfalto. Il parabrezza, incrinato in più punti, aveva retto. Ora il SUV giaceva a testa in giù, in bilico sopra due altre macchine avvolte dalle fiamme.

Volse nuovamente lo sguardo verso il cielo, il cui fulgido bianco si stava tingendo di rosso. «Sam, vedi anche tu?»

Sopra di loro, il chiarore lasciava spazio a un tetto di nuvole rosse e dense, che sembravano comparire dal nulla.

Sam si sporse in avanti per guardare attraverso il parabrezza. «Che diavolo sta succedendo?»

«Non lo so... ma credo... credo sia ciò che resta dell'asteroide! Forse le atomiche hanno funzionato!» rispose Oliver. «Senti, dobbiamo trovare una via d'uscita dall'autostrada, o resteremo bloccati per ore.»

Un rombo profondo attraversò l'aria. Sam corrugò la fronte. «Hai sentito?»

«Il tuono?»

«No! Non quello! Quest'altro rumore! Ascolta bene...»

Oliver scosse la testa. «Cosa dovrei sentire?»

Lei alzò una mano per zittirlo. «Là! Qualcuno sta urlando!» Gli occhi le si spalancarono. «È una bambina!»

Sotto il SUV in fiamme, una manina spuntava dal finestrino di una macchina grigia.

Sam tirò su la maniglia della portiera e scese prima che Oliver potesse dire niente.

Lui alzò lo sguardo al cielo: le nuvole rosse si agitavano. «Cristo, Sam», mormorò, saltando giù dal camion.

Il traffico era immobile; gli automobilisti uscivano dalle vetture e si mettevano a fissare il cielo. Alcuni applaudivano, altri gridavano di gioia. Un uomo scandiva: «USA! USA!»

Oliver aggirò due veicoli e raggiunse la parte posteriore della berlina grigia. Il calore emanato dal SUV in fiamme era quasi insopportabile. Il veicolo aveva sfondato il parabrezza della berlina, schiacciando il conducente. Anche il cofano era schiacciato e del liquido infiammabile gocciolava sulla parte anteriore dell'auto: era solo questione di tempo prima che anch'essa prendesse fuoco.

Il finestrino posteriore era abbassato di pochi centimetri. «La portiera è bloccata!» disse Sam, tirando la maniglia. «Piccola, riesci ad abbassare il vetro?»

La bambina, che non doveva avere più di sei anni, li fissava terrorizzata.

«Indietro, Sam! Non c'è tempo!»

Oliver afferrò da terra un pesante pezzo di lamiera. «Piccola! Spostati indietro!» urlò, gesticolando verso il vetro.

Un tuono ancora più cupo esplose sulle loro teste e la prima goccia di pioggia cadde sull'asfalto, ai piedi di Oliver. Quest'ultimo, con un colpo deciso, sfondò il finestrino.

«Va tutto bene! Vieni!»

La piccola scavalcò il sedile e tese le braccia. Oliver la tirò fuori dal finestrino e corse verso la cabina del camion. «Forza, Sam!»

Dal cielo cadde qualche altra goccia. Oliver spinse la bambina all'interno e salì dietro di lei.

«Princess, la mia bambola!» gridò la piccola.

Sam si voltò di scatto. «Ci penso io!»

«Sam, no! Quell'auto può esplodere da un momento all'altro!»

«Ci penso io, Ollie! Torno tra un secondo!» gli gridò lei allontanandosi.

«Dannazione, Sam!» pensò Oliver, chiudendo la portiera.

Dal cielo iniziò a scendere una pioggia torrenziale ma diversa da qualsiasi pioggia Oliver avesse mai visto prima. Era così fitta, scura... e rossa. Non riusciva neanche a vedere Sam, che si trovava a due macchine di distanza.

«Dannazione! Ascolta, piccola. Resta qui, io torno subito, ok?» disse Oliver, allungando la mano verso la maniglia della portiera.

La bambina gli si gettò in grembo, buttandogli le braccia al collo. «Ti prego, non andare via!»

Oliver le accarezzò la schiena. «Su, calma. Va bene.»

Una sagoma emerse dalla pioggia, la portiera si aprì e Sam salì in cabina.

«Sembra che qualcuno ti abbia rovesciato in testa un secchio di Gatorade rossa!» commentò Oliver.

Sam tirò fuori un asciugamani da sotto il sedile. «Là fuori sembra una scena biblica!» Si asciugò mani e viso, poi gettò l'asciugamano sul cruscotto e infilò una mano sotto la maglietta, estraendo una piccola bambola nera vestita d'oro e con una tiara argentata. «L'ho tenuta all'asciutto per te!»

La bambina sorrise, afferrò la bambola e la strinse al petto. «Princess!»

«Ti sei fatta male?» chiese Sam.

La bambina scosse la testa. «Dov'è mamma?»

Sam serrò le labbra e scambiò uno sguardo con Oliver. «Merda, Oliver, cosa facciamo?»

Oliver staccò la lista dei percorsi dal parasole e annotò il numero di targa della berlina. «Ho un'idea. Appena arriviamo da Zoe, avvisiamo le autorità.»

Sam annuì. «Che ne pensi di questa pioggia?»

«Deve contenere polvere di asteroide.» Oliver si sentì assalire dal panico. «Non so se riesco a guidare in queste condizioni, Sam.»

«Beh, magari presto la pioggia rallenterà e potremo ripartire. Ehi, almeno la Terra è ancora qui; è già una buona notizia!» Sam riprese l'asciugamani dal cruscotto e si asciugò di nuovo il viso.

«Sì...» disse Oliver con aria assente, rimettendo in moto e cercando un varco nel traffico. Riuscì a superare il SUV capovolto proprio mentre quella strana pioggia spegneva le fiamme, precipitando sempre più fitta dal cielo ammantato di nuvole purpuree.

"Purché tu stia bene, Zoe!" pensò, augurandosi che lei non fosse rimasta bloccata... o peggio.

Passarono venti interminabili minuti in cui avanzarono

a passo d'uomo. La bambina giocava con la bambola mentre Sam continuava a tentare di contattare Zoe, senza successo.

Frustrato, Oliver si asciugò la fronte con la manica e batté il palmo sul volante. «Guarda, Sam! Sta peggiorando! Non vedo oltre il cofano!»

Tra un tentativo e l'altro di fare una chiamata, Sam armeggiava con la radio. Si voltò a guardarlo, strofinandosi gli occhi. «Cavolo, devo mangiare qualcosa! Mi sembra di non toccare cibo da giorni!»

Oliver la fissò preoccupato, accorgendosi solo allora del suo evidente malessere. «Ehi, cosa c'è che non va?»

«Ho quella roba schifosa negli occhi e in bocca. È come avere la bocca piena di monetine.» Sam sbatté le palpebre e continuò a strofinarsi gli occhi con i palmi delle mani.

Oliver mise in folle e tirò il freno a mano. «Avvicinati un attimo e fammi dare un'occhiata.»

«Non so cosa pensi di vedere, Ollie.»

«Chi lo sa che sostanze chimiche ci sono in quella roba... È pioggia di asteroide bombardata da ordigni nucleari, Sam! Saresti dovuta restare in cabina con me.»

«Bel modo di far sentire meglio una persona, stupido! Volevo solo riportare la bambola alla bambina.»

Oliver sospirò. «Ok, scusa, ma fammi dare un'occhiata.»

Sam si chinò sopra la bambina che sedeva tra di loro, mentre Oliver prendeva dal vano portaoggetti la sua fedele penna luminosa. Talvolta gli serviva per esaminare i documenti di servizio, riportanti le tappe aggiunte o cancellate, nelle prime ore del giorno.

Accese la luce e la puntò negli occhi di Sam. Lei si ritrasse, serrando le palpebre.

«Dai, Sam, se non mi lasci fare non riesco a controllare.»

«Scusa, Ollie, ma quella luce mi brucia!»

Lui le fece cenno di riprovare. Sam si sporse in avanti e

aprì gli occhi il più possibile. Quando la luce li colpì dalla luce, sobbalzò appena, costringendosi a rimanere immobile.

Oliver li fissò e notò subito che qualcosa non andava: il bianco era completamente iniettato di sangue... anzi, iniettato era dir poco. La sclera sanguinava di brutto. «Ma che...» si interruppe, aggrottando la fronte.

«Cosa vedi?» chiese Sam, sbattendo le palpebre.

Una lacrima rosso sangue le colò da entrambi gli occhi.

Oliver afferrò una bottiglia d'acqua mezza vuota dal portabevande. «Voglio che ti sciacqui gli occhi, Sam.»

«Perché? Cosa vedi?» La sua voce era tesa; continuava a sbattere le palpebre e a sanguinare.

«Credo che tu abbia ancora un po' di quella roba negli occhi, tutto qui. Se continua a irritarli, dobbiamo sciacquarli.»

«Perché ti sanguinano gli occhi? Ti sei fatta la bua?» domandò la bambina.

Sam abbassò l'aletta parasole del lato passeggero e guardò nello specchietto che aveva attaccato sul retro.

«Ma che cazzo...?»

«Ehm...» fece la bambina, portandosi una mano alla bocca.

«Calma, Sam. Sarà solo un po' di pioggia entrata negli occhi. Tira indietro la testa e lascia che te li sciacqui.»

Dietro di loro, i clacson suonavano rabbiosamente per spingerlo ad accostare. Oliver li ignorò, prendendo la bottiglia d'acqua.

Sam gliela strappò di mano e si rovesciò l'acqua direttamente negli occhi, costringendosi a tenerli aperti mentre li sciacquava. «Controlla di nuovo!»

Oliver si chinò e guardò. Con una stretta al cuore, notò delle piccole perforazioni nel bianco degli occhi di Sam.

Forse ce n'erano anche nella cornea e nelle pupille, ma non poteva esserne certo.

Mentre la fissava, gli occhi le si riempirono di sangue, che riprese a stillare.

Stavolta Sam non attese un commento: si portò le mani al viso e iniziò a strofinarsi furiosamente. «Oddio! Oliver, sto diventando cieca? Ma che caz...»

«Stai calma, Sam. ti porterò da un medico, andrà tutto bene...»

«Bene? Mi stanno sanguinando gli occhi, cazzo!» Oliver non l'aveva mai vista così vicina a una crisi di panico.

«Riesci a vedere adesso?» le chiese.

«Sì... ci vedo, ma sanguinano, Ollie! E mi bruciano da morire.» Si premette le dita sugli occhi, strofinandoli.

«Smettila, rischi di peggiorare le cose. Prima hai detto che la pioggia sapeva di monetine.»

Sam prese un sorso d'acqua, si sciacquò la bocca e sputò sul pavimento del camion un liquido rosso carminio. Il suo viso era una maschera di puro terrore.

«Che cos'hai?» chiese preoccupato Oliver.

«La mia bocca! Sento ancora un sapore di metallo, Oliver... di metallo e sangue!»

CAPITOLO 6
CARAMELLE GOMMOSE

GLI OCCHI di Chuck saettavano selvaggiamente mentre le persone rimaste nell'atrio urlavano e si gettavano tutte a terra, sul freddo pavimento piastrellato.

«Arrrgggh! Silenzio! Zitti tutti!» urlò l'uomo, stringendosi lo stomaco con la mano libera.

Zoe sedeva paralizzata, col sangue di Ben che le colava addosso impregnandole l'uniforme da infermiera e imbrattandole la gamba destra. Sbatté le palpebre e guardò l'uomo impazzito che le puntava la canna della pistola contro la testa, premendo e tremando.

Il ronzio nelle orecchie si affievolì mentre, fuori, cadeva la pioggia e l'acqua sgorgava da un pluviale, schizzando con forza contro il cemento. Zoe sentiva ogni cosa: i respiri trattenuti, lo scrosciare dell'acqua nelle grondaie e Chuck, in preda alla follia, che discuteva con se stesso. Ma i suoi occhi restavano inchiodati al dito sul grilletto, sporco di sangue come il volto dell'uomo, che iniziava a premere. Stava per morire. Stava per morire proprio come Ben!

Zoe inspirò profondamente per l'ultima volta. Le

lacrime le sgorgavano dagli occhi come l'acqua dalle grondaie; un gemito silenzioso le sfuggì dalla gola.

Accanto a lei, l'uomo con la gamba rotta, privo di sensi fino a quel momento, spalancò gli occhi ed emise un lamento straziante, riempiendo l'atrio con il suono dell'agonia.

Lo sguardo forsennato di Chuck si spostò su di lui: abbassò la pistola allontanandola dalla testa di Zoe e fece fuoco verso il malcapitato una, due, e poi una terza volta.

Le urla nell'atrio furono soffocate da un nuovo ronzio nelle orecchie di Zoe.

Chuck posò di nuovo lo sguardo su di lei e rialzò l'arma, ma stavolta non la puntò contro la testa della donna bensì contro la propria.

«Omma... dai! Eccche... ne so! Senti l'odore? Gesùmmio... lo senti?!»

Se Zoe non l'avesse guardato dritto in faccia, non avrebbe nemmeno capito quelle parole confuse. Che comunque non avevano senso. Avrebbe voluto dirgli di smettere, di fermarsi... ma aveva paura persino di sbattere gli occhi. Tutto quello che poteva fare era osservare, inerme, il sangue colare dagli occhi dell'uomo rigandogli le guance e i baffi brizzolati.

Chuck continuava a borbottare, fissando la folla. Iniziò a battersi la pistola contro la testa. «Che fame... muoio di fame... non ci vedo più dalla fam...» D'improvviso si immobilizzò. Abbassò l'arma e inspirò profondamente, annusando l'aria come un cane che avesse fiutato qualcosa. Poi abbassò lo sguardo fino a incontrare quello di Zoe, che fissò con occhi imploranti, da cui uscivano lacrime color cremisi.

«Senti che odore? Ti prego... lo senti anche tu, vero? Dimmi che non sono solo io... Non è giusto ma... è buono, no? Oh... noooo» iniziò a piagnucolare, accovacciandosi accanto a lei. Poi avvicinò il suo viso a quello di Zoe.

«Hai la faccia piena di... tutte queste mollichelle grigie. Oddio, non dovresti! Io... non dovrei!»

Allungò la mano libera verso il suo volto.

Zoe si ritrasse, cercando di sottrarsi all'uomo dagli occhi iniettati di sangue, ma non poteva scappare: il corpo di Ben, ancora riverso su di lei, l'ancorava a quell'incubo. Quando le dita di Chuck le sfiorarono la guancia, girò di scatto la testa, il respiro mozzato per il terrore.

Lui le tolse qualche cosa dalla guancia e la contemplò come se stesse guardando in una sfera di cristallo. Portò la sostanza al naso, inspirando profondamente.

«Oh, sì...» sussurrò. «Sa di... di fiore... del fiore più dolce che esista!»

Sotto lo sguardo inorridito di Zoe, si mise in bocca la mollica grigia come fosse una caramella gommosa. Poi chiuse gli occhi insanguinati e ricadde a sedere, posando l'arma a terra. Si passò lentamente la lingua sui denti. Fece una risata, deglutì e si leccò le labbra.

Un senso estremo di rivolta scattò in Zoe che, vedendo la pistola a terra, colse l'occasione. Poggiò le mani sulla spalla e sul fianco del corpo di Ben e lo spinse con tutte le sue forze. Il cadavere rotolò su di lei; la mano inerte colpì il marmo insanguinato come un pezzo di carne cruda gettata su un tagliere.

Chuck sgranò gli occhi.

Zoe sussultò e diede un calcio alla pistola.

L'arma scivolò verso un gruppo di persone stese a faccia in giù in fondo alle scale. Zoe piantò i piedi contro il corpo di Ben e con un calcio lo spinse in avanti, poi indietreggiò carponi nella pozza scivolosa.

Chuck si gettò in avanti ma non per afferrare lei o la

pistola. Afferrò Ben. E, prima ancora che Zoe si rimettesse in piedi, Chuck aveva immerso l'indice, fino alla nocca, nella ferita al capo di Ben. Le scoccò un'occhiata, ritirando il dito adunco dalla testa del defunto come se lo stesse sollevando da una ciotola... solo che non era impasto per biscotti quello che lo ricopriva. Chuck si infilò il dito in bocca in fretta e furia. Assunse un'espressione estatica, come se degustasse un cucchiaio del suo gelato preferito, poi si tolse il dito dalla bocca e cominciò a masticare. Infine, riportando gli occhi iniettati di sangue su Ben, infilò di nuovo l'appendice nella ferita alla testa.

Ora la gente intorno urlava e tutti quelli che potevano si erano rimessi in piedi e correvano verso l'uscita.

Dalla folla sbucò un uomo in uniforme che impugnava una pistola... la pistola di Chuck.

«Fermo! Fermati subito!» gridò, ma Chuck non gli prestò alcuna attenzione. L'uomo gli sparò due colpi al petto. Stavolta Zoe era riuscita a tapparsi le orecchie con le mani prima degli spari.

Chuck crollò all'indietro, il corpo scosso da spasmi. Poi, di punto in bianco, la sua furia si placò nella morte.

«Avete visto tutti cosa ha fatto! Non avevo scelta!» disse l'uomo in uniforme, passandosi una mano tremante sul volto. «Non voleva smettere di... di mangiare quell'uomo! Cristo, avete visto tutti, vero? Signora, lei ha visto, no? Non avevo scelta.»

Zoe rimase in silenzio, mentre intorno a lei la gente urlava e si riversava fuori, sotto la pioggia.

"La pioggia!", pensò, tornando in sé.

Ritrovando la voce, disse: «Credo che non dovremmo uscire fuori!»

Nessuno la sentì o, se anche la sentirono, la ignorarono. Allora si mise a urlare:

«Ascoltate tutti! Non uscite sotto la pioggia!»

Solo l'addetto alla sicurezza, o chiunque fosse l'uomo in uniforme, parve sentirla. Estrasse il caricatore della pistola, lo controllò e lo reinserì con un *clic*, infilando l'arma nella cintura.

«Perché? », chiese, «Perché non dovrebbero uscire sotto la pioggia?»

Zoe deglutì, indicando il corpo senza vita di Chuck.

«Gli era successo qualcosa... dopo essere stato sotto la pioggia. Si comportava in modo innaturale e gli sanguinavano gli occhi.»

L'uomo si voltò verso l'uscita. «Maledizione!»

All'esterno si udivano urla e nuovi spari. I fari brillavano attraverso le porte di vetro, tingendo l'atrio di un bagliore rossastro.

«Corra!» gridò l'uomo, afferrandola per la mano e trascinandola verso le scale.

Zoe era appena al quinto gradino quando un pick-up sfondò le doppie porte a vetro, facendole esplodere verso l'interno in un turbine di metallo piegato e schegge di vetro. Il veicolo avanzò per metà atrio prima di arrestarsi con uno scossone, col clacson che suonava senza sosta.

Zoe e la guardia si fermarono e si voltarono indietro. Attraverso il parabrezza crepato, la donna scorse il conducente accasciato sul volante, immobile.

«Ehi, lavori qui?» chiese Zoe alla guardia, gridando per coprire il clacson.

«Sì, da tre mesi.»

«Come ti chiami?»

«Deandre.»

Il clacson tacque.

Zoe guardò di nuovo verso il pick-up e notò che non

c'era più il conducente accasciato sul volante. "Magari ha ripreso conoscenza", pensò.

«Deandre, dobbiamo trovare un posto riparato dove aspettare che finisca di piovere. Non è sicuro là fuori.»

Il cuore le pulsava in gola; fece un respiro profondo, temendo un attacco di panico.

«Ok. Possiamo rifugiarci al piano di sopra. Magari in uno degli uffici dei giudici.»

L'uomo rivolse nuovamente lo sguardo di sotto.

«Oh, Cristo...! Ma che...?»

«Cosa c'è?»

«Quell'uomo!» disse lui, puntando il dito.

Zoe vide che indicava il punto dove fino a un momento prima giaceva il cadavere di Chuck, che era sparito.

CAPITOLO 7
FAME

LA PIOGGIA rossa continuava a cadere fitta dal cielo mentre Oliver guidava lentamente il camion rosso e bianco verso la rampa di uscita.

«Come ti senti, Sam?» chiese, dando uno sguardo alla bambina seduta tra loro, rannicchiata nella sua giacca lavanda della North Face con la bambola stretta in grembo.

Sam era reclinata contro la portiera, la fronte poggiata sul vetro appannato del finestrino lato passeggero. «Affamata» mormorò lei.

«Beh, l'appetito è un buon segno. Guarda, ho una barretta di muesli nel vano portaoggetti.» Indicò lo scomparto, senza distogliere lo sguardo dalla piccola porzione di strada visibile oltre il parabrezza.

«No. lo sai che non mangio carboidrati. E poi... ho voglia di qualcos'altro. Qualcosa...»

Non solo Sam non mangiava carboidrati, ma Oliver sapeva che non mangiava mai niente durante il giro. Digiunava almeno fino a mezzogiorno e smetteva nuovamente di mangiare verso le sei, forse le sette. In effetti, non ricordava un solo viaggio in cui l'avesse sentita lamentarsi della fame.

Aguzzò lo sguardo per scrutare oltre il parabrezza. Come un pesante drappo di velluto rosso, la coltre nuvolosa bloccava quasi del tutto la luce del sole. Si era fatto scuro ma non si trattava di un'oscurità totale. Ricordava piuttosto l'incupirsi del cielo per le nubi vorticanti di una tempesta di polvere… "Una tempesta di sangue", pensò.

Mentre imboccava lentamente la rampa, delle sagome si stagliarono davanti a loro. Oliver rallentò fino a fermarsi.

«Merda… è tutto bloccato, Sam. Dev'esserci traffico fino alla Route 29.»

«Prova a superarli sulla corsia di emergenza» disse Sam, staccando la fronte dal finestrino.

«Non so se è il caso… credo che non abbiamo altra scelta che aspettare. Forse la pioggia sta calando un po'.»

«Ollie, non posso aspettare. Dobbiamo andare. Ho bisogno di…»

«Lo so, e sto cercando di portarti all'ospedale, Sam.»

«No. Prima devo mangiare. Ho fame.» Inspirò profondamente. «Che odore, Ollie… Tu non lo senti?»

Oliver aggrottò la fronte. «Non sento niente. Il cibo può aspettare. Dobbiamo farti visitare… »

Sul cruscotto, il suo telefono vibrò. Era Zoe! Oliver afferrò l'apparecchio e lo sbloccò col pollice. C'era un messaggio: *Hai preso la pioggia?*

Oliver digitò in fretta: *Io no. Ma Sam sì. Tu stai bene? Ti sei bagnata?*

La risposta arrivò subito: *È con te Sam? È con te adesso?*

Oliver iniziò a rispondere quando si scatenò un clacson. Il camion sobbalzò in avanti. Oliver tese il braccio davanti alla bambina per proteggerla; il telefono gli scivolò di mano e ruzzolò a terra sul lato passeggero.

«Dannazione! Qualcuno ci ha tamponato!»

Da dietro risuonò il colpo, inconfondibile, di uno sparo. «Che diavolo...?»

Fuori si vedevano le sagome di persone che superavano il camion di corsa.

«Lo senti, Oliver? Come fai a non sentirlo?» chiese Sam, scuotendo la testa come se non avesse neppure notato l'urto. Si chinò verso la bambina, posando il naso su uno dei suoi chignon afro e aspirando forte. «Oh... è da qui che viene, vero?» Avvicinò il naso all'orecchio della piccola.

Un altro sparo. Urla.

Oliver fissò attonito lo specchietto laterale per capire cosa stesse accadendo fuori. Attraverso la pioggia vide il lampo di altri spari. Oddio, stavano sparando proprio dietro il camion!

«Ehi, basta, mi fai il solletico!» protestò la bambina, allontanandosi da Sam per accostarsi a Oliver.

Lui, perplesso, le guardò. «Sam, che stai facendo? Riesci ad acchiappare il mio telefono? È lì, da qualche parte, ai tuoi piedi. Zoe mi stava scrivendo!»

Sam guardò verso il basso ma non si mosse. «Perché viene vicino a te? Perché? Che motivo c'è? Perché non mi lasci fare? Non vuoi che mi senta meglio? Oh... fa così male, Oliver!.»

Sospirò e fece una smorfia, con lo sguardo ancora fisso a terra.

«Sam, non so cosa ti stia succedendo ma ho bisogno del telefono e tu hai bisogno di cure», insistette Oliver, tirando la bambina ancora più vicina a sé e indicando l'apparecchio per terra.

Sam esplose: «Non senti l'odore? O lo vuoi tutto per te? L'ho sentito prima io, Oliver! E sono io che sto morendo di fame!» Calò il piede destro sul telefono, schiacciandolo. «L'ho sentito *io* per *prima*, capito?!»

Tutta l'attenzione di Oliver era ormai concentrata su Sam e il suo viso stravolto. «Sam, ma che cazzo...?!»

Gli occhi iniettati di sangue di Sam saettarono prima su di lui e poi sulla bambina, dilatandosi allucinati mentre scattava in avanti. La piccola urlò, stringendo la bambola al petto e addossandosi a Oliver. Le labbra di Sam si ritrassero, scoprendo la lingua; la donna si preparava a mordere.

D'istinto, Oliver tese la mano per spingerla via e il suo palmo la colpì in fronte. «Gesù...! Sam!»

La forza dell'impatto lo spinse contro la portiera, mentre la testa di lei scattò all'indietro e la bocca si richiuse con una forza tale da spaccarle i denti. Oliver tirò la bambina per il braccio, trascinandosela in grembo.

Ora Sam giaceva prona sul sedile, i piedi piantati contro la portiera lato passeggero e le ginocchia piegate per fare leva. Le suole delle sue scarpe da ginnastica stridevano sul metallo contro cui erano poggiate, mentre lei spingeva con forza. «Mia! Mia! Mia!» ringhiava, digrignando i denti. Afferrò la bambina per una gamba e iniziò a tirare.

La piccola urlava e scalciava, mentre il braccio di Oliver iniziava a cedere. Sam poteva sollevare duecentocinquanta chili con le gambe. Lui, con un braccio impegnato a reggere la bambina, non riusciva a trattenerla.

«Smettila, Sam! Che diavolo ti prende?!»

Fuori, la pioggia rossa grondava dal cielo come da una ferita aperta.

CAPITOLO 8
L'UFFICIO DEL GIUDICE

ZOE LANCIÒ RAPIDI sguardi di ricognizione intorno all'atrio mentre Deandre sfondava con una spallata una grande porta di legno con la scritta *Aula B*.

Dal piano di sotto le urla continuavano a giungere fino a loro.

«Forza, c'è l'ufficio del giudice sul retro» disse la guardia, muovendosi cautamente nella sala buia.

Zoe stava per entrare quando, dietro di sé, sentì dei passi strascicati, mescolati al ticchettio di tacchi alti sulle piastrelle. Si voltò e vide una donna alta e bionda, col mascara che le colava sul viso, una gonna corta e una camicetta bianca tesa sul seno abbondante. Correva dietro a un uomo dall'aria familiare, esile e con un'incipiente calvizie.

«Tom! Da questa parte!» Zoe fece cenno ai due di seguirla.

Tutti e quattro attraversarono l'aula, immersa in un'atmosfera inquietante, con la luce di emergenza che emanava un debole bagliore rossastro.

Raggiunsero in fretta l'anticamera; la targhetta sulla porta recitava: *Ufficio del giudice Pastel*.

«Ho sentito urla e spari! Che... che diavolo sta succedendo laggiù?» chiese la bionda, cercando di riprendere fiato.

Tom si passò una mano sul volto, poi si tolse gli occhiali per massaggiarsi gli occhi. «Un pazzo ha sfondato l'edificio con il suo camion! Mi ha quasi ammazzato!»

Deandre attraversò la camera fino alla porta dell'ufficio del giudice e l'aprì di colpo.

«Posso aiutarvi?» chiese una voce spaventata dall'interno.

«Giudice Pastel?»

«Sì. Che succede?»

«Mi scusi se l'ho spaventata ma non pensavo fosse ancora qui», disse l'uomo affacciandosi nella stanza. «È successo qualcosa di grave.»

«Deandre? Prego, vieni dentro.»

L'uomo entrò, seguito dagli altri tre.

«Abbiamo bisogno di un posto sicuro dove aspettare che si calmi la situazione» spiegò.

«Venite tutti, prego.»

Il giudice li invitò a entrare nell'ufficio, dirigendosi verso la scrivania. Zoe non era mai stata nell'ufficio di un giudice, ma sostanzialmente era simile a tutti gli altri uffici che aveva visitato: una scrivania gigantesca, pannelli di legno alle pareti e scaffali pieni di libri, presumibilmente di diritto. C'erano anche due alte finestre a tutta parete con le persiane chiuse.

«Giudice Pastel, mi scusi...»

L'uomo, che stava per sedersi, si fermò, guardandola bene. «Dio mio, ma è coperta di sangue! Venga qui, si sieda, mi faccia vedere bene. Cosa le è successo?»

Zoe abbassò lo sguardo sulle macchie di sangue che la

coprivano, rendendosi conto che doveva costituire uno spettacolo raccapricciante.

«Sto bene. Il sangue non è mio.»

«Ma... non capisco» disse il giudice, guardando Deandre. «C'è uno che spara sulla folla? È per questo il trambusto che ho sentito?»

«Come, non lo sa?» chiese Zoe.

«Non so cosa? Io... avevo la prima udienza alle nove ma, come di consueto, sono arrivato presto per prepararmi. Poco fa ho sentito urla e spari. Tutto edificio ha tremato! Avevo appena aperto la porta e stavo per entrare nell'anticamera e guardare fuori per cercare di capire cosa stesse succedendo quando siete entrati voi di corsa.»

La donna bionda scosse la testa, incredula, avvicinandosi alle due grandi finestre. «Quindi non sa niente del maledetto asteroide gigante, della testata nucleare e della pioggia di sangue dal cielo?»

«La pioggia... di sangue? Ragazza mia, che sostanze ha assunto?»

La bionda tirò la catenella di una tenda, scoprendo il vetro tutto schizzato di acqua rossa, oltre il quale si intravedeva un cielo oscuro, alieno. «Ecco...Non sono drogata e non sono la sua ragazza!»

Il giudice si accostò alla finestra, incredulo. «Oh, mio Dio... è vero.»

La donna incrociò le braccia, soddisfatta. «Eh già!»

Mentre tutti guardavano fuori, Deandre mise rapidamente il giudice Pastel al corrente degli ultimi eventi. Zoe provò a mandare un altro messaggio telefonico a Oliver, scrivendo: *Ti prego, rispondimi!* La barra blu iniziò ad allungarsi lentamente, poi si bloccò. Sotto il testo, il messaggio diventò rosso e apparve la notifica: *Messaggio non inviato.*

«Merda!» esclamò, riprovando: *Hai preso la pioggia?*

Questa volta il messaggio partì: *Consegnato.*

Zoe trattenne il fiato, appoggiandosi al bordo della scrivania del giudice Pastel e fissando lo schermo. "Ti prego, ti prego, ti prego!", mormorò tra sé. Udì la notifica della risposta di Oliver. Il sollievo per il suo "no" si mutò subito in allarme apprendendo che Sam era stata sotto la pioggia.

Oh, no! Scrisse in fretta: *È con te Sam? È con te adesso?*

Dieci secondi. Venti. Niente. Oliver non rispondeva.

Scorreva freneticamente lo schermo del telefono. "Dai, Oliver! Rispondimi! Non farmi questo proprio ora!"

Continuò a fissare il telefono, sperando con tutte le sue forze. "Per favore, Oliver! Rispondimi!"

«Ha risposto? Funziona il telefono?» chiese Tom con voce concitata.

Zoe non si era neanche accorta che lui le stesse accanto. Qualcosa nel suo tono la spinse ad alzare lo sguardo. Lo osservò attentamente, con occhio clinico. I suoi capelli, prima ordinati, erano tutti scompigliati, dandogli l'aspetto di un clown nel giorno di riposo. L'uomo iniziò a sbattere le palpebre ripetutamente, come per un tic nervoso... o per lo stress dovuto alla situazione. Solo in quel momento Zoe si rese conto che l'impiegato segaligno sembrava sul punto di perdere il controllo.

«Tom, giusto?»

Lui annuì, abbassando lo sguardo sul proprio telefono, accigliato. «Il mio non prende proprio. Il tuo funziona?»

«Ehi, ha detto che il tuo telefono funziona?» intervenne la bionda.

Anche gli altri si staccarono dalla finestra e si strinsero attorno a Zoe. Gli occhi terrorizzati di Tom guizzavano da uno all'altro.

«Sì... cioè, funzionava» precisò Zoe. «Ho mandato un messaggio a Oliver e lui ha risposto, ma ora non risponde più. Continuo a provare.» Forse, se i messaggi passavano, anche una chiamata avrebbe funzionato. Sfiorò con l'indice il nome di Oliver e il telefono cominciò a squillare.

«Posso usare il tuo telefono per chiamare la mia Laura? Per favore» chiese Tom, tendendo la mano verso l'apparecchio.

Istintivamente, Zoe si tirò indietro. «Un attimo... sta squillando.»

Deandre, il volto serio, alzò una mano. «Calma, Tom. Vediamo se riesce a prendere la linea.» Tornò a guardare Zoe con aria speranzosa.

Lei scosse la testa. «C'è la segreteria.»

«Dannazione... ma almeno la chiamata è partita», commentò Deandre.

Tom scattò in avanti, strappandole il telefono dalle mani.

«Ehi!» protestò Zoe, indietreggiando e andando a sbattere contro la scrivania. Un portapenne si ribaltò, rovesciando matite, forbici e un lungo tagliacarte.

«Io... devo cercare di raggiungere la mia Laura. Sarà angosciata con tutto quello che sta succedendo!» Aprì la schermata del tastierino, con aria preoccupata.

«Ma che maleducazione! Non si arraffano le cose degli altri, figliolo. Per l'amor di Dio, è quasi un'aggressione!» lo riprese il giudice Pastel.

Deandre lanciò all'impiegato uno sguardo fulminante, pronto a intervenire per dargli una lezione, quando Zoe riprese in mano la situazione.

«È tutto a posto», disse, ricomponendosi.

«No, questo piccolo squinternato non è affatto a posto!» ribatté la bionda, guardando torva Tom.

«Sta' zitta, puttana schifosa!» ribatté l'impiegato, senza staccare lo sguardo corrucciato dallo schermo.

«Ehi, stronzo! Come osi...» iniziò lei, ma Zoe la fermò con un gesto netto.

«Basta!» disse, senza smettere di fissare Tom. «Va bene, Tom. Chiama tua moglie.»

«Io... non ricordo il suo numero», mormorò lui.

«Non ricordi il numero di tua moglie?» chiese il giudice Pastel, incredulo.

Tom, con la mano libera, provò a raddrizzarsi gli occhiali dalla montatura di metallo, ma continuavano a rimanere del tutto storti.

«È che nel mio telefono il suo numero è memorizzato... non lo compongo mai.»

Gli occhiali storti di Tom catturarono lo sguardo di Zoe, confermando i suoi sospetti. L'uomo aveva i vestiti tutti chiazzati, come da schizzi di sangue, ma in quel momento si rese conto che non era affatto sangue.

«Tom, i tuoi vestiti... sei uscito sotto la pioggia?»

«Ho cercato di andare... tornare a casa da...» balbettò, stringendo forte gli occhi come per focalizzare un ricordo.

Zoe deglutì, osservando una lacrima color sangue che scendeva dall'angolo dell'occhio sinistro dell'uomo.

«...dalla mia Laura!»

Quando rialzò lo sguardo, le sclere erano rosso sangue.

Zoe capì, grazie alla sua formazione medica, che l'occhio non era semplicemente iniettato di sangue. Appariva gravemente lesionato, e l'altro non stava molto meglio. Senza un esame più approfondito non poteva capire la causa del sanguinamento, ma forse non aveva importanza. L'emorragia oculare era solo il sintomo di qualcos'altro, qualcosa che intaccava la mente dell'uomo.

Tom scosse il capo. «Ma vedi... a quel punto è scoppiato l'inferno! Un camion si è schiantato sulle macchine parcheggiate. Sono corso dentro un attimo prima che sfondasse il maledetto edificio.»

Zoe lanciò un'occhiata alla finestra rigata di pioggia per poi tornare a concentrarsi sugli abiti macchiati di rosso di Tom. «Quanto tempo sei rimasto lì fuori?»

«Chi se ne frega!» sbottò la bionda. «Senti, se nemmeno ricordi il numero di tua moglie, dammi il telefono. Devo assicurarmi che il mio accompagnatore sia ancora lì fuori!»

«No», disse Tom con voce piatta.

«Come no?!» ribatté lei.

«Penso che lo terrò finché non mi tornerà in mente il suo numero. È sulla punta... punta della lin...della lingua, giusto! Già lo pregusto...» disse tranquillo. Poi iniziò a canticchiare pian piano: «Oh, baby... mio dolce... amore...»

La bionda scoppiò in una risata sardonica. «Questo sta andando fuori la testa!» Si voltò, andando dall'altra parte dell'ufficio, dove si lasciò cadere in una poltrona di pelle marrone scuro. Accese il proprio telefono. «Continuate pure a dare di matto! Risolverò io questa situazione di merda.»

«Ridalle il telefono, Tom, prima che ti costringa a farlo» disse Deandre, la voce bassa e tesa.

Tom arricciò le labbra in un ghigno. «Chi, tu?»

Zoe posò una mano sulla spalla di Deandre. «Lascia che provi a contattare la moglie. Voi due tornate nella sala d'attesa e aiutatemi a bloccare la porta.»

«Bloccare la porta? Possiamo semplicemente chiudere a chiave la porta del mio ufficio. Pensa davvero che sia necessario bloccare anche quella dell'anticamera?» chiese il giudice Pastel.

Zoe annuì. «Sì. E ho bisogno dell'aiuto di tutti. Tranne che di Tom. Lui deve restare qui e chiamare Laura. Sarà preoccupata.»

Tom, la fronte aggrottata, fissava lo schermo digitando numeri a caso, sbagliando ogni volta.

Deandre scosse la testa. «Tutti abbiamo persone di cui preoccuparci là fuori, ma questo tizio ha preso il tuo...»

«Lascia perdere» lo interruppe Zoe, accennando con lo sguardo all'impiegato e poi puntando un dito verso il proprio occhio.

Il robusto agente di sicurezza fissò Tom con più attenzione.

L'occhio sinistro ora perdeva sangue a fiotti e l'altro era completamente iniettato di rosso.

«Mi sfugge qualcosa?» chiese il giudice Pastel.

«Sì. La gente là fuori si comporta in modo strano. Giudice, la prego, venga ad aiutarci con la porta.»

Zoe si voltò verso la bionda seduta sulla poltrona di pelle. «Anche tu.»

La donna alzò lo sguardo contrariata e stava per protestare quando Zoe la scongiurò con la testa, indicando Tom. Deandre le fece cenno di avviarsi verso la porta. Lo sguardo della bionda, perplesso e incuriosito al tempo stesso, corse dall'una all'altro, ma alla fine si alzò e li seguì fuori dall'ufficio. Attraversarono la sala d'attesa e raggiunsero una grande porta di legno.

Dall'ufficio, la voce cantilenante di Tom intonava ora una filastrocca inquietante: «Oh baby, mio dolce amore... sento il tuo languore... Ma, baby, mio dolce amore... senti che buon odore... che prelibato afrore...afrore... afrore...».

«Ascoltate tutti,» sussurrò Zoe, «dobbiamo andarcene subito».

«Accidenti, devo prendere la giacca!» disse il giudice Pastel, voltandosi verso l'ufficio.

Zoe allungò la mano per afferrare la maniglia della porta che li separava dall'aula. «Lasci perdere.»

Pastel scosse la testa. «Non posso, le chiavi della macchina sono nella tasca. Ci metto un secondo.»

Prima che Zoe potesse dire altro, era già rientrato nell'ufficio.

«Merda!» esclamò lei, stringendo la maniglia.

Dall'altra parte, un urlo straziante squarciò l'aria, subito da un forte botto. La porta tremò. Zoe ritrasse la mano come se avesse toccato una fiamma viva, mentre Deandre si lanciava contro l'enorme battente di legno.

Boom!

«Prendi una sedia!» gridò la guardia, facendo un cenno alle sedie sue spalle.

Un altro urlo. Un altro colpo. La porta si incrinò.

Poi soltanto silenzio. Dall'ufficio, Tom ricominciò a canticchiare sottovoce. Zoe e la bionda afferrarono una delle sedie di pelle e la trascinarono fino alla porta.

Dall'altra parte, una voce disse calma: «Sento il vostro odore...».

«Che diamine sta succedendo?» chiese la bionda, la voce incrinata, aiutando Zoe a incastrare lo schienale della poltrona sotto la maniglia.

Zoe scosse la testa. «Non lo so.»

Deandre si staccò dalla porta e la guardò, gli occhi colmi di paura. «Quel tizio al piano di sotto era morto... e poi è sparito. E se questo dietro la porta fosse lo stesso... quello che stava... mangiando l'altro?»

«Quello a cui hai sparato due volte al petto? Era morto, ne sono sicura. Qualcun altro l'avrà trascinato via», replicò Zoe, senza staccare lo sguardo dalla porta.

Boom!

«No,» ribatté Deandre. «Era steso in una pozza di sangue. Se l'avessero trascinato, sarebbe rimasta una scia rossa sul marmo. Non è stato trascinato.»

Zoe ci pensò un attimo, prima che la porta tremasse di nuovo. *Boom!*

«Fatemi entrare, cazzo!»

«Questa poltrona non reggerà a lungo!» avvertì Deandre.

Un'altra voce si levò da dietro la porta. Questa era più profonda. «Sto morendo di fame!»

Boom!

«Devo uscire di qui!» disse la bionda.

Zoe le mise le mani sulle spalle. «Come ti chiami?»

«Angel», rispose la donna tra i singhiozzi.

«Angel, usciremo di qui insieme. Deandre, c'è un'altra via d'uscita?»

Boom!

«Giudice», chiamò Deandre alle proprie spalle. «Ho visto una porta in fondo al suo ufficio... La prego, mi dica che non è di uno sgabuzzino!»

Il giudice Pastel non rispose. Improvvisamente, Zoe si rese conto che non sentiva più il canto inquietante di Tom.

«Il giudice è rientrato a prendere la giacca...» mormorò, scambiando un'occhiata preoccupata con Deandre.

Boom!

«Forza!» urlò Deandre, correndo verso la porta dell'ufficio.

Appena entrati, si fermarono di colpo, pietrificati dall'orrore: il giudice Pastel era riverso sulla scrivania, il corpo prono che si contorceva, mentre Tom, a cavalcioni su di lui, stringeva un tagliacarte intriso di sangue. Una pozza s liquido scuro e vischioso si allargava sotto la toga del giudice e colava dalla scrivania.

La testa del giudice era girata di lato. Tom, senza prestare loro alcuna attenzione, continuava a colpire ripetutamente l'uomo anziano alla tempia.

«È così difficile da... penetrare!» gridò, senza rivolgersi a nessuno in particolare. Quindi, abbandonò il tagliacarte e affondò entrambi i pollici nel cranio dell'uomo. La lingua gli usciva dall'angolo della bocca insanguinata mentre si concentrava nello sforzo di allargare la ferita alla tempia, come se tentasse di spaccare un'anguria a mani nude.

Angel urlò.

Tom si voltò di scatto, come se li notasse per la prima volta. Il volto dell'ometto mezzo pelato si contorse mentre le sue labbra si incurvavano in un ghigno raccapricciante.

«Correte!» disse Zoe, indicando una porta sul retro dell'ufficio, oltre la macabra scena sulla scrivania.

Dall'anticamera giunse il rumore di legno che si spezzava.

Deandre chiuse con un colpo la porta dell'ufficio del giudice Pastel. «Hanno fatto irruzione! Correte, forza!»

Corsero, sfrecciando intorno alla scrivania. Prima Zoe, poi Angel. Zoe afferrò la porta, girò il chiavistello e spinse, uscendo sul pianerottolo delle scale. Angel, immediatamente dietro di lei, le finì contro la schiena.

Barcollando in avanti, Zoe si aggrappò al corrimano per non cadere giù per le scale.

«Scusa!» borbottò Angel.

Zoe si voltò e afferrò la donna, tirandola di lato per liberare il passaggio a Deandre, in modo che non le facesse cadere entrambe giù per le scale.

«Ahi!» gridò Angel, scivolando sulle piastrelle con i tacchi a spillo e cadendo tra le braccia di Zoe. Ma Zoe non le prestò attenzione, fissando oltre la porta con gli occhi sgranati. Tom, dalla scrivania, si era lanciato addosso a Deandre.

Sul lato opposto dell'ufficio, la porta tremò e si incrinò.

«Lasciami, figlio di puttana!» urlò Deandre, spingendo via Tom.

Un'arma sparò tre colpi, uno dietro l'altro. Tutti e tre raggiunsero Tom sulla sinistra del petto, facendolo barcollare all'indietro e sfondare una delle enormi vetrate, che si frantumò fragorosamente. Gli occhi sanguinanti dell'uomo si spalancarono mentre cadeva all'indietro. Zoe era certa che Tom sarebbe precipitato dalla finestra, ma l'ometto, agitando freneticamente le mani, all'ultimo istante riuscì ad afferrare il telaio frastagliato della finestra. Nonostante i frammenti di vetro che gli laceravano le mani e i colpi mortali al petto, riuscì in qualche modo a tenersi aggrappato, tirandosi in avanti solo per accasciarsi sulle ginocchia e infine cadere a faccia in giù.

Il suo corpo cominciò allora a contorcersi, in preda a spasmi e scatti convulsi, finché si immobilizzò.

Fuori, la pioggia cadeva fitta.

Dall'altra parte dell'ufficio giunse un suono di legno spezzato, quindi la porta cedette aprendosi verso l'interno.

«Presto!» gridò Zoe, facendo cenno a Deandre di correre.

Un uomo barbuto, basso e corpulento, con gli occhi insanguinati, piombò nella stanza, seguito da un uomo alto col volto sporco di sangue.

Deandre varcò barcollante la soglia, chiudendo la porta con una mano mentre con l'altra si slacciava la cintura e se la sfilava dalla vita. «Aiutami!»

«Come?» implorò Zoe.

Dall'altra parte, dei corpi si buttarono contro la porta.

Deandre afferrò la maniglia la maniglia e si appoggiò all'indietro con tutto il suo peso.

«Presto! Avvolgi la cintura intorno alla maniglia, fai un cappio, e poi fissa l'altra estremità al corrimano!»

Zoe avvolse la cintura intorno alla maniglia e l'annodò.

La porta si aprì di qualche centimetro. Nella fessura apparve il volto dell'uomo basso e barbuto, con i denti scoperti che si aprivano e chiudevano a scatti mentre annusava l'aria.

Deandre puntò il piede contro lo stipite, chiudendo la porta con un grugnito. «Sbrigati!»

«Come faccio a fissarla alla ringhiera?!»

«Lega come meglio puoi!»

Zoe infilò l'altra estremità della cintura intorno al corrimano e l'annodò alla meno peggio, pur sapendo che il cuoio non si prestava bene ai nodi.

«Non so quanto resisterà!» disse, guardando l'uomo e notando per la prima volta che il suo braccio sanguinava, e anche copiosamente.

«Deandre... il tuo braccio!»

Lui lasciò andare la porta e diede uno strattone deciso al nodo di Zoe.

«Sì... quel mostriciattolo di Tom mi ha morso!»

CAPITOLO 9
BALLANDO SOTTO LA PIOGGIA

SAM DIGRIGNAVA I DENTI, piangendo lacrime rosse che si riversavano sulla giacca a vento di Oliver. «Ho tanta fame, Oliver... sto male... proprio male! Ti prego!» lo implorò la donna, per poi urlare: «Ahhhhhh! Dammela!».

«Sam! Che diamine... smettila!» la scongiurò Oliver.

La bambina si liberò il piede con un calcio, scavalcò il volante e si arrampicò sul cruscotto, incastrandosi contro il parabrezza de camion. Ma Sam non le prestava più attenzione; aveva invece avvicinato il viso a quello di Oliver. Ora che era diventato il suo unico obiettivo, lui non riusciva più a trattenerla... non poteva impedire alla campionessa di Crossfit di piegargli le braccia e morderlo sul viso.

Oliver chiuse gli occhi, distogliendo lo sguardo dalla sua migliore amica, trasformata in un'orrenda maschera di disperazione.

All'improvviso la portiera del passeggero si aprì e Sam cadde a pancia in giù. Oliver aprì un occhio e girò di scatto la testa per vedere cosa fosse successo, se per caso c'era qualcuno sulla soglia. Ma non c'era nessuno. Si rese conto che Sam doveva aver sollevato con il piede il fermo della portiera, perdendo così il suo punto d'appoggio nell'abitacolo.

La donna si risollevò parzialmente, mettendosi a carponi. La bambina gridò.

In quell'istante Oliver intravide una nuova possibilità. Si girò, sollevando la gamba e schiacciando la schiena contro la portiera del conducente.

Sam ringhiò. Un ringhio animalesco, proprio da bestia selvatica. Poi si lanciò di nuovo in avanti.

Oliver serrò i denti e colpì: un calcio netto, dritto sulla spalla di lei. Adesso era lui ad avere il pieno controllo della situazione. «Ahhh!» gridò, sfoderando tutta la forza che aveva. «Mi dispiace, Sam!»

La donna spalancò gli occhi, rossi e gonfi di sangue, mentre la forza del calcio le fece perdere l'appiglio delle mani e delle ginocchia, scaraventandola verso il bordo del sedile. Da lì cadde all'indietro, le mani protese, fuori dal camion. «Ti prego!» gridò, sparendo nella pioggia.

Oliver si sentì stringere il cuore. Sapeva che una caduta di testa da quell'altezza poteva arrecare danni gravi, o essere letale. Ma non si soffermò per verificarlo. Inserì la marcia e affondò il piede sull'acceleratore. Il camion balzò in avanti; la portiera del passeggero si richiuse di scatto, proprio un istante prima di andare a sbattere contro il veicolo fermo davanti.

La bambina gemette, scivolando all'indietro dal cruscotto sull'enorme volante dal camion. Oliver afferrò un guanto da lavoro dal sedile e lo usò per abbassare la serratura interna della portiera del passeggero, lucida di pioggia.

«Scendi sul sedile», disse ansimando. La bambina piangeva, ma non sembrava essersi fatta male. «Come stai? » le chiese angosciato, «Hai battuto la testa?»

Lei, scosse il capo, asciugandosi gli occhi. Stringeva la

bambola come fosse un salvagente in mezzo a un mare in tempesta. «Voglio la mia mamma...» disse con le labbra tremanti e gli occhi nuovamente lucidi.

Oliver sentì una stretta al cuore; anche lui lottava per trattenere le lacrime. «Lo so. Lo so...» disse, esitando. Dentro di lui si agitavano pensieri confusi mentre cercava di razionalizzare ciò che era appena accaduto. Si rese conto che in tutto quel tempo, da quando aveva preso la bambina con sé, non le aveva nemmeno chiesto il nome.

«Come ti chiami?»

«Jurnee» rispose lei tra i singhiozzi, per poi precisare: «Ma non come quando si parte per un viaggio... JOURNEY». Sillabò le lettere una per una: «J... U... R... N... E... E».

Oliver batté le ciglia, scosso. «Jurnee...» ripeté a bassa voce.

Eccoli lì, due estranei, e ora quel nome... quella parola... Jurnee. Voleva credere che significasse qualcosa. Ma non credeva più nei segni del destino e nei profondi significati cosmici da quando...

Si incupì, cercando di scacciare quel pensiero, senza riuscirci. Jurnee era il nome su cui si stavano orientando lui e Zoe prima... Chiuse gli occhi e deglutì. Il ricordo lo opprimeva ancora come un macigno... Prima di perdere la loro creatura.

Anche la grafia era la stessa. Certo, l'avevano trovato su una lista di nomi femminili alla moda ma quante probabilità c'erano di trovare una bambina con quel nome proprio lì, in quel momento di incertezza? E il loro viaggio, prefigurato dal nome, dove li avrebbe portati? Non lo sapeva ma qualcosa, in fondo al petto, gli diceva: "Proteggi questa bambina".

Oliver riaprì gli occhi e la guardò.

«Bene, Jurnee, io sono Oliver e, finché non troviamo la tua famiglia, sarai al sicuro con me. D'accordo?»

Tra le lacrime che le rigavano le guance rotonde, la bimba riuscì a fare un cenno di assenso.

«Bene» disse lui. «Adesso promettimi una cosa: resta lontana da quella portiera. E non toccare niente bagnato dalla pioggia. Va bene?»

Jurnee annuì e si avvicinò a Oliver.

«Bene... ora vediamo di capire...»

Si udì un colpo sul finestrino lato passeggero: un pugno si era abbattuto sul vetro. Oliver trasalì e Jurnee lanciò un grido acuto.

Fuori, Sam strattonava la maniglia bloccata e, senza smettere di gemere, colpì ancora il vetro. «Muuuuuaaaa!» La testa era piegata in un angolo innaturale e metà del volto era ricoperta da un rivolo di sangue viscoso, visibile persino attraverso le striature della pioggia sul vetro.

"Oh, Gesù... Sam!" Oliver afferrò il cambio, lo tirò indietro e affondò il piede sull'acceleratore. Il furgone scattò in retromarcia, le luci bianche si accesero e il clacson iniziò a suonare in un allarme continuo. *Beep! Beep! Beep!* Un momento dopo, la tramoggia si schiantò contro un veicolo dietro di loro e Sam cadde dal predellino.

«Tieniti forte, Jurnee!» gridò Oliver.

Inserì la prima marcia. La pioggia stava calando quel tanto che bastava a far emergere le sagome scure dei veicoli che affollavano la rampa di uscita. Sterzando sulla corsia di emergenza, Oliver inserì la seconda e poi la terza, superando a tutta velocità gli automobilisti bloccati nel traffico.

A un certo punto, urtò lateralmente un SUV blu; si scatenarono i clacson ma lui proseguì, curvando con decisione lungo la rampa.

Un grosso pick-up marrone a cabina doppia si spostò

sulla corsia di emergenza cercando di bloccargli il passaggio. "Non è il momento di fare lo stronzo, amico!"

Oliver mise un braccio sul petto di Jurnee per proteggerla da un eventuale contraccolpo. Fortunatamente, il pick-up oppose poca resistenza quando l'autocompattatore lo colpì sul parafango anteriore lato passeggero. Il veicolo sbandò, finendo di traverso nel traffico intasato.

«Te lo sei meritato!» esclamò Oliver, intravedendo la scena nello specchietto laterale.

Rimase sulla corsia di emergenza e svoltò a destra sulla Route 29. Alla sua destra, subito dopo un punto vendita dei grandi magazzini Kohl's, un'esplosione spettacolare aveva fatto saltare in aria una stazione di servizio, trasformandola in una palla di fuoco. In quel momento Oliver capì che qualcosa di grave stava accadendo nel mondo circostante e gli tornò in mente il messaggio di Zoe: *Hai preso la pioggia?* Di tutte le domande che avrebbe potuto fargli, gli aveva chiesto quello, Non se stava bene, non dove si trovava, ma se aveva preso la pioggia. In un lampo rivide gli occhi di Sam, con i piccoli fori sanguinanti. Non erano stati feriti solo da particelle metalliche, o polvere d'asteroide. Sam era stata infettata, trasformata, da qualcosa nella pioggia. Qualcosa che la spingeva a divorarlo. Che diamine stava succedendo? Gli spari, le esplosioni.... Non si trattava solo di Sam. La pioggia stava cambiando la gente. Doveva tornare a casa. Doveva raggiungere Zoe. Al diavolo il codice della strada; nessuna regola lo avrebbe più trattenuto. Sarebbe tornato a casa e guai a chi si fosse messo di mezzo!

Si trovò di fronte un incrocio. La strada a sinistra era priva di corsia di emergenza. Andando dritto, oltre la farmacia CVS, avrebbe potuto imboccare Springfield Road per uscire dalla città ma anche quella strada, in alcuni tratti, era senza banchina. Doveva agire strategicamente e rimanere il più possibile su strade che ne fossero dotate.

Mackinaw era a trenta minuti verso est, in condizioni normali. Ma quel giorno non c'era nulla di normale. "Al diavolo!", pensò. Probabilmente la cosa migliore era seguire la via più facile: avrebbe tentato la sorte con Springfield Road. Se solo fosse riuscito a lasciare East River City, sarebbe dovuto arrivare a casa con sicurezza. Diede un'occhiata al telefono, rimasto per terra. Non aveva bisogno di recuperarlo per sapere che Sam l'aveva distrutto. Zoe sicuramente stava impazzendo dall'ansia. Ma un pensiero lo rassicurava: lei gli aveva chiesto se era si era esposto alla pioggia, quindi doveva sapere che non bisognava farlo. Grazie a Dio non lo avrebbe fatto. "Sto arrivando, Zoe!" Fece girare il camion davanti alla fila di auto e si immise nell'incrocio.

«Ma che cazzo...?» disse, notando un gruppo di una decina di persone che stavano in piedi sotto la pioggia. Anzi, non stavano in piedi... ballavano. «Oh, idioti figli di puttana!» esclamò scuotendo la testa, incredulo. "Ma tu guarda...", pensò, "sprizzano gioia di vivere e non sanno di andare incontro alla morte". Gli tornò in mente Sam e un nodo gli serrò la gola.

«Dici tante parolacce, Oliver!» lo rimproverò Jurnee.

Lui si scosse. «Oh... ehm... scusa, Jurnee.»

Lei tirò su col naso, si asciugò con la manica della giacca e scoppiò a ridere. Quella risata sembrava, in qualche modo, giusta. Anche Sam avrebbe riso di gusto vedendo una bambina rimproverarlo per il suo linguaggio scurrile. Oliver tossicchiò per scacciare il groppo che gli saliva alla gola. Sforzandosi di sorridere, disse, forse più per sé stesso che per lei: «Andrà tutto bene, piccola, il vecchio Mack ci porterà dove dobbiamo andare!»

«Chi è Mack?» chiese Jurnee, incuriosita.

«Oh, non te l'ho ancora presentato?» fece Oliver, con un sorriso più sincero. «Mack è il mio camion. Se guardi la griglia davanti, c'è scritto proprio lì.» Diede una pacca affettuosa sul cruscotto. «Mack, lei è Jurnee! Saluta.» Fece rombare il motore due volte.

«Ciao, Mack!» Jurnee rise di nuovo, stringendo la sua bambola. Poi la sollevò, come per presentarla al camion. «E lei è Princess. Potete fare amicizia.»

«Affare fatto,» disse Oliver, «e ora che ci conosciamo tutti, tieniti forte!»

La bambina strinse Princess al petto e annuì.

Guardando oltre le persone che ballavano sotto la pioggia, Oliver vide una lunga fila di auto proveniente dall'altra direzione che si estendeva, paraurti contro paraurti, per tutto l'incrocio. "Mi dispiace", pensò, mentre le persone si scansavano. Puntò il camion tra la parte anteriore di una Toyota Corolla grigia e il bagagliaio di una Cadillac nera. Gli autisti di entrambi i veicoli suonarono disperatamente il clacson mentre Oliver spingeva lentamente il paraurti anteriore contro le due auto, illuminando i loro abitacoli con i fari. Le vetture furono spinte di lato come una coppia di portefinestre cigolanti.

Superato l'incrocio, Oliver imboccò la Route 29 e girò subito su Springfield Road. Guardò il tachimetro: dieci miglia orarie. A quel ritmo, gli ci sarebbero volute due ore e mezza per arrivare a casa. Passò un altro incrocio e ridusse ancora la marcia per affrontare la salita ripida accanto a un piccolo parco.

Giunto sulla sommità della collina, vide una donna che scendeva di corsa, indossando soltanto un reggiseno e un paio di mutandine, inseguita da un uomo che brandiva una pala da giardino, pronto a colpire. "Cristo santo!" L'istinto gli diceva di intervenire per aiutare la donna, ma cosa poteva fare? Se la pioggia era velenosa, lei era comunque spacciata. Eppure doveva fare qualcosa.

«Chiudi gli occhi, Jurnee. Non aprirli finché non te lo dico io, promesso?»

La bambina obbedì senza fare domande, serrando le palpebre con forza.

Oliver premette sull'acceleratore, puntando il camion verso l'uomo con la pala, in modo da colpirlo di lato con l'angolo del veicolo mentre lo superava. La pala volò via dalle mani dell'uomo, impigliandosi nella griglia del camion, mentre l'uomo cadde a terra, sparendo dal campo visivo di Oliver.

La donna continuava a correre.

Avanzano lentamente; l'acquazzone iniziò ad attenuarsi, trasformandosi in una pioggerella incessante e minacciosa. Dai caseggiati intorno a loro esplosero colpi di arma da fuoco, prima alla loro sinistra e poi, da un punto ancora più vicino, alla loro destra. Oliver provò a scrutare oltre le case e i giardini, ma senza risultato. Le poche auto su Springfield Road avevano ripreso a muoversi e, sopra di loro, il cielo color ruggine sembrava iniziare leggermente a schiarirsi. A metà mattina, rifulgeva come se fosse stato inondato di ferro fuso.

Oliver sperò che fosse un buon segno. Forse stava assistendo alla fine della pioggia aliena, con le nuvole, strizzate come uno straccio, che versavano le ultime gocce rosso sangue sulla terra.

«Posso aprire gli occhi?» chiese Jurnee.

«Mer...» si morse la lingua. «Voglio dire... ma certo! Guarda il cielo. Forse si sta aprendo.»

Sentì accendersi un filo di speranza. Voleva accelerare, correre a casa da Zoe.

Attraversarono un ultimo incrocio e, dopo pochi chilometri, raggiunsero la cittadina di Groveland. Ma il sole rimaneva ancora un miraggio, la pioggia continuava a cadere ostinata.

Il centro abitato si mostrava devastato: una macchina aveva sfondato la facciata di una casa; una stazione di servizio, saccheggiata, era in fiamme; da un'altra casa si levavano colonne di fumo. Dal finestrino del guidatore, Oliver vide tre persone accovacciate sul marciapiede, chine su una quarta. Aguzzò lo sguardo, cercando di capire cosa stessero facendo.

"Ma che... stanno... No, non può essere!". Eppure era proprio così: stavano lì, chini sotto la pioggia, facendo l'impensabile.... Stavano divorando il volto di una donna.

Oliver accelerò, cambiando marcia. Diede uno sguardo a Jurnee, poi si passò una mano sul viso, cercando di restare lucido. "Che diavolo sta succedendo là fuori?"

Sul cruscotto balenò la luce di una spia, catturando la sua attenzione. Oliver si chiese se avesse visto bene, finché il led non lampeggiò per la seconda volta. Alla terza, la spia del motore smise di lampeggiare: restò accesa di un rosso brillante, luciferino.

CAPITOLO 10
IL BAGNO

ZOE scese di corsa lungo le scale piastrellate che, dall'ufficio del giudice, portavano al piano terra. Si trovò di fronte a una porta metallica che dava all'esterno, dove continuava a piovere, mentre sulla sinistra un corridoio scuro portava, presumibilmente, verso l'atrio del tribunale.

«Vi fiutiamo! Sentiamo il vostro odore.... buonoooo!» Una voce alterata li seguiva. In alto, la porta bloccata con la cinghia sbatteva ripetutamente.

Da qualche parte oltre il corridoio, una donna urlò. Non era un urlo per chiedere aiuto, né l'urlo spaventato di una donna in fuga: era l'urlo di una persona che veniva assassinata.

Zoe si bloccò di colpo.

«Non fermarti», disse Deandre che, col volto contratto dal dolore, teneva la mano destra premuta sulla ferita sanguinante appena sopra il gomito. «Dobbiamo andare per forza di qua. Non possiamo tornare indietro e non possiamo uscire.»

«Prima si è attivato il generatore di riserva quindi, se non è saltata la corrente, chi diavolo ha spento le luci?»

chiese Angel preoccupata. «Sapete che vi dico? Credo che correrò il rischio della pioggia.»

Zoe le si parò davanti per sbarrarle il passo. «No! Ha ragione lui, non devi uscire sotto la pioggia! Non capisci? È proprio la pioggia, Angel! È quella che li fa impazzire!»

Un tonfo secco risuonò dal buio, facendoli sobbalzare. Si udì un altro urlo, strozzato a metà, che morì nel silenzio.

«Beh, io di certo non vado laggiù!» disse Angel con lo sguardo terrorizzato.

Deandre indicò il fondo del corridoio. «C'è un bagno sulla sinistra. Possiamo nasconderci lì finché non smette di piovere.» L'uomo fissò Zoe con una scintilla di speranza. «Dal piano di sopra ho dato un'occhiata fuori... mi sembra che la pioggia stia già calando.»

Zoe aveva avuto la stessa impressione quando Tom aveva sfondato la finestra, ma non si sarebbe azzardata a uscire finché non fosse stata sicura di poter raggiungere l'auto senza prendere neanche una goccia. Annuì. «Sì, sta diminuendo. Il bagno va bene, così possiamo anche lavarti la ferita.»

Angel incrociò le braccia. «Ok, ma per la cronaca... non mi piace l'idea di restare chiusa in una stanza con un'unica porta per entrare e uscire.»

Dall'alto, una risata si propagò giù per le scale, accompagnata dal rumore di passi affrettati.

«Merda, non ha retto!» esclamò Deandre. «Muovetevi, da questa parte!»

Si infilarono nel bagno degli uomini, passando accanto a sei cabine color verde vomito, finché non raggiunsero la settima, in fondo. Si strinsero lì dentro, cercando di controllare il respiro, gli occhi che saettavano da un angolo all'altro, tesi a percepire il rumore della porta che si apriva. Deandre, quasi stupito, si accorse di avere ancora la pistola in mano.

«Mettetevi dietro di me», sussurrò. «Se entrano, sparo...» aggiunse con un filo di voce, e deglutì.

I secondi si trascinarono lenti, fino a diventare minuti... ma a Zoe sembravano ore.

La sua mente correva a raffica: pensava a Oliver, alla pioggia, a quel pazzo di Chuck che mangiava il cervello di Ben proprio di fronte a lei. Istintivamente, si pulì il viso sulla spalla. Poi pensò al giudice Pastel, a Tom, al tagliacarte... Ma che diavolo poteva esserci nella pioggia per spingere le persone ad ammazzarsi, divorarsi, a vicenda?

«Allora?» Deandre la scosse dal vortice dei pensieri.

«Eh? Scusa... allora cosa?»

«Dicevo che ormai saranno andati via. É un quarto d'ora che siamo qui», rispose lui, indicando la porta. «Pensate sia sicuro uscire?»

Angel scosse la testa. «Meglio aspettare un altro quarto d'ora.» Era china sul telefono, intenta a digitare messaggi senza però riuscire a inviarne nessuno.

Zoe sospirò. «Va bene. Ma almeno andiamo al lavandino. Continua a sanguinarti il braccio.»

Con cautela, aprirono la porta del bagno e raggiunsero uno dei lavandini, dove restarono qualche secondo immobili con l'orecchio teso.

«Questa porta non ha serratura», disse Angel a mezza voce. «Chiunque potrebbe entrare da un momento all'altro.»

«Se mi guardi il braccio, io tengo sotto controllo la porta» disse Deandre, appoggiando la pistola accanto al lavandino. «Avrò tutto il tempo di sparare... Devo solo assicurarmi di mirare alla testa.»

«Angel, prendimi della carta assorbente. Il più silenziosamente possibile.»

Zoe indicò il distributore della carta. Angel capì al volo

e iniziò ad abbassare la leva dell'apparecchio con movimenti impercettibili.

Zoe aprì il rubinetto dell'acqua fredda e si lavò le mani. «Vieni qui, abbassati, e lascia che ti lavi la ferita. Ti avverto: farà male da morire, e il sapone potrebbe bruciare.»

«Fallo e basta», rispose Deandre, serrando la mascella.

Nella speranza di distrarlo dal dolore, Zoe gli chiese. «Prima... perché hai detto che dovevi mirare alla testa?»

Deandre la guardò intensamente, le labbra tirate in una linea sottile. «Voglio dire che c'è solo un modo per uccidere uno zombie: mirare alla testa.»

«Uno zombie?» chiese Zoe incredula mentre si versava del sapone nella mano. Non poteva essere serio. «Non essere ridicolo, Deandre! Ci dev'essere una spiegazione logica per tutto questo. Adesso togli la mano, fammi vedere.»

Lui ritrasse la mano e fece una smorfia di dolore. «Ridicolo? Le persone stanno cambiando, bramano di mangiare cervelli... e quel tipo a cui ho sparato dritto al petto più volte e si è rialzato per andarsene come niente fosse. Tu come lo definiresti?»

«Non lo so», ammise Zoe, «ma ho qualche teoria. E poi tu non hai visto Chuck muoversi dopo che gli hai sparato, giusto? Non puoi esserne certo.»

China sulla ferita, Zoe cercava di valutarne la gravità. Il morso era brutto: Tom aveva piantato i denti in profondità, ledendo i tessuti del muscolo tricipite inferiore, ma per lo meno non ne aveva strappato un pezzo intero. Però il tessuto era lacerato. Come minimo, Deandre aveva bisogno di un ospedale e di punti di sutura. Probabile aveva anche subito un danno ai tendini, il che avrebbe potuto richiedere un intervento chirurgico. Si bagnò la mano e strofinò il sapone sulla ferita.

«Che... tipo... di teoria?» chiese Deandre gemendo.

«Mi dispiace», mormorò Zoe, «ma devo pulire la ferita.»

Deandre annuì, stringendo gli occhi.

«Lo so, fai quello che devi. Posso reggere. Ma...quindi? Quali teorie?»

Zoe si morse il labbro, rimpiangendo di non poter anestetizzare la ferita.

«Penso che ci sia qualcosa nella pioggia.»

Angel, sempre di vedetta vicino alla porta, sbuffò. «Questo l'hai già detto.»

«Sì, beh, per precisare la mia ipotesi, penso che possa contenere un batterio, o forse un parassita. Qualcosa di minuscolo, dato che si trova in questa strana pioggia, chissà... forse qualcosa che non abbiamo mai visto. Qualcosa che si muove velocemente.»

«Un parassita che spinge chi infetta a mangiare cervelli? Ma che scopo potrebbe mai avere?» chiese Deandre.

Il suo braccio era coperto di schiuma mista a sangue.

«Chinati, devo sciacquare.»

Lui si chinò, infilando il gomito nel lavandino.

«Ti sorprenderesti di cosa certi possono far fare alcuni parassiti ai loro ospiti», disse Zoe, «e non sto parlando di alieni».

«Tipo?» chiese Angel.

A Zoe vennero in mente cinque esempi di cui era venuta a conoscenza durante il corso semestrale di parassitologia. Ma non voleva addentrarsi in nessuno di quei casi, svelarne gli orrori. «Non importa. È solo una teoria.» Prese i fogli di carta assorbente e li piegò a mo' di benda.

Deandre annuì, ma replicò: «Io invece ho un'altra teoria... e mi piace più della tua. Dunque: quell'asteroide è stato distrutto dalle bombe atomiche. E atomico vuol dire radioattivo, giusto?»

«Sì, direi di sì», confermò Zoe, tamponando la ferita per asciugarla prima di avvolgere la benda di carta assorbente attorno al braccio di Deandre.

«Certo, è ovvio», convenne anche Angel.

«Giusto... beh, forse c'è qualche schifezza radioattiva nella pioggia. Gesù, che male!»

«Lo so, mi dispiace, ma il peggio deve ancora venire. Devo fissarla stretta legandoci qualcosa intorno, o continuerai a perdere sangue», spiegò Zoe.

Lui si sfilò la giacca dell'uniforme, tolse dalla tasca anteriore un coltellino pieghevole e lo porse ad Angel. «Taglia delle strisce, per favore.»

«Subito.»

«Hai detto che preferisci la tua teoria alla mia?» chiese Zoe.

«Sì. Perché, se hai ragione tu, con ogni probabilità quando quel bastardo mi ha morso mi ha pure trasmesso il parassita. E questo confermerebbe la mia teoria sugli zombie.»

Quell'idea non aveva nemmeno sfiorato Zoe. Non l'idea degli zombie, ma quella della trasmissione del parassita tramite morso. Sentì stringersi il cuore. Se la sua teoria era giusta, e pregava Dio che non lo fosse, Deandre poteva essere infetto.

«Non credo funzioni così», mentì. «E poi ti senti bene, no? Saranno passati... quanto... trenta minuti?»

«Mi sento bene, considerando che oggi ho ammazzato almeno una persona e ho un bruciore infernale al braccio.»

Angel porse la striscia di stoffa grigia a Zoe e lei la avvolse attorno alla ferita, stringendo forte.

Deandre fece una smorfia di dolore.

«So che fa molto male ma un altro giro e dovrebbe

bastare. È un bendaggio compressivo: mantiene la pressione e ferma l'emorragia.»

Deandre annuì. Poi, come ripensandoci, aggiunse: «Cavolo, ho una fame da lupo! Sento che potrei mangiare un intero cavallo, adesso.»

La parola *fame* colpì Zoe come un pugno allo stomaco. Non era un pensiero normale, non in quelle circostanze. Si sentì stringere il cuore e assalire da un'ansia profonda, ripensando alle parole di Chuck che lamentava di essere "*affamato*"... "*morto di fame*" e allo strano canto di Tom: "*dolce amore... sento il tuo languore... dolce amore... senti che buon odore...*".

Zoe rabbrividì, sapendo che quelle parole l'avrebbero perseguitata nei suoi incubi per gli anni a venire...se fosse sopravvissuta. Ma quel ricordo terribile le portò anche un'illuminazione: qualunque cosa stesse succedendo, la fame era un sintomo. E non solo la fame, ma anche l'odore.

Si schiarì la voce. «Deandre... senti qualche odore particolare?»

Angel si irrigidì, alzando lo sguardo dal distributore della carta.

«Odore?»

Deandre sbatté le palpebre e fece un respiro profondo.

«Sento odore di latrina!» concluse con un'alzata di spalle.

Zoe tirò un sospiro di sollievo, scambiando con Angel uno sguardo riconfortato. Forse le cose sarebbero andate nel verso giusto, forse l'uomo aveva davvero soltanto fame.

«Ma ora che me lo fai notare...» Deandre sorrise, chiuse forte gli occhi, arricciò il naso e aspirò di nuovo. «Aaaah, sì!» esclamò compiaciuto. «C'è una sorta di... non saprei, una nota dolce nell'aria. La senti anche tu?» Si inumidì le labbra, continuando: «È come quando ti avvicini a una cheesecake alla ciliegia e ti inebri del suo squisito aroma... al punto che quasi riesci a sentirne il sapore!»

A Zoe si velarono gli occhi, benché cercasse di trattenere le lacrime. Lanciò un'occhiata alla pistola appoggiata accanto al lavandino.

Deandre riaprì gli occhi.

«Allora? Lo senti anche tu?»

«Eh? Scusa, cosa?» chiese lei, la voce ridotta a un filo.

«Lo senti questo profumo meraviglioso? Pensi che sia qualche detergente del bagno?»

Si sporse in avanti, aspirò di nuovo e poi scosse la testa.

«No... no, aspetta. Non è affatto il bagno. Credo che sia il tuo profumo!»

Sorrise di nuovo.

«Che profumo porti? Magari lo prendo per la mia ragazza.»

Zoe lo fissò dritto negli occhi con la concentrazione di un oculista. Ma non serviva essere un oculista per vedere ciò che temeva più di ogni altra cosa. Le cornee di Deandre non erano più chiare: si erano tinte di un rosa tenue. Oh, no! Guardò più da vicino. Nel bianco degli occhi, le sembrava di sorgere piccole perforazioni, che avrebbero spiegato il sanguinamento.

«Perché mi guardi così?» chiese lui.

«Chanel Numero Cinque» rispose prontamente Zoe.

«Chanel Numero Cinque? Beh... devo prenderlo per la mia ragazza, Teyana. Ti ho detto che ci siamo appena sposati? Ah, e... aspettiamo un bambino. È un maschio, l'abbiamo saputo la settimana scorsa.» Il suo volto si illuminò. «Lo chiameremo Howard, come mio padre.»

Aggrottò le sopracciglia, pensieroso, poi il suo sguardo scivolò su Angel. Fiutò nuovamente l'aria. «Che mi venga un colpo! Voi due indossate lo stesso profumo? » Rise, stupefatto. «Che incredibile combinazione che tutte e due, nello stesso giorno, portiate il profumo più dolce che abbia mai sentito...»

Zoe fece scivolare la mano sul bancone, girando la pistola mentre la sollevava con cautela.

Gli occhi di Deandre colsero il movimento, seguendo lentamente la mano di Zoe fino all'arma.

«E perché mai lo faresti? Non ho fatto abbastanza per proteggervi, ragazze?»

«L'hai fatto, Deandre. E ora voglio proteggere io te, per un po'.»

«Perché pensi che stia cambiando... diventando uno zombie?»

«No.» Lo disse con calma, e lo pensava davvero. Non credeva negli zombie. «Penso solo che sei ferito e hai già fatto più di quanto avresti dovuto.»

Dei passi rapidi risuonarono dall'altra parte della porta, avvicinandosi sempre di più. Ma il suono era anomalo. Non era il ticchettio di scarpe eleganti e nemmeno di scarpe da tennis: era lo schiocco di piedi nudi che pestavano il pavimento.

«Che cazzo...?» mormorò Angel, gli occhi puntati sull'ingresso.

Deandre non guardò la porta, né distolse lo sguardo da Zoe.

«Dammi la pistola» disse, alzando la voce. Zoe scosse la testa.

«Io... mi dispiace... non posso.»

L'uomo si gettò in avanti per afferrare l'arma.

Dietro di lui, Zoe intravide una donna nuda, con i denti scoperti e gli occhi iniettati di sangue, che irrompeva nel bagno. E non era sola.

CAPITOLO 11
LA CHIESA

OLIVER CONTROLLÒ gli indicatori sul cruscotto. Il carburante era abbondante, la pressione dell'olio nella norma, la carica della batteria regolare. L'indicatore della temperatura... Oh, no! La lancetta era salita sul rosso: il vecchio Mack si stava surriscaldando.

Non poteva far altro che proseguire, cercando di avvicinarsi il più possibile a casa prima che...

Improvvisamente il motore iniziò a scoppiettare e un forte sibilo riempì l'aria, seguito da una densa nuvola di vapore che si sprigionava da sotto il cofano del grosso diesel.

«Vaffanculo!» sbottò Oliver.

Jurnee lo guardò sconcertata, portandosi istintivamente una mano alla bocca.

«Ah... scusa, piccola, non... non imparare queste parole, ok?»

La bambina scosse la testa, aggrottando le sopracciglia. «È la peggiore, Oliver», mormorò, come se temesse di essere sentita, forse da Dio stesso.

Il vapore saliva da ogni giuntura, come un vulcano

dormiente risvegliatosi e sul punto di eruttare. Oliver strinse gli occhi a causa della densa nebbia del liquido del radiatore che evaporava. Premette con decisione sull'acceleratore.

«Non ti risparmierò, Mack!... ti spingerò al limite finché non cederai! Dai, non mollarmi ora!»

La cabina sobbalzò, il motore borbottò e si spense di nuovo. Erano a dodici miglia da Mackinaw, forse quindici.

«Oh, andiamo!»

«Uh-oh... Mack sembra malato», disse Jurnee.

«Già, Mack è proprio malato!» confermò Oliver, stringendo il volante. «Non morire adesso, Mack!»

Erano in una zona di campagna, a poche miglia da Grove Land. Sulla destra, un'enorme casa in mattoni, con un garage per quattro auto e cinque camini, svettava come una villa travestita da fattoria. Un ruscello fiancheggiato da alberi, attraversabile grazie a un ponticello, scorreva nella parte frontale della proprietà. Oltre il ponte c'era un cancello in ferro battuto, aperto. Un vialetto di ghiaia conduceva fino all'ingresso principale, dove si allargava in una piazzola rotonda. Oliver, valutando la possibilità di fermarsi lì, sollevò il piede dall'acceleratore. Rallentando, notò un'auto con la portiera socchiusa e i fari ancora accesi. Forse era abbandonata. Forse avrebbe potuto prenderla in prestito. Ma... che cosa strana.... Non poteva esserne certo data la fitta pioggia, ma gli sembrava che la porta d'ingresso della casa fosse spalancata.

Rallentò quasi fino a fermarsi, aguzzando lo sguardo per scrutare lungo il vialetto. L'auto era finita fuori dal percorso, in un'aiuola. Il cofano sembrava accartocciato e, a giudicare da un pilastro del portico storto, doveva esservisi schiantata contro.

Qualcosa non quadrava. «Dannazione...» Oliver tornò a

premere l'acceleratore mentre Mack borbottava in segno di protesta.

Un altro miglio. Poi il camion iniziò a sobbalzare, stavolta senza riprendersi. Doveva trovare una soluzione e in fretta.

Davanti a lui, sulla sinistra, c'era una grande chiesa moderna, inserita in un ampio complesso comprendente campi da calcio, un piccolo stagno e un campo da baseball. Oliver imboccò il parcheggio e si diresse verso l'ingresso principale.

Un ampio portico coperto proteggeva le porte: il riparo perfetto per entrare e uscire senza bagnarsi. Era la cosa più bella che potesse sperare di trovare nel bel mezzo di quel temporale micidiale. Sfortunatamente, il camion era troppo alto per entrare sotto la tettoia, ma la cabina no. La cabina ci sarebbe entrata. Doveva entrarci.

Avanzò lentamente, mentre il grande Mack rosso e bianco emetteva gli ultimi rantoli. Oliver guardava in alto, attraverso le grosse e fitte gocce rosse che schizzavano contro il parabrezza. Sorrise sollevato quando la cabina scivolò sotto la grande tettoia. Quindi lasciò che Mack avanzasse il più possibile, fino al sobbalzo e allo stridore metallico che segnarono l'urto del cassone contro la tettoia.

Jurnee sussultò.

«Va tutto bene. L'ho fatto apposta», la rassicurò Oliver.

Lei lo fissò, dubbiosa.

Mack tremò e ansimò un'ultima volta, poi si spense. Tutto tacque, tranne il sibilo del liquido nel radiatore e il ticchettio della pioggia.

Fissando le porte a vetri della chiesa, Oliver prese una decisione: sarebbe entrato, anche con la forza se necessario. Doveva trovare un telefono. Doveva parlare con Zoe.

Accendendo la radio, sentì il familiare segnale di prova che veniva trasmesso ogni primo martedì del mese alle 10 del mattino, ma non era il primo martedì del mese, e non si trattava di una prova. Il primo canale che controllò fu 105.7, *The X*. La stazione stava trasmettendo a ritmo continuo l'allerta nazionale di emergenza. Scorrendo il display digitale delle altre stazioni preimpostate sue e di Sam, lo stesso messaggio veniva ripetuto ovunque.

Tutto ciò a cui riusciva a pensare era: "La situazione è grave, molto grave".

«Devo entrare dentro, Jurnee. Tornerò presto», disse alla bambina, allungando la mano verso la maniglia. La pioggia cadeva con un ritmo costante ma tranquillo. Non c'erano tuoni roboanti, né raffiche di vento, il che gli dava la speranza di riuscire ad arrivare fino alla porta senza bagnarsi. Poi lo colpì un altro pensiero: e se quello che stava succedendo là fuori non dipendesse affatto dalla pioggia ma da qualcosa contenuto nell'aria stessa? Da radiazioni... o chissà cos'altro? Poi si dette dello stupido. Non poteva essere vero. Stava respirando l'aria esterna proprio lì, nella cabina. Quindi il problema doveva essere nella pioggia, no? Sam aveva delle piccole perforazioni negli occhi. Era uscita sotto la pioggia e quella merda le era finita negli occhi.

Sì, si ripeté per rassicurarsi: doveva essere la pioggia.

«Non voglio restare qui da sola, Oliver. Voglio venire con te!» disse Jurnee, avvicinandosi.

«Non... non credo sia una buona idea», cominciò Oliver.

«Non sai niente dei bambini? Ho solo sei anni. Non posso restare qui da sola!» lo implorò la bambina, gli occhi di nuovo lucidi.

«Va bene! D'accordo!», cedette lui, sporgendosi oltre Jurnee per tirare fuori da sotto il sedile l'impermeabile arrotolato di Sam. Lo scosse e glielo porse. «Devi metterti questo.»

La bambina si asciugò il naso con la manica, posò Princess sul sedile e indossò l'impermeabile blu, troppo grande per lei.

«E Princess resta qui. Non vogliamo che si bagni.»

Jurnee aggrottò la fronte, pronta a protestare, ma di fronte allo sguardo severo di Oliver si rassegnò. Mise la bambola seduta accanto a lei sul sedile.

«Torniamo subito, Princess. Che dici? Vuoi venire anche tu? Lo so, ma non hai l'impermeabile. Oliver ha promesso che torneremo subito, vero, Oliver?»

Oliver guardò la bambola perplesso. Jurnee gli si avvicinò e gli sussurrò all'orecchio: «Promettiglielo, così non avrà paura.»

Oliver sospirò. «Lo prometto», disse, chiudendosi la giacca a vento.

La portiera del camion si aprì cigolando. L'aria umida, sorprendentemente calda, gli investì il volto. Si voltò verso la bambina.

«Trattieni il respiro e chiudi gli occhi, come se stessi andando sott'acqua», disse, tirandole su il cappuccio.

«Stiamo andando sott'acqua?» chiese Jurnee con voce tremante.

Oliver, scendendo, la guardò negli occhi. «No, ma facciamo finta, ok?»

Lei annuì e fece un respiro profondo, gonfiando le guance e stringendo forte gli occhi. Oliver la sollevò e si voltò verso la chiesa, camminando rapidamente in direzione delle doppie porte di vetro. Sperava ardentemente che fossero aperte. Afferrò una maniglia e tirò: chiusa. Provò l'altra: chiusa. Dannazione!

Le porte erano incassate in una piccola rientranza,

protette su entrambi i lati. Ma dove si trovavano ora, almeno, era asciutto.

«Devo metterti giù. Apri gli occhi e respira.»

Jurnee espirò tutta l'aria e inspirò profondamente.

«Possiamo entrare?» chiese.

«Entreremo», disse Oliver, bussando alla porta. Dopo tre tentativi inutili, tornò al camion.

«Resta qui. Devo prendere una cosa.»

«Sbrigati. Devo fare pipì», disse Jurnee, saltellando su e giù.

"Ci mancava solo questa!" imprecò Oliver tra sé. «Va bene, resisti.»

Oliver afferrò un tubo d'acciaio lungo un metro che teneva sotto il sedile. A volte i tossici potevano essere molesti, e non sapevi mai chi potevi incontrare nei vicoli del centro. Estrasse il tubo da sotto il sedile come una spada da un fodero e corse verso la porta.

«Jurnee, devo rompere il vetro. Mettiti dietro di me.»

La bambina spalancò gli occhi. «Mmmmm, potresti finire nei guai, Oliver.»

«Non preoccuparti. Possiamo lasciare un biglietto. Capiranno.»

Con un colpo dal basso, il tubo d'acciaio fracassò il vetro. L'intera porta andò in frantumi, che caddero a pioggia tutt'intorno.

«Non muoverti», disse alla bambina, tornando da lei per prenderla in braccio. Jurnee gli strinse il collo. Reggendo con un braccio il tubo e con l'altro la bambina, Oliver superò con cautela la porta in frantumi ed entrò in un ampio atrio.

Sulla sinistra, lungo una parete, c'era un guardaroba aperto in quercia con diversi cappotti appesi alle grucce. Più avanti si trovavano due doppie porte con una targa in ottone su cui era scritto *Auditorium*. Dalla parte opposta dell'atrio, altre due porte a doppia anta con la scritta: *Sala parrocchiale*.

Alla sua destra, Oliver trovò diverse altre targhe: *Aula A*, *Sala delle mamme*, *Asilo nido*, *Cucina*, *Sagrestia* e, infine, *Servizi igienici*. Da qualche parte, nell'ombra, una porta sbatté. Il rumore rimbombò nell'atrio.

«Ehi!» gridò Oliver.

Nessuna risposta. Afferrato da un brutto presentimento, pensò che era meglio non gridare di nuovo.

«Il bagno è da questa parte. Ti metto giù», disse inginocchiandosi.

Jurnee sciolse le braccia dal collo di Oliver. La sua manina spuntò dalla manica troppo lunga dell'impermeabile. Lui la prese e guidò la bambina verso il bagno, controllando che fosse sicuro e libero prima di farla entrare.

«Ecco, io ti aspetto fuori. Fai prima che puoi.» La bambina corse dentro e tornò poco dopo.

«Tutto a posto?»

«Sì.»

«Bene. Ora proviamo a trovare un telefono», disse Oliver, inoltrandosi nel corridoio buio.

Passarono accanto a una serie di finestre interne. Con le luci spente, non riusciva a vedere cosa contenessero le stanze. Lasciò la mano della bambina, si appoggiò al vetro e aguzzò lo sguardo per scrutare dentro.

Anche senza la luce artificiale, una tenue luminosità filtrava nella stanza, rivelando scrivanie ingombre di fogli, fascicoli, computer e, cosa più importante, telefoni. Era un ufficio!

«Da questa parte, Jurnee», disse, guidandola verso la prima porta a destra. «Stai dietro di me, ok? Devo controllare che sia sicuro.»

Lei aggrottò la fronte, intimorita. «Perché è un po' buio?»

No, Perché sembra che stiano tutti perdendo la ragione e aggredendosi l'un l'altro... anzi divorandosi l'un l'altro come... come zombie, morti vi... No! Non voleva dar voce ai suoi pensieri. E ovviamente non poteva dire una cosa del genere a una bambina.

«Sì, perché è buio», rispose, cercando l'interruttore. «Vediamo se possiamo fare qualcosa per rimediare, ok?»

Jurnee annuì.

Oliver premette l'interruttore. Con sua sorpresa, le luci del corridoio si accesero. Di fronte a lui, sulla destra, si trovavano due porte, probabilmente di uffici. A sinistra, una porta con la scritta *Sala conferenze*.

Avvicinandosi alla porta del primo ufficio, Oliver avvertì un brivido e impugnò più saldamente il tubo di acciaio.

Dentro l'ufficio, vide subito il telefono. Lo afferrò e sollevò la cornetta. Niente. Nessun rumore. Nessun segnale. Un urlo gli esplose dentro. *Cazzo!* Frugò nei cassetti. Nulla di utile. Dall'altro lato della stanza, su un appendiabiti, vide una giacca marrone. Ci frugò dentro, sperando di trovare la chiave di un'auto.

Trovò invece un intero mazzo di chiavi. Sembravano tutte di stanze dell'edificio, tranne una. Non era la chiave di una porta ma non era nemmeno la chiave di un'auto. Portava attaccato un cartellino: «Chiave di riserva».

Fuori dall'ufficio, una porta sbatté di nuovo.

Oliver alzò di scatto la testa e vide un uomo cui mancava buona parte del lato sinistro del volto, indietreggiare e sbattere la fronte contro la vetrata dell'ufficio.

Jurnee urlò.

Istintivamente, Oliver lasciò cadere le chiavi e sollevò il

tubo, pronto a colpire, ma il vetro non si ruppe. L'uomo, sulla quarantina, di corporatura media e con indosso una felpa Eddie Bauer con zip, tutta macchiata di sangue, sbatté di nuovo la faccia contro il vetro.

«Gesù Cristo!»

L'uomo aveva un solo occhio. L'altro... doveva essere chissà dove insieme al resto del volto. Quell'unico occhio scrutava frenetico attraverso il vetro, cercando disperatamente qualcosa. Il monocolo si tirò indietro di nuovo e sbatté ancora il viso contro il vetro, questa volta si lacerandosi la carne della guancia rimasta fino all'osso. Perché? Perché faceva una cosa del genere? Perché usare la faccia? Non la fronte, proprio la faccia! E come diavolo faceva a essere ancora vivo senza mezza faccia? Di fronte a quell'unico occhio che si spalancava e si muoveva freneticamente da una parte all'altra, Oliver notò che c'era qualcosa che non andava. L'occhio sembrava viscido e non batteva ciglio. La guancia rimanente si era appena squarciata fino all'osso eppure non perdeva neanche una goccia di sangue. Che diavolo stava succedendo?

Aveva così tante domande, ma l'uomo non sembrava in vena di risposte. Sferrò un altro colpo con la fronte. Stavolta il vetro si frantumò con uno schiocco e una rete di crepe si aprì sulla superficie.

Jurnee urlò ancora e si aggrappò alla gamba di Oliver, nascondendo il viso contro la stoffa dei pantaloni. Lui la spinse delicatamente indietro.

«Rimani dietro di me, Jurnee. E preparati a correre! Non guardare!»

La finestra esplose verso l'interno.

Oliver avanzò di scatto, impugnando il tubo. Ora riusciva a sentire l'uomo ma non le sue parole. Non diceva niente. I suoni che gli uscivano dalla bocca erano tutti bizzarri, un miscuglio di sibili e gemiti, come se stesse cercando di parlare senza una lingua. Ma ce l'aveva, la lingua. Oliver riusciva a vederla, tra i denti della mascella pendente, esposta da una guancia squarciata e da un labbro inferiore del tutto assente.

L'uomo si gettò oltre il davanzale della finestra rotta, entrando nell'ufficio.

«Amico, è meglio che ti fermi!» gridò Oliver.

Il vetro affilato che sporgeva da tutti i bordi non rallentò minimamente l'umo. Né sembrava preoccuparsi di tagliarsi a pezzi. Cadde sul pavimento e cominciò a rimettersi in piedi. "Sto davvero per farlo? Sto davvero per colpire in testa un uomo con un tubo?", si chiese sgomento Oliver. Aveva già buttato giù dal camion la sua migliore amica. Aveva colpito un estraneo che correva in mezzo alla strada. Ma spaccare la testa a un uomo con un tubo d'acciaio era tutta un'altra cosa.

Attraverso la finestra rotta sentì dei passi e altri gemiti. Se fossero scappati, quel tipo li avrebbe inseguiti, e se fossero rimasti intrappolati nel mezzo...

«Chiudi gli occhi, Jurnee!» urlò Oliver, serrando la mascella. Mentre il monocolo tentava di rimettersi in piedi, sollevò il tubo, mirando alla parte sinistra del cranio. Il colpo andò a segno. Oliver sentì le ossa dell'uomo spezzarsi sotto il metallo. L'adrenalina lo sosteneva, ma non bastò a fermare l'ondata di nausea che gli faceva salire la bile in gola, minacciando di fargli rovesciare quel poco che aveva nello stomaco.

L'uomo, che non era riuscito a rialzarsi completamente, cadde su un fianco. La sua mezza testa sembrava deformata dal colpo. Oliver sbatté le palpebre, col tubo che gli penzolava inerte in mano. Aveva appena ucciso un uomo. Per l'amor di Dio, aveva appena ucciso un uomo in una chiesa!

Non che fosse religioso... ma comunque... in una chiesa! Sospirando, stava per rivolgere di nuovo l'attenzione a Jurnee, quando la sua vittima ebbe uno spasmo e cominciò a muoversi. L'unico occhio, ancora attaccato al volto sfigurato, lo fissava. L'uomo gemette. Aprì e richiuse la mascella di scatto, schioccando i denti.

"Ma che cazzo?!" Non poteva essere vivo, tantomeno cosciente. Oliver lo colpì ancora, più volte, fratturandogli e distruggendogli il cranio dell'uomo, insieme al cervello.

Il monocolo giaceva prono sul pavimento; una pozza di sangue si allargava sotto la testa spaccata. Non si muoveva più, neanche un sussulto. Fuori dall'ufficio, i gemiti si facevano più vicini.

Tenendo Jurnee per mano, Oliver si diresse verso la porta. «Hai tenuto gli occhi chiusi?»

Jurnee disse di sì. Oliver la guardò e si accorse che li aveva ancora chiusi, stretti forte.

«Dai, ora puoi aprirli... ma tieniti pronta a richiuderli se serve.»

«Ci sono i mostri?» sussurrò la bambina.

«Sono malati, tutto qui», rispose lui, guidandola per il breve tratto che conduceva al corridoio principale, vicino al bagno. Ma sapeva per certo che non era vero. Era folle anche solo pensarlo, eppure... forse quella bambina vedeva le cose più chiaramente di tutti, più chiaramente di lui. I bambini non hanno bisogno di razionalizzare. Chiamano le cose col loro nome. E, ripensando alle parole di Jurnee, si rese conto che quello era l'essere più simile a un mostro che avesse mai visto.

Dalla direzione da cui erano venuti, dove la luce del corridoio non arrivava, tre sagome indistinte ansimavano, soffiavano, annusavano l'aria come un branco di leoni eccitati che avevano fiutato una traccia. Non riusciva a distinguere bene, ma una delle figure sembrava un bambino. Mostri o no, non voleva uccidere un bambino. «Andiamo!»

All'improvviso, i tre smisero di fiutare e si lanciarono di corsa verso di loro.

Oliver conduceva Jurnee dalla parte opposta. Girarono l'angolo ed entrarono in una porta con su scritto *Cucina*. Era una sala grande, con una cella frigorifera sul fondo. Oliver l'aprì. Era piena di prodotti surgelati ma, volendo, avrebbero potuto infilarsi anche loro lì dentro. Poi ci ripensò. Se quegli esseri li avevano visti entrare nella cucina, avrebbero potuto assediarli e loro avrebbero rischiato di morire congelati. Oliver non aveva alcuna intenzione di rimanere intrappolato in una cella frigorifera. La cucina era dotata anche di un ripostiglio-dispensa ben fornito, ma neppure quello sembrava un posto sicuro per nascondersi. La porta alle loro spalle si aprì, con un coro di ansiti e gemiti.

Dall'altro lato della cucina c'era un'altra porta. «Da questa parte!»

Si trovarono in quella che sembrava la sala parrocchiale, molto grande e piena di tavoli rotondi. Come sala da pranzo, a occhio, poteva ospitare almeno duecento persone. Non c'era da meravigliarsi che servisse una cucina così grande! Oliver prese una sedia da uno dei tavoli e la incastrò sotto la maniglia della porta da cui erano appena passati. Appena entrato in chiesa, aveva visto l'insegna della sala parrocchiale. Dovevano solo attraversarla, raggiungere l'atrio e uscire da dove erano venuti. Esitò. E una volta usciti fuori? Il Mack era fuori uso a causa del surriscaldamento. Per come lo aveva sforzato, sarebbe stato un miracolo se il blocco motore non si fosse fessurato! D'un tratto gli venne un'idea. Se in chiesa c'erano altre persone, dovevano esserci anche altre auto.

Qualcosa, o qualcuno, si schiantò contro la porta alle loro spalle. Un lungo gemito soffocato echeggiò cupo dall'altra parte. Sembrava l'urlo strozzato di qualcuno con la gola spezzata e piena di ghiaia. Seguì una serie di colpi che fece tremare la porta nei cardini.

Oliver strinse la mano a Jurnee ma non attraversò la sala verso l'atrio; corse invece verso il fondo, verso l'uscita.

Se c'erano auto parcheggiate sul retro, e lui era sicuro che ci fossero, avrebbe dovuto trovare un modo per raggiungerle con la bambina sotto la pioggia senza bagnarsi. Giunsero altri colpi. Beh, ogni cosa a suo tempo! La sedia che aveva incastrato sotto la maniglia si spostò e cigolò lamentosamente. Non avrebbe retto a lungo.

Girando intorno a uno dei grandi tavoli rotondi, Oliver urtò qualcosa col piede. Si fermò e la vide: una donna dai capelli grigi era stesa a terra.

«Jurnee, chiudi gli occhi!», gridò.

L'anziana donna era distesa sul ventre grassoccio, con il viso sfigurato rivolto di lato e un borsone aperto accanto. Il contenuto era sparso in mezzo alle sue viscere. "Gesù Cristo!" Inorridito, sollevò Jurnee, portandola lontana dalla morta. Magari avesse potuto seguire anche lui il consiglio dato alla bambina di tenere gli occhi chiusi! Non avrebbe mai potuto cancellare dalla mente l'immagine degli intestini di quella poveretta, avvolti in una sostanza gelatinosa e sparsi sul pavimento. Il cranio era stato fracassato e svuotato. Ma il contenuto... non era lì insieme alle viscere. Era sparito. Oliver temeva di sapere dove fosse finito e il pensiero gli fece venire la nausea. Qualcuno le aveva mangiato il cervello. Se non fosse stato per una ciocca di capelli grigi ancora attaccato alla testa sfracellata, non avrebbe nemmeno capito che si trattava di una donna anziana.

Dall'altra parte della sala, la maniglia della porta si staccò di scatto; la sedia incastrata cadde in avanti.

Oliver aprì la porta sul retro della sala con una spinta e passò in ricognizione il parcheggio posteriore. C'erano tre veicoli: una Buick Enclave nera, un pick-up Ford F-150 rosso e una Toyota 4Runner bianca. Più in fondo vide il minibus della chiesa, nero e verde. Ringraziò Dio per quelle vetture ma la parte migliore era un'altra: la pioggia rossa si era fermata.

Oliver inclinò la testa all'indietro per osservare il cielo. Era ancora nuvoloso, rosseggiante e ultraterreno, ma non pioveva.

Dietro di lui, con un ultimo botto la porta si spalancò verso l'interno.

Il primo a entrare fu un ragazzino sui tredici anni. Fischiando, balzò su uno dei tavoli rotondi. Altre figure si accalcarono nella stanza. Erano più delle tre che aveva visto prima. Un'ultima occhiata alle sue spalle gli rivelò che molti erano bambini.

"Ti prego... se c'è un Dio lassù... per amor del cielo, non far piovere!" Stringendo Jurnee al petto, corse fuori dalla porta posteriore, diretto verso il veicolo più vicino. Sperò che la fortuna lo assistesse facendogli trovare un'auto aperta con la chiave già nel quadro. Andava bene qualunque macchina; non poteva essere schizzinoso.

Provò la prima: chiusa. Corse verso il pick-up: chiuso anche questo. "Cristo che sfiga!". Era rimasta la Toyota. Doveva essere aperta, doveva avere le chiavi nel quadro. Doveva. Perché lui lo voleva.

La porta della chiesa si spalancò di colpo e il ragazzino biondo dagli occhi insanguinati uscì annusando l'aria. "Cazzo!" Oliver appoggiò il tubo contro la fiancata dell'auto e afferrò la maniglia della portiera. Maledizione, era chiusa!

Il ragazzino girò la testa verso di lui e si lanciò all'inseguimento.

Oliver combattè l'impulso di fuggire nel campo aperto: con Jurnee in braccio, non ce l'avrebbe mai fatta a seminare quel ragazzino o gli altri che si riversavano fuori dalla chiesa dietro di lui. A un tratto sentì riaccendersi un barlume di speranza: il minibus! Correndo a perdifiato, girò intorno al muso del veicolo appena prima del ragazzino, che lo tallonava, ben distanziato dagli altri. Anche se il minibus fosse stato aperto, non avrebbe fatto in tempo a salire prima di essere raggiunto.

«Jurnee! Chiudi gli occhi!»

«Li sto tenendo chiusi da prima, Oliver!» rispose la bambina, la voce rotta, al limite del pianto.

«Ok, bene. Tienili chiusi ancora, piccola!». La mise giù, sull'asfalto, dietro di sé. Si voltò di scatto e vide che il ragazzo biondo gli era alle calcagna, la bocca aperta, pronto a mordere. Imbracciando fulmineo il tubo di ferro, Oliver sferrò un colpo, alla meno peggio, giusto in tempo per colpire l'aggressore sul ponte del naso. Il ragazzino cadde di schiena. Aveva il naso completamente sfracellato ma non sembrava accorgersene, e non vi era traccia della fontana di sangue che Oliver si era aspettato di vedere. Che stranezza!

Con un gemito acuto e gutturale, il ragazzino balzò di nuovo in piedi ma il lasso di tempo che gli ci era voluto per rialzarsi era servito a Oliver per prepararsi a uno swing perfetto: uno swing da fuoricampo.

La testa del ragazzo si spaccò; il suono echeggiò in tutto il parcheggio.

Oliver si voltò rapidamente dall'altra parte. Forse non era la mossa più intelligente da fare, prima di essere sicuro di aver raggiunto l'obiettivo, ma non voleva vedere ciò che aveva fatto. Sarebbe stato perdonato per questo? Come avrebbe potuto spiegarlo alle autorità? Ma, sentendo i gemiti sibilanti in avvicinamento dall'altro lato del pullman, capì che non aveva nessuna importanza. L'unica cosa che contava era non morire, non deludere quella bambina innocente. Spinse la porta a soffietto del minibus, che si aprì. Afferrò Jurnee e la sollevò sui gradini.

«Apri gli occhi e sali, Jurnee. Sei su un bel bus!»

Lei salì. Oliver la seguì, chiudendo in fretta la porta a soffietto e bloccandola mentre il bambino in testa al gruppo degli inseguitori si avvicinava.

"Ok. Ci siamo. Ora devono esserci le chiavi! Fa' che ci siano le chiavi, per carità!"

Pugni e testate si abbattevano sul vetro della porta.

Jurnee urlò.

«Va tutto bene! Basta che non li guardi!» le gridò Oliver, cercando freneticamente le chiavi: nel cruscotto, nel parasole, nel portabicchieri, nel vano portaoggetti, sotto il tappetino. Niente!

Fuori, tre adulti e cinque bambini, le mascelle serrate e le teste scosse da movimenti convulsi, si scagliavano senza sosta contro la porta pieghevole con le mani, i piedi, a volte l'intero corpo.

Che diavolo stava succedendo a quelle persone? Non parlavano, non sanguinavano. Non più. Sembravano solo voler divorare i vivi. Questo cosa li rendeva? Gli tornò in mente quella parola. Una parola talmente inconcepibile che gli sembrava assurdo anche solo prenderla in considerazione. Ma di cos'altro poteva trattarsi? Cos'altro potevano essere se non... se non zombie?

Un uomo corpulento, ben rasato, con lunghi capelli grigi legati in una coda di cavallo, si lanciò contro il minibus. Sembrava quasi normale, a parte gli occhi rossi e un enorme pezzo di carne mancante all'interno della coscia.

Ringhiando, scattò in avanti, sferrando un pugno contro la porta. Il vetro si incrinò.

La folla sembrava pervasa da una nuova energia, un'eccitazione frenetica, come se sapesse di stare per ottenere ciò che voleva.

CAPITOLO 12
COLPO DI TACCO

LA PISTOLA le sfuggì di mano e Zoe cadde all'indietro, sbattendo la nuca contro un distributore di asciugamani e scivolando lungo la parete. Si ritrovò seduta a terra; Deandre, dandole la schiena, sollevò l'arma.

Zoe ebbe appena il tempo di portarsi le mani alle orecchie prima che lui sparasse due colpi, centrando in pieno volto la donna nuda che stava per assalirli. Lei crollò in avanti con la testa maciullata, che si schiantò sul pavimento piastrellato con un tonfo umido.

Intanto altri due uomini erano entrati in bagno: un tipo corpulento, con un pancione e la barba brizzolata e… Tom.

Gesù Cristo! Zoe sgranò gli occhi: aveva visto il commesso colpito tre volte al petto. Come poteva essere ancora vivo? Come poteva correre?

Angel, accanto a lei, la tirava per il colletto, urlando qualcosa che però Zoe non riusciva a sentire, incapace di spiegarsi quello che stava succedendo.

«Fammi assaggiare!» urlò l'uomo panciuto.

Deandre tirò ancora a raffica. Un proiettile colpì l'uomo appena sotto l'occhio; le ginocchia cedettero e il corpo cadde in avanti. Un rivolo brillante di sangue iniziò a scorrere dalla ferita alla testa sulle piastrelle intorno, come latte versato lentamente, fino a ricoprirle.

Il colpo successivo raggiunse Tom, ma non lo abbatté. Il proiettile passò in basso, trapassando da un lato il collo dell'uomo. Zoe notò immediatamente quanto fosse anomalo il sangue di Tom. Non schizzava rosso vivo, non pulsava come sarebbe stato normale con una ferita alla giugulare. Invece gli colava dal collo come linfa da un albero, denso e nero come olio motore sporco.

«Glahaglaaaaa!» Tom riuscì a emettere un gemito gutturale e si lanciò in vanti, scagliandosi su Deandre.

Angel strattonò Zoe, trascinandola verso l'ultimo gabinetto.

Deandre e Tom caddero all'indietro, sbattendo contro la parete e atterrando esattamente dove Zoe era seduta un attimo prima.

La pistola scivolò dalla mano di Deandre, rotolando sul pavimento fino a fermarsi nella pozza dove il sangue dell'uomo grasso confluiva con quello della donna nuda.

Oltre la porta del bagno, qualcuno gridò.

«Entra nel gabinetto! Possiamo nasconderci qui finché non è finita!» disse trafelata Angel a Zoe.

Deandre ribaltò Tom sulla schiena e cominciò a colpirlo in volto, una, due, tre volte di seguito.

«Glahaglaaaaa! Glahaglaaaaa!» continuava a gemere Tom, imperterrito, sotto la gragnola di pugni che gli sfracellava il viso.

Zoe scosse la testa. «No. Dobbiamo uscire di qui, o sentiranno il nostro odore!»

Mettendosi carponi, iniziò ad avanzare, ma esitò a strisciare sulla pozza di sangue. Si sarebbe infettata se lo avesse toccato?

Se così fosse stato, aveva già toccato la ferita sanguinante di Deandre. *Dannazione*! Si sporse sopra la polla e afferrò la pistola tra il pollice e l'indice. Si rimise in piedi, corse al lavandino, aprì il rubinetto, insaponò l'arma e cominciò a sciacquarla.

«Zoe!» gridò Angel.

Zoe si voltò e vide Deandre in piedi dietro di lei. Girò lo sguardo a destra: Tom era disteso sul pavimento, immobile. Doveva essere morto. Morto per davvero.

«Dammi la pistola», disse Deandre. Stille di sangue gli scorrevano sulle guance come lacrime dense e rabbiose.

Zoe sapeva cosa sarebbe successo dopo e non avrebbe commesso lo stesso errore due volte. «Mi dispiace», mormorò, e premette il grilletto. Nessuno sparo, solo un *clic* secco. Aggrottò la fronte: l'arma era scarica, o forse non avrebbe dovuto lavarla.

Deandre sorrise. «Mi hai mentito, signorina!»

«Non ti ho mentito», replicò lei con voce rotta.

Lui allungò la mano e la prese per la gola. «Sì, sì che l'hai fatto! Non è Chanel N° 5... è molto meglio. Più dolce. Hai cercato di nasconderlo... ma non puoi... No! No! No!» disse chiudendo gli occhi e stringendole il collo. «Te lo tirerò fuori!»

Zoe, gli occhi fuori dalle orbite per la stretta alla gola, picchiava i pugni contro gli avambracci del suo aggressore, ma era inutile, come colpire grossi rami di quercia.

Lampi di luce esplosero ai margini del campo visivo di Zoe. Accadde così in fretta... le braccia che perdevano forza, il bruciore al petto. Non riusciva a riprendere fiato, a respirare. Eppure doveva lottare, solo che lui era troppo grande, troppo forte. La vista iniziò ad oscurarsi. Gesù, era finita. Stava per morire.

All'improvviso, Deandre si irrigidì: lo sguardo famelico

si trasformò in un'espressione confusa. Mollò la presa, voltandosi lentamente.

Zoe ansimò, tossendo, e si portò le mani al collo cercando di riprendere fiato. Sbattendo freneticamente le palpebre, mise a fuoco il manico di un coltello piantato alla base del collo dell'uomo, proprio al centro. Dietro di lui, Angel era paralizzata dall'orrore per ciò che aveva fatto; le lunghe ciglia finte le coprivano gli occhi stralunati.

Deandre allungò una mano dietro la spalla, cercando a tentoni il coltello. Rinvigorita dal respiro, Zoe sentì una scarica di adrenalina. Spinse Deandre di lato. I piedi dell'uomo si accavallarono e scivolarono sulle piastrelle insanguinate. Cadde pesantemente, senza avere il tempo di girare la testa e allungare le mani per proteggersi. Il suono del cranio che si sfracellava contro il pavimento echeggiò per il bagno.

Mentre il corpo di Deandre si contorceva spasmodicamente, precipitando nella morte, Zoe percepì un movimento ai margini del suo campo visivo, che si stava ancora schiarendo.

Tom si stava contorcendo. Ma non come Deandre; non si trattava di un effetto collaterale della morte: stava cercando di rialzarsi. Per fortuna le piastrelle scivolose gli impedivano di trovare un appoggio.

«Dobbiamo andare!» disse Zoe, afferrando la mano di Angel.

Abbandonando il tentativo di alzarsi, Tom si mise a ringhiare come un animale selvatico e, appoggiando i piedi al muro, con un calcio riuscì a scivolare sul pavimento del bagno, attraverso la chiazza viscosa di sangue, fermandosi tra le due donne e la porta. Si mise a sedere e soffiò.

Zoe si fermò di colpo. Infine l'uomo si rimise in piedi, emettendo strani grugniti gutturali e sibili. Senza perdere un secondo, si lanciò verso di loro, con gli occhi rossi sgranati in modo innaturale e lo sguardo fisso. Le due donne indietreggiarono di corsa, rifugiandosi in un bagno.

«Chiudi la porta a chiave!» gridò Zoe, salendo sul water.

Tom si lanciò contro la porta del bagno con tutto il suo peso. Angel urlò, la voce rotta al panico. «No.... oh, nooooooo, ti prego!»

«Sali!» la incalzò Zoe, puntando i piedi sulla tazza per arrampicarsi sulla parete divisoria centrale. Dovevano scavalcare, uscire da quella stanza e correre verso l'uscita.

Delle mani si infilarono sotto la porta del gabinetto, cercando di afferrare Angel.

«No, ti prego!» gridò lei di nuovo, stringendosi tra il water e la parete.

«Angel, dannazione, sali!»

Tom, battendo i denti, gemendo e ansimando, si trascinò strisciando a terra con movimenti contorti, spingendosi sotto la porta. A pancia in giù, allungò le mani verso la base del water, cercando di raggiungerla.

Angel salì sul sedile del water mentre Zoe scavalcava il divisorio con una gamba, chiedendosi come avrebbe fatto l'altra ad arrampicarsi con i tacchi a spillo e la minigonna. Le scarpe non poteva toglierle: erano fissate con dei cinturini alle caviglie.

«Forza, prendimi la mano!»

«Non posso scavalcare! Non ce la faccio!» gridò Angel disperata, fissando Tom. Il non morto teneva la guancia sinistra premuta contro il pavimento, mentre allungava la mano per afferrare il bordo del water. Il suo unico occhio, vitreo e immobile, fissava minaccioso la donna, pregustandone la prelibatezza.

«Puoi farcela, Angel! Allunga la mano!»

«Noo, ti prego! Non costringermi a farlo!» implorò lei, fissando Tom che si dimenava tutto.

«Angel! Che vuoi fare?»

Lei la guardò con aria di scusa. «Io non... non riesco... devo farlo!»

Zoe scosse la testa. «No! Aspetta, Angel, non...»

Angel chiuse gli occhi e saltò.

Con uno scrocchiare raccapricciante il tacco a spillo da dieci centimetri della scarpa destra di Angel perforò la tempia carnosa di Tom, affondando fino al tallone. L'uomo si immobilizzò all'istante.

Zoe aveva assistito alla scena dall'alto della parete divisoria. «Gesù, Angel... stai bene?»

Angel stava impietrita, il piede ancora piantato nel cranio di Tom. «Lui... è...è morto?» chiese con voce rotta.

«Credo di sì» rispose Zoe, scendendo con cautela dal water.

«Voglio dire... morto per davvero?»

Zoe annuì. «Di qualsiasi natura sia questo male, credo che per fermarlo occorra distruggere il cervello.»

Angel tirò su col naso e si asciugò le lacrime sulla camicetta. «Proprio come nei film sugli zombie.»

Zoe ignorò il riferimento. Per la sua mentalità scientifica, erano in presenza di una patologia reale, che doveva avere una spiegazione logica, non sul set della *Notte dei morti viventi*.

«Muoviamoci, è ora di uscire di qui!»

Ritrovando l'equilibrio, Angel fece un respiro profondo e sollevò la gamba, estraendo il tacco a spillo dal cranio di Tom come un pugnale da una ferita.

Zoe scese dal water e aprì la porta del bagno. Dopo aver dato un'ultima occhiata al volto senza vita di Tom, notò che la gamba di Angel sanguinava. Le prese un colpo. «Angel?»

«Sì?»

«Stai sanguinando. Tom ti ha morso?»

Angel abbassò lo sguardo. «No, è solo un graffio.»

Zoe pensò che non c'era modo di sapere se quel graffio avrebbe potuto infettare Angel come il morso aveva infettato Deandre. E forse il morbo, o qualsiasi cosa fosse, si trasmetteva persino nell'aria. Solo il tempo lo avrebbe detto. Per il momento, però, gli occhi di Angel erano limpidi, non come quelli di Deandre, almeno non ancora. "Merda... Deandre!" Zoe aprì lentamente la porta del bagno e sbirciò fuori, setacciando con lo sguardo l'area alla ricerca dell'agente di sicurezza. Nonostante questi si fosse fracassato la testa sul pavimento, non si trovava più nella pozza di sangue. Invece, la donna nuda e l'uomo grasso erano ancora lì, e sembravano proprio morti.

Richiuse piano la porta.

«Che succede?» chiese Angel.

«Deandre non c'è» rispose Zoe.

«Merda! Avrei dovuto piantargli il coltello nel cervello!» Il viso di Angel si contrasse, come se stesse per urlare o vomitare. «Non posso restare qui con questo» disse, indicando il corpo di Tom. «Un secondo in più e divento pazza!»

«Shhh... calma. Forse è uscito dal bagno. Ascolta, possiamo provare a scappare» disse Zoe, poggiando una mano contro la porta e sbirciando di nuovo fuori.

«Aspetta! Scappare dove? Dove diavolo possiamo andare?» chiese Angel a voce bassa e angosciata.

«Non lo so», ammise Zoe. «Forse per l'unica strada che non abbiamo ancora preso.»

«Vuoi dire addentrarci ancora di più nel tribunale?»

«Beh, non voglio tornare al piano di sopra e non possiamo uscire sotto la pioggia.»

Angel si tirò giù l'orlo della gonna. «Ok... andiamo nella stanza più vicina. Magari una con la serratura.»

Zoe si preparò, aprì la porta del bagno e scattò verso l'uscita. Ma, con la coda dell'occhio, scorse Deandre sbucare da un angolo nascosto e avanzare barcollando verso di loro. Procedette tenendo lo sguardo fisso sul pavimento scivoloso. Le sfuggì un urlo involontario mentre saltava oltre il corpo dell'uomo grasso e spalancava la porta del bagno.

Alle sue spalle, Angel urlò. Gettando un'occhiata all'indietro, Zoe inorridì vedendo Deandre afferrarle una ciocca dei lunghi capelli biondi.

Zoe si voltò di scatto, pronta a reagire, mentre Deandre si lanciava per mordere. Il viso dell'uomo si contorse. La testa fracassata appariva deforme e inclinata in modo innaturale. Ma furono gli occhi a toglierle il fiato, tanto apparivano anomali: erano rosso sangue, sì, ma c'era qualcos'altro. Aveva già visto gli occhi di cadaveri, sia in facoltà sia sul lavoro in ospedale. E gli occhi di Deandre erano come quelli: occhi di un morto.

Lo sguardo di Angel si riempì d'orrore, sentendosi tirare i capelli; la testa le scattò all'indietro, esponendo il collo ai denti di Deandre. Allungò una mano verso Zoe in un gesto disperato.

«Ti pregoooo!»

Zoe la afferrò per la mano e tirò con tutta la forza che aveva. La chioma bionda della donna le si staccò dalla testa, rivelando capelli castani più corti fissati con delle forcine. Zoe non si era nemmeno accorta che indossava una parrucca. Lo strattone improvviso e il distacco della parrucca fece perdere l'equilibrio ad Angel che, tuttavia, riuscì miracolosamente a restare in piedi, nonostante i tacchi e il pavimento insanguinato, finendo addosso a Zoe.

Deandre non fu altrettanto fortunato: preso alla sprovvista, scivolò all'indietro, inciampando sul corpo della donna morta e cadendo malamente.

Le due donne si trascinarono oltre la porta, arrancando nel corridoio. Mentre la porta si richiudeva alle loro spalle, Zoe vide Deandre risollevarsi, strisciare sopra il cadavere nudo e protendere le braccia verso di loro. I denti schioccavano nell'aria, gli occhi fissi e sporgenti in modo innaturale, come se fosse posseduto. "Gesù... cosa sta succedendo?"

La porta si chiuse con un colpo sordo che riecheggiò. Fu allora che li sentì: passi rapidi, gemiti e sibili che emergevano dall'oscurità del tribunale. Zoe e Angel, scambiandosi uno sguardo terrorizzato, si rialzarono in piedi.

«Corri verso le scale!» gridò Zoe.

Scattarono lungo il corridoio, verso la tromba delle scale che avevano già percorso meno di un'ora prima.

Dietro di loro, la porta del bagno si riaprì e ne uscì Deandre, unendosi al coro di mugolii e gemiti che le inseguiva nell'ombra. Quei suoni da incubo si fondevano in un afflato mefitico, una melodia di non-morti che solo Satana avrebbe potuto apprezzare. Davanti, in fondo al corridoio, c'era una porta con un'insegna rossa luminosa che diceva *Uscita* ma avrebbe potuto benissimo dire *Morte certa.* A destra c'erano le scale. «Forza! Corri!» gridò Zoe.

Angel non se lo fece ripetere. Correva sorprendentemente veloce per una donna con dei tacchi a spillo e una gonna attillata. Ma, mentre si avvicinavano alla tromba delle scale, udirono nuovi passi, altri sibili e gemiti... stavolta provenienti dall'alto, come se una mandria di vacche scendesse di corsa le scale.

«No! Merda!» urlò Zoe. «E adesso?»

Non potevano tornare indietro, né salire, e se avessero varcato la porta di metallo la pioggia le avrebbe infettate.

Zoe alzò lo sguardo verso l'oscura tromba delle scale.

Tra movimenti di ombre, cominciavano a intravedersi le prime sagome che scendevano verso di loro. E non aveva bisogno di voltarsi indietro per sapere che Deandre e gli altri le stavano per raggiungere. Li sentiva. E adesso? Non c'erano altre porte. Nessun riparo. L'insegna *Uscita* brillava come un faro di speranza, seppure illusoria: la scelta era tra essere divorate vive o uscire sotto la pioggia ed entrare nella schiera degli affamati. In realtà non avevano scelta. Dovendo scegliere tra la reazione di "attacco o fuga", l'istinto di Zoe la trascinò tutta verso la fuga, e scattò correndo in avanti, cercando di raggiungere la porta. L'unica possibilità di vivere ancora un po' era là fuori, sotto la pioggia. "Mi dispiace, Oliver. Ci ho provato. Ci ho provato davvero."

«Dobbiamo uscire!» gridò, raggiungendo la sbarra di metallo, premendola con un colpo deciso e spingendo con tutte le sue forze. La porta si spalancò. Nessuna delle due esitò: si precipitarono fuori.

CAPITOLO 13
LA CHIAVE DI RISERVA

OLIVER SPINSE JURNEE più lontano dalla porta dell'autobus. Fuori, i bambini sibilanti stavano scalando il veicolo. Una ragazzina poco più grande degli altri, sui quindici-sedici anni, si arrampicò sul cofano. Stava preparandosi a sferrare un calcio, quando Oliver notò un oggetto che le spuntava dal petto. Allibito, capì che era il manico di un coltello da macellaio, conficcato proprio all'altezza del cuore. Non poteva essere ancora viva!

L'adolescente sferrò un calcio al parabrezza. Il vetro resistette, allora si mise a quattro zampe e cominciò a martellarlo con entrambe le mani, come una bambina in preda a una crisi isterica.

Sul lato, il pugno di un uomo sfondò il vetro della porta a soffietto. Oliver strinse i denti: doveva mettere a punto un piano. In fretta.

«Jurnee, vai in fondo!»

La bambina lanciò un urlo stridulo e corse lungo il corridoio verso la parte posteriore. La mano dell'uomo si allungò dentro, annaspando per trovare la maniglia. Oliver caricò il colpo e colpì forte con il tubo d'acciaio, spezzandogli le dita.

L'uomo non emise un lamento, né ritrasse la mano spezzata. Si limitò a infilare ulteriormente il braccio, fino alla spalla, sempre cercando di raggiungere la maniglia.

«Gesù Cristo...» ansimò Oliver, colpendo di nuovo, più volte. Il tubo si abbatté sul polso, poi sull'avambraccio, spezzandolo di netto vicino al gomito. Solo allora l'uomo ritrasse il braccio, ma per sostituirlo subito dopo con l'altro. Oliver riprese a colpire forsennatamente, mentre un pensiero insano gli martellava in testa: "zombie! Sono dei maledetti zombie!" Sul cofano, la ragazza con il coltello piantato nel petto colpì ancora. Il parabrezza esplose in una ragnatela di crepe.

Dentro l'autobus, senza chiavi, erano un bersaglio perfetto. D'un tratto Oliver ebbe un'illuminazione: la chiave di riserva. Ecco cos'era quella strana chiave nel mazzo che aveva lasciato nell'ufficio! Non era la chiave di una porta o di una macchina ma del minibus! Si voltò e corse in fondo al corridoio, inginocchiandosi davanti a Jurnee.

«Ascoltami. Devo uscire per prendere la chiave del bus. Appena esco, devi chiudere la porta di dietro e aspettarmi qui. Riesci a farlo?»

«No! Non puoi lasciarmi qui! Ho solo sei anni! Ci sono i mostri!» gridò la bambina, scoppiando in lacrime.

«So che hai paura, ma ti prometto che i mostri verranno dietro a me. Devo prendere la chiave del bus, Jurnee, così potremo andarcene. Devi essere coraggiosa; devi fidarti di me e restare qui.»

Il labbro inferiore della bambina tremava e le lacrime le rigavano il viso, ma nonostante la paura annuì. Se Oliver non fosse stato terrorizzato quanto lei, gli si sarebbe spezzato il cuore.

Sul cofano, l'adolescente sferrò un altro calcio al parabrezza; riuscì ad aprire un piccolo squarcio nell'angolo dalla parte del passeggero, rimanendovi incastrata dentro con un piede.

«Ascolta bene», disse Oliver a Jurnee indicando la leva della porta posteriore. «La solleverò, aprirò la porta e salterò fuori. Tu la chiudi subito e abbassi la barra. Hai capito?»

Un rumore di altri vetri rotti arrivò dall'altra parte del veicolo. Doveva trattarsi della porta, perché il parabrezza era ancora quasi intatto, ma l'adolescente era riuscita a liberare il piede. "Merda!"

Oliver tirò la leva e balzò fuori, atterrando sull'asfalto con un colpo che gli scosse le ossa.

«Torno tra tre minuti, Jurnee! Riesci a contare fino a sessanta?» gridò, guardandola attraverso la porta.

«Anche... anche di più» disse lei, facendo del suo meglio per trattenere le lacrime.

«Perfetto. Conta tre volte fino a sessanta, o fino a centottanta se ci arrivi. Io sarò qui prima che tu finisca. Appena si chiude la porta, tira giù la leva!»

Nonostante fosse ormai in lacrime, Jurnee fece ciò che le aveva detto.

Oliver udì il suono del chiavistello che si chiudeva e si allontanò. Girò l'angolo del minibus verso il lato anteriore. Una donna con i jeans intrisi di sangue aveva mezzo corpo incastrato nella porta a soffietto. Sul cofano, un ragazzino sui dieci anni, la bocca incrostata di sangue rappreso, si stava arrampicando sul cofano dove la ragazza, dopo aver liberato il piede, stava prendendo a calci freneticamente il parabrezza. Anche se non riusciva a vederla, Oliver la sentiva benissimo. Gli altri zombie graffiavano e spingevano la porta.

«Ehi, figli di puttana!» urlò Oliver.

Tutte le teste scattarono verso di lui. Occhi spiritati lo fissarono.

«MMMUUUUUH!» gridò l'uomo con le mani spezzate, seguito da un coro di gemiti gutturali e sibili ferini.

«Esatto, stronzi! Non c'è nessuno sull'autobus! Siamo qui! Venite dunque! Venite e vi darò il fatto vostro!»

Non solo Oliver era un fan dei film sugli zombie ma aveva anche ascoltato decine di audiolibri sul tema. Erano i compagni ideali durante le sue corse in mezzo alla natura, Non è che non gli piacesse leggere ma non trovava mai il tempo per mettersi comodo e farlo; quando ci provava, anche se il libro era bellissimo, crollava dopo due paragrafi. Con gli audiolibri era diverso; poteva correre per ore senza stancarsi di ascoltarli. I suoi preferiti erano quelli della serie *Mountain Man.* Il protagonista era Gus, un ubriacone che tentava di sopravvivere a un'apocalisse zombie. Non era certo il momento di pensare ai libri sugli zombie ma, mentre guardava i suoi inseguitori voltarsi e lanciarsi verso di lui, capì il motivo per cui la sua mente era tornata al vecchio Gus e alla sua spada da samurai. Nella serie *Mountain Man*, come nella maggior parte dei film e dei libri sugli zombie, quei disgraziati non correvano. Si trascinavano lentamente, arrancavano, al massimo scattavano con slanci rapidi, ma raramente si mettevano a correre né, tantomeno, salivano sugli autobus! Invece quei mostri stavano correndo a tutta birra!

Oliver attraversò di corsa il parcheggio, scattando più veloce che poteva. Mentre girava l'angolo dell'edificio, lanciò un'occhiata rapida al branco: uno, due, tre, quattro, cinque, sei, sette. Strano. Sarebbero dovuti essere otto. Si voltò di nuovo: uno, due, tre, quattro, cinque, sei, sette. Quattro ragazzini. Tre adulti. Maledizione! Mancava la ragazza con il coltello in petto.

Svoltando a sinistra, Oliver corse verso una dependance e poi tagliò di nuovo a sinistra per tornare verso il minibus.

Erano passati solo pochi secondi, ma se la ragazza fosse riuscita a salire dentro...? Gesù, e se...

Riusciva a vedere il lato del conducente del minibus, ma non la figura dell'adolescente sul cofano. Doveva essere entrata dentro! Oddio! Che cosa aveva fatto? "Oh Jurnee, ti prego... no!" Oliver strinse il tubo d'acciaio nella mano destra, correndo a perdifiato verso la parte anteriore del pulmino. Arrivato lì rallentò, allungando il collo per ispezionare freneticamente il cofano.

Da dietro, gli giungevano i sibili degli zombie in avvicinamento.

Il parabrezza era crepato verso l'interno e aveva una piccola perforazione nell'angolo inferiore, dove la ragazza aveva piantato il piede, ma per il resto era intatto.. L'adolescente non era riuscita a entrare. Ma allora dove...

Proprio allora, annunciandosi con un gemito gutturale, lei apparve da dietro l'angolo, pronta ad assalirlo per morderlo. Oliver si contorse come un giocatore di football che cerchi di sfuggire a un placcaggio.

Tutti si erano avvicinati, e cercavano di ghermirlo. Uno riuscì ad afferrargli la giacca a vento, ma lui non rallentò, non poteva farlo: la stoffa si strappò e lui si proiettò in avanti, respirando affannosamente e spingendo sulle gambe con tutta la forza che aveva.

Dietro di lui non sentiva nessun affanno, nessun ansimare, solo gemiti affamati. Gemiti che imploravano un assaggio di carne viva.

Ormai tutti e otto gli erano addosso. Il pensiero che Jurnee era ancora al sicuro gli diede un attimo di sollievo, ma non poteva permettersi di rilassarsi: se non fosse riuscito a prendere le chiavi e ritornare, la bambina era spacciata.

Raggiunse l'ingresso della chiesa e praticamente si tuffò attraverso le porte di vetro frantumate, barcollando in avanti ma riuscendo in qualche modo a rimanere in piedi. "Gesù, come sono veloci!"

Oliver sapeva di non poter condurli direttamente nell'ufficio; si sarebbe intrappolato da solo. Così spalancò la porta della sala parrocchiale ma non ebbe il tempo di bloccarla dietro di sé: gli zombie lo seguirono a ruota.

Dando un'occhiata alle sue spalle, Oliver vide uno zombie familiare in testa al gruppo. Con le mani spezzate e le braccia penzolanti che si agitavano selvaggiamente, l'uomo corpulento dai capelli grigi correva dritto contro un mucchio di sedie pieghevoli. Colpito dal tubo d'acciaio di Oliver, l'uomo perse l'equilibrio e cadde a faccia in giù, facendo inciampare due inseguitori e rallentando gli altri. Oliver sfruttò il momento. Si girò, afferrò uno dei grandi tavoli e vi lasciò cadere sopra il tubo, poi lo spinse con violenza contro lo zombie che cercava di rialzarsi.

Il tavolo colpì il bersaglio sotto il naso, schiacciandolo e conficcando la cartilagine nel cervello con un orrendo scrocchio. L'uomo crollò all'indietro, stecchito.

Una donna di mezza età, con la camicetta a brandelli e i pantaloni beige imbrattati di sangue, urina e Dio solo sapeva cos'altro, saltò sul tavolo e gli si lanciò contro con un urlo bestiale.

Oliver brandì il tubo e la colpì, spaccandole il cranio prima che la donna toccasse terra.

Gli altri sei si fecero avanti, ribaltando i tavoli e spingendoli via.

Oliver attraversò di corsa la sala fino all'ormai familiare porta della cucina. Non tentò neppure di bloccarla: non c'era tempo. Fece cadere vassoi e padelle dagli scaffali al suo passaggio, poi spinse un'isola con le ruote nel corridoio.

Dietro di lui, sentì un fragore di metallo che sbatteva. Oliver lanciò un'occhiata alle sue spalle. Il ragazzino dalla bocca incrostata di sangue era appena davanti agli altri e si faceva strada a quattro zampe tra un mucchio di teglie da forno. Dietro di lui avanzava una donna con i jeans strappati e sporchi di sangue. Aveva il collo ferito da un morso e le mancava un pezzo di carne proprio all'altezza della giugulare. Dietro di lei, altri stavano entrando dalla porta.

Oliver strinse i denti e calò il tubo dall'alto, con la forza di chi spacca legna. Il ragazzo cadde a terra, morto. Subito caricò di nuovo, stavolta puntando alla donna. Ma il colpo mancò il bersaglio: non la colpì alla testa, bensì al collo già lacerato. Con uno schiocco innaturale, la testa della donna ricadde di lato, sulla spalla.

Oliver spalancò gli occhi, inorridito. Pur non riuscendo più a sollevare la testa, la donna continuava ad avanzare spedita, con le braccia disperatamente protese e la bocca storta che scattava nel vuoto. Fortunatamente, calpestò una teglia e il piede le scivolò come se stesse per fare una spaccata. Inclinandosi di lato, cadde sul ragazzo morto. Continuò a trascinarsi in avanti con la bocca le si apriva e chiudeva come quella di un pesce fuor d'acqua.

«Cazzo!» gridò Oliver. La sua voce riecheggiò nella cucina. Non c'era tempo per un altro colpo. Gli altri quattro zombie, tutti ragazzini, erano già lì che avanzavano sbattendo tra pentole e padelle. Poi caddero sulla donna a terra, aggrovigliandosi tra gemiti di adolescenti non morti e mascelle che scattavano.

Correndo fuori dalla porta, Oliver si lanciò nel corridoio. Corse a perdifiato fino all'area degli uffici, entrò nel primo a destra, scrutò il pavimento e vide le chiavi. Le afferrò di getto. Fuori, le scarpe degli zombie stridevano e strisciavano sul pavimento, sempre più vicine. Oliver si arrampicò attraverso la finestra rotta, atterrò nel corridoio, girò verso sinistra e corse. Scavalcò di nuovo la porta a vetri rotta dell'ingresso principale, riprese a correre intono all'edificio e tagliò per il parcheggio verso il minibus. Tre figure lo inseguivano, tutti ragazzini. Forse la donna dal collo spezzato era fuori combattimento e aveva trascinato con sé un altro dei suoi simili.

Oliver picchiò con forza sulla porta di emergenza del minibus.

«Jurnee! Jurnee! Apri!»

Non aveva pensato a come sarebbe risalito. Per fortuna, il visetto della bambina spuntò dal vetro, gli occhi spalancati dalla paura. Ma non stavano guardando Oliver; erano fissi sugli zombie che attraversavano di corsa il parcheggio. Eppure, in qualche modo, Jurnee trovò il coraggio di alzare la maniglia. Oliver saltò dentro, richiudendo la porta appena in tempo: l'adolescente con il coltello da macellaio nel petto si scagliò contro il vetro, le piccole dita piegate come artigli che graffiavano disperatamente. Da dove era spuntata?

«A che numero... sei arrivata?» chiese Oliver a Jurnee, correndo trafelato verso il posto di guida.

«Ho contato fino a centosettantacinque», rispose Jurnee, incrociando le braccia.

«Centosettantacinque? Sul serio?» Oliver si gettò sul sedile, guardando nello specchietto. Vide la ragazza col coltello nel petto e un ragazzino con gli occhiali correre verso la parte anteriore del minibus.

«So contare molto di più, Oliver! So anche fare le moltiplicazioni. Beh, quasi tutte... Due per due fa quattro... ma anche due *più* due fa quattro. Però tre per tre non fa sei. Sembrerebbe logico ma non è così.»

Oliver infilò la chiave contrassegnata *Di riserva* nel blocchetto, pregando che fosse quella giusta, e la girò. Il motore si accese con un ruggito.

«Siediti e tieniti forte, Jurnee!»

L'adolescente con il coltello si stava arrampicando sul cofano. Oliver innestò la marcia e schiacciò l'acceleratore; non riuscendo a tenere la presa, la ragazza scivolò e rotolò giù, atterrando violentemente sull'asfalto. Oliver lanciò uno sguardo allo specchietto retrovisore. I ragazzino con gli occhiali era aggrappato allo specchietto laterale. Sterzò di colpo a sinistra. «Oliver!» gridò Jurnee.

Il ragazzino non riuscì a reggersi e cadde a terra, rotolò ma si rialzò subito e riprese a correre a tutta velocità.

Strizzando gli occhi verso lo specchietto, Oliver disse: «Che mi venga un colpo. Quello stronzetto non ha ancora perso gli occhiali!»

«Stai andando velocissimo! Princess sarà contenta che ti sei sbrigato.»

Oliver imprecò. La bambola di Jurnee! Sterzò intorno all'edificio, diretto verso l'ingresso principale. Nello specchietto, vedeva i due ragazzini correre veloci all'inseguimento. Ma dov'era finito il terzo?

Un tonfo sordo sul tetto risolse il mistero.

«Jurnee, allaccia la cintura! Dimmi quando sei pronta.»

«Pronta!»

«Ti sei già messa la cintura?» chiese, controllando nello specchietto retrovisore.

«Sì!»

Girarono intorno alla facciata dell'edificio, e scorsero il camion dei rifiuti parcheggiato sotto il portico. Oliver puntò veloce in quella direzione.

«Tieniti forte! Mettiamo alla prova i freni!» Si affiancò al lato passeggero del camion, fuori dal portico, e frenò bruscamente

"Wow!" urlò Jurnee.

Lo zombie sul tetto del minibus si schiantò sul cofano,

rimbalzò e scomparve dalla parte anteriore. «Resta qui! Vado a prendere Princess», disse Oliver, tirando la leva della porta. La ports a libro si aprì mentre schegge di vetro cadevano sui gradini. Oliver balzò in piedi sul sedile, afferrò il tubo e scese i gradini... solo per trovarsi faccia a faccia con lo zombie caduto dal cofano. Parte del suo viso penzolava in un lembo floscio, attaccato solo alla mascella. Uno dei suoi occhi iniettati di sangue pendeva dall'orbita, appeso a un filo di nervi. Gesù! Le gengive e i denti scoperti sbattevano in modo ossessivo, come se portasse una dentiera a molla. Quell'essere non sembrava nemmeno accorgersi di avere il viso staccato.

Non avendo spazio per colpirlo col tubo, Oliver gli sferrò un calcio in faccia, facendolo cadere all'indietro. Lo inseguì barcollante giù per i gradini, brandendo il tubo, sperando di raggiungerlo prima che potesse rimettersi in piedi. Il ragazzo sembrava più grande degli altri; *era stato* un ragazzo più grande. Ora era qualcos'altro, morto ma in qualche modo non morto... un morto vivente. A giudicare dalle lacerazioni insanguinate sulla maglietta dei Nirvana, era stato pugnalato ripetutamente sul fianco.

Nelle ultime ore, era successo qualcosa di orribile a quelle persone, proprio come a Sam. Abbattendo il pesante tubo sulla nuca dell'adolescente, Oliver non poté fare a meno di chiedersi com'erano arrivati a quel punto.

Un rombo profondo e prolungato attraversò il cielo rosso, senza dubbio annunciando nuova pioggia. "Domani ci sarà tempo per le domande, idiota! Ora muoviti!"

Correndo verso il lato passeggeri del camion, Oliver spalancò la portiera. Sentiva il rumore di piedi che strisciavano, sibili e gemiti; dal minibus altri zombie avanzavano verso di lui. Con un solo balzo, saltò sul gradino più alto, allungò la mano nella cabina e prese Princess dal sedile.

Scendendo, sentì delle mani palpargli le gambe e il sedere, tirandolo per la vita.

«Ma che cazzo!» Si voltò di scatto.

La donna a cui aveva spezzato il collo in precedenza lo stava artigliando. Aveva la testa tutta storta da un lato, la guancia destra appoggiata sulla spalla, la mandibola che scattava come quella di un dobermann.

Scalciando freneticamente per liberarsi, Oliver risalì sul camion, attraversò il sedile e uscì dal lato del conducente. Sbatté la portiera dietro di sé e si rimise a correre verso il minibus, scivolando sul marciapiede bagnato mentre girava l'angolo.

Quando raggiunse il veicolo, sentì Jurnee che urlava. Oliver salì gli scalini a tre a tre, con il cuore che gli martellava. La ragazza con il coltello nel petto stava a cavalcioni di un sedile, cercando di raggiungere la bambina. Oliver gettò Princess e il tubo su un posto vuoto. Afferrò l'adolescente per i capelli, la trascinò indietro e giù per i gradini, scaraventandola fuori dal mezzo. Lei rotolò sull'asfalto, finendo carponi. Oliver le assestò un calcio alla testa prima di risalire di nuovo sul minibus. «Ti ha morso?»

Jurnee non rispose, continuando a urlare.

Oliver la esaminò, cercando un segno, un graffio, qualsiasi cosa. Ma la bambina era rannicchiata sul sedile, il viso nascosto tra le braccia.

Fuori, altri gemiti. Non c'era tempo. Lasciando perdere la bambina, Oliver balzò al posto di guida, ingranò la marcia e schiacciò l'acceleratore.

«Jurnee!» gridò, continuando a guardarla nello specchietto retrovisore. «Sei ferita? Ti ha morso?»

Si immise sulla strada di campagna che li aveva condotti in quell'incubo e fissò lo specchietto retrovisore. «Ti prego, Jurnee... dimmi! Ti ha morso?»

Lei alzò lo sguardo, il respiro affannoso per l'iperventilazione. Cercò di parlare ma non ci riuscì. Alla fine, si limitò ad annuire. «Cosa? Sei ferita?»

Oliver trattenne il respiro. Guardò avanti, poi di nuovo nello specchietto.

«Ti ha morso?»

La bambina respirava affannosamente, versando copiose lacrime sul suo impermeabile troppo grande.

«Sì... sì... sì!»

CAPITOLO 14
ANGEL

ZOE AVANZAVA A TENTONI, tenendo gli occhi serrati, più volte rischiando di inciampare contro il marciapiede. Sentiva l'aria umida e l'odore di bagnato. Era all'aperto, lo capiva, ma non aveva la minima idea di dove fosse né di dove si trovasse la sua auto. Notò subito, tuttavia, un'altra cosa: non sentiva la pioggia. Proteggendosi gli occhi, li socchiuse appena. Nemmeno una goccia. Vedeva nitidamente il parcheggio di fronte a lei, la città sullo sfondo e il cielo dall'aspetto profondamente alieno.

«E adesso?» chiese Angel.

Zoe si voltò verso le doppie porte del tribunale. Ricordò che Deandre le aveva fatto usare la cintura per bloccare la porta dell'ufficio. Quando era in divisa da infermiera, indossava sempre la cintura di sicurezza, una lunga fascia di tela che serviva a sostenere i pazienti mentre stavano in piedi o camminavano. Se la sfilò dalla vita e l'avvolse intorno alle maniglie, stringendola proprio mentre il primo inseguitore si scagliava contro la porta. Questa si aprì di pochi centimetri prima che la cintura si tendesse. Dall'interno filtravano i suoni ormai familiari di gemiti famelici e sibili; delle dita si insinuarono nella fessura, afferrando la cintura e tirando.

«Per ora dovrebbe bastare a trattenerli. Hai una macchina?» chiese Zoe.

«No. Il mio amico dovrebbe aspettarmi dall'altra parte del tribunale», disse Angel, lo sguardo perso nel cielo carico di nuvole.

«Non possiamo restare qui. Quelle nuvole non promettono nulla di buono... sembra che stia per ricominciare a piovere. Quella è la mia macchina», disse Zoe indicando il suo SUV. «Posso darti un passaggio.»

Si udì il suono di un clacson, subito seguito da uno schianto. Zoe si voltò proprio nel momento in cui, sulla strada dall'altra parte del parcheggio, un'esplosione sollevò una nuvola di fuoco e fumo. Alle loro spalle, altri corpi si scagliavano contro le doppie porte e altre mani spuntavano dalla fessura, spingendo, graffiando e tirando. La paura attanagliò Zoe. Erano troppi, e temeva che la cintura non sarebbe riuscita a tenerli a bada a lungo.

«Forza!» disse correndo verso la sua auto.

Le due donne salirono sul SUV. Zoe mise in moto e uscì in retromarcia dal posto auto. Un palmo insanguinato sbatté contro il finestrino lato guida. Un uomo dagli occhi rossi e folli le fissava attraverso il vetro, le labbra arricciate in un ringhio famelico. «Merda! Vai!» urlò Angel.

Zoe accelerò a fondo, quasi perdendo il controllo. Sbandò sull'asfalto bagnato e girò intorno al tribunale, finché davanti a loro riapparve l'ingresso principale. Il pick-up era ancora incastrato a metà nell'edificio e fumava dal motore distrutto.

«Il mio accompagnatore dovrebbe essere qui... ma non lo vedo», mormorò Angel, corrucciata.

«Aspetta! Ecco la sua auto! » Indicò una Cadillac nera

parcheggiata in retromarcia tra un SUV e una vecchia Corvette.

Zoe accostò, fermandosi con la portiera del passeggero rivolta verso la parte anteriore della Cadillac. «Non vedo nessuno dentro», disse.

Angel scese e corse al lato del guidatore, sbirciando nell'abitacolo. «Le chiavi sono nel quadro. Forse è entrato a cercarmi.»

«Se è uscito sotto la pioggia, allora...» iniziò Zoe, senza avere il coraggio di finire la frase. «Angel, vieni con me. Non sappiamo cosa sta succedendo; è più sicuro se vieni a casa mia.»

Un gruppo di persone apparve dall'altro lato del parcheggio.

«Devo sapere se sta bene», disse Angel, la voce incrinata. «Se me ne vado e lui mi sta cercando... lui...la prenderebbe male.»

Non serviva che Angel le dicesse chi era quell'uomo; Zoe capì che era il suo protettore. Il gruppetto che si trovava sull'altro lato del parcheggio d'un tratto si fermò, voltandosi, come fiutando l'aria.

«Ascoltami, Angel, dobbiamo andarcene! Vieni con me, ti prego!» la supplicò Zoe. Non sapeva perché, ma desiderava con tutto il cuore che la donna venisse con lei. La conosceva appena, ma ne avevano già passate tante insieme. E non le piaceva l'idea di restare sola.

«Ti prego, Angel! Sali!»

Gli infetti dall'altra parte del parcheggio si misero a correre verso di loro.

«Io... non posso. Tu vai! Le chiavi sono in macchina, salirò e lo aspetterò dentro. Se non torna, ripartirò. Me la caverò!». Angel si sforzò di sorridere nonostante il viso, sbavato di trucco, tradisse il suo terrore.

Zoe era disperata.

«Angel! Ti prego!», insisté.

«Grazie, Zoe... davvero. Vai! Non preoccuparti per me. Grazie, grazie di tutto!»

Salì in fretta sulla Cadillac e chiuse la portiera.

Mentre il gruppo di pazzi furiosi si avvicinava minacciosamente, Zoe allungò la mano sul sedile del passeggero e chiuse la portiera. Prima di inserire la retromarcia, lanciò un ultimo sguardo ad Angel, sforzandosi di sorridere e salutandola con un rapido cenno della mano. Sapeva che probabilmente non l'avrebbe più rivista.

Angel ricambiò il saluto, con uno sguardo d'intesa negli occhi. Nelle ultime due ore avevano lottato insieme per la vita e si erano salvate a vicenda. In quei momenti strazianti, gli unici pensieri erano stati la fuga e la sopravvivenza. Non gli era proprio passato per la mente di scambiarsi i numeri di telefono, ma ora Zoe avrebbe voluto trovare un modo per restare in contatto con la sconosciuta con cui aveva condiviso quell'incubo. Non conosceva neanche il cognome di Angel, ammesso che Angel fosse il suo vero nome.

Le due donne si scambiarono un ultimo cenno, un cenno di addio.

Davanti a Zoe, il gruppo di malati si stava avvicinando. Era ora di andare. Mentre si voltava indietro per fare retromarcia, il suo sguardo si posò di nuovo su Angel. Ed ecco che una mano emerse dall'ombra del sedile posteriore, afferrò Angel per il volto e la tirò con forza verso di sé.

Zoe rimase senza fiato. «No!» urlò, impotente.

Gli occhi di Angel si spalancarono terrorizzati mentre la sua testa scattava all'indietro.

Sotto lo sguardo inorridito di Zoe, tra i sedili spuntò il viso di un uomo, gli occhi rosso sangue e la bocca contratta in un ghigno famelico.

«No!» urlò Zoe, ma non c'era nulla che potesse fare.

L'uomo si avventò, azzannando Angel alla gola. Il sangue schizzò sul parabrezza mentre le braccia della donna si agitavano freneticamente.

Zoe distolse lo sguardo, scossa da un singhiozzo straziante, le lacrime che le rigavano le guance.

Un uomo fradicio di pioggia sbatté i palmi bagnati sul cofano, le labbra contratte in un'espressione feroce.

Zoe premette a fondo l'acceleratore mentre una donna nera con lunghe trecce raccolte in uno chignon, raggiunta la portiera del conducente, cominciò a battere la testa contro il finestrino. Poi il SUV sfrecciò all'indietro nel parcheggio e la donna si voltò per inseguirla. Zoe si rese conto con orrore che non aveva braccia ma solo moncherini lordi di sangue. Prima che potesse chiedersi come facesse a essere ancora viva e a darle la caccia in quelle condizioni, andò a sbattere contro qualcosa dietro di lei. La testa le si piegò all'indietro e il veicolo sobbalzò, fermandosi bruscamente.

«No!» gridò, innestando risoluta la marcia avanti. Accelerò, urtando diverse persone e conducendo il SUV fuori dal parcheggio. Si immise sulla strada principale, con le lacrime che le rigavano le guance rendendole quasi impossibile vedere la strada.

«Oh, Angel... perché? Perché non sei venuta con me?»

Intorno a lei era pieno di auto abbandonate: alcune distrutte, altre in fiamme. C'era gente che correva per la strada; alcuni inseguivano altri. Anche le case lungo la via bruciavano.

Zoe si trovava nel centro di Bloomridge. Davanti a lei, la strada era completamente bloccata da un ammasso di veicoli distrutti. Mentre rallentava, sterzando e salendo sul marciapiede per aggirare i rottami, si chiese come diavolo avrebbe fatto a uscire dalla città e tornare a casa. Come se non bastasse, nel cielo sopra si lei si affastellava una miriade di nubi rosso scuro, uno spettacolo che Zoe non aveva mai visto né immaginato. Si agitavano come un mare in tempesta. Si udì il rombo di un tuono e, ancora una volta, cominciò a cadere una pioggia color ruggine.

Zoe si asciugò gli occhi con la manica della divisa, imprecando a denti stretti. Premette il pulsante della trazione integrale, sapendo che se avesse avuto qualche intoppo, o un guasto, sarebbe rimasta prigioniera nell'auto finché non avesse smesso di piovere. Ammesso che non fosse già stata contagiata dall'umidità nell'aria... Alzò lo sguardo verso lo specchietto retrovisore ed ebbe un tuffo al cuore: aveva gli occhi completamente arrossati. Oddio! Era stata contagiata! Accostò sulla banchina e frenò bruscamente, fissando il suo riflesso nello specchietto mentre nuove lacrime le riempivano gli occhi e le scendevano lungo le guance. Però erano lacrime limpide, prive di sangue. In effetti, i suoi occhi non assomigliavano affatto a quelli di Tom o di Deandre. Non sanguinavano. Erano rossi, sì, ma aveva pianto, sembravano proprio occhi arrossati per il pianto.

Fece un respiro, ancora tremante, e riprese la strada. "Calma", si disse, "Devi tornare a casa e non ci riuscirai se ti fai prendere dal panico."

Superando qualche altro veicolo abbandonato, Zoe svoltò sulla Route 9. Doveva ancora attraversare l'autostrada Interstate 55, poi avrebbe potuto seguire la strada fino a Mackinaw.

Mentre si avvicinava all'ultimo incrocio prima del cavalcavia, una sirena le squarciò i timpani e delle luci lampeggiarono nello specchietto retrovisore. Una volante della polizia le sfrecciava dietro così velocemente che era sicura l'avrebbe tamponata prima di riuscire a spostarsi. «Ma che cazzo!» urlò, sterzando bruscamente di lato. La pattuglia sfiorò il SUV, strappandole lo specchietto e superandola a tutta velocità. Zoe urlò.

Davanti a lei, un TIR stava attraversando l'incrocio. «Oh, no!» esclamò, rendendosi conto di ciò che stava per accadere. Anche l'autista del TIR sembrò accorgersene e cercò di accelerare. La pattuglia non frenò nemmeno e si scontrò con la cabina dell'autoarticolato.

Zoe rimase a guardare, gli occhi sgranati e la bocca spalancata.

L'esplosione fu fatale: sia il TIR sia la volante presero fuoco.

Almeno due vite si erano appena spezzate sotto i suoi occhi ma, per quanto fosse terribile, la mente di Zoe si concentrò subito sul suo problema più urgente. I veicoli in fiamme le bloccavano la strada verso il cavalcavia.

CAPITOLO 15
GIRL POWER

PRIMA DI IMMETTERSI su Broadway Road, Oliver tirò il freno. Erano ormai a diversi chilometri dalla chiesa, abbastanza lontani da escludere che gli inseguitori potessero raggiungerli a breve.

«Fammi vedere», disse, cercando di mantenere un tono calmo, senza dar voce all'angoscia che sentiva dentro. Aveva il cuore gonfio e un senso di nausea. Dopo tutto quello che era successo, l'incidente d'auto, Sam, gli zombie nella chiesa...Erano quasi riusciti a uscirne indenni ma alla fine aveva fallito clamorosamente. Aveva lasciato che Jurnee venisse attaccata e, peggio ancora, che venisse morsa! Si maledisse.

Guardò la bambina, seduta al centro del sedile posteriore. Stringeva Princess al petto e si dondolava avanti e indietro, con gli occhi chiusi. «Io... io... voglio la mia mamma!», singhiozzò.

Oliver sentì le lacrime agli occhi. "Non farlo", si disse. "Non azzardarti a piangere davanti a lei!"

«Dov'è che ti ha morso, Jurnee? Ti prego, fammi vedere.»

Sotto gli chignon afro, la piccola continuava a tenere gli occhi serrati, dondolandosi e tremando.

Oliver cercò di individuare la ferita, ma lei era tutta rannicchiata, con le ginocchia al petto e la bambola stretta a sé.

«Su, da brava! So che sei una bambina coraggiosa. Mostrami dove ti fa male. È al braccio?»

Jurnee scosse la testa.

«Ok… allora la gamba? Ti ha morso alla gamba?»

Lei fece un altro cenno di diniego.

Oliver le studiò il volto, il collo, le mani, ma non trovò alcuna ferita visibile.

«Mi ha morso alla schiena, O… Oliver! Quella ragazza mostruosa mi ha morso alla schiena!». Scoppiò a singhiozzare più forte, con il respiro affannoso.

Oliver deglutì. «Girati, fammi vedere.»

Jurnee si voltò lentamente sul sedile e gli mostrò la schiena. Oliver sentì una stretta al cuore. L'impermeabile di Sam copriva ancora le spalle della bambina, ma la parte posteriore era squarciata. Sotto, anche la giacca viola della North Face era strappata: mancava un lembo e il tessuto lacerato intorno allo strappo era incrostato di sangue scuro. "No, ti prego", pensò.

«Devi toglierti l'impermeabile, Jurnee. Dai, lascia che ti aiuti», disse sollevandole il braccio.

Jurnee sfilò le piccole braccia prima dall'impermeabile e poi dalla giacca, scoprendo una maglietta rosa con la scritta *Girl Power* sul petto, in lettere dorate e scintillanti. Oliver la girò per esaminarle la schiena, timoroso di ciò che avrebbe visto. Sul retro della maglietta c'era una macchia rossa, piccola ma inequivocabile, grande quanto una bocca. Oliver sollevò la maglietta: la pelle era ferita appena sotto la scapola destra.

«Fa male, Oliver!» gemette la bambina.

«Lo so», disse lui a bassa voce, cercando di trattenere le lacrime. La pelle era violacea, lacerata e sanguinante, nei punti in cui era stata raggiunta dal morso. Per fortuna i denti avevano appena scalfito la cute e la ferita non sembrava profonda. Ma che importava? Se c'era qualcosa nella pioggia, il che era indubbio, probabilmente si trasmetteva anche attraverso il morso. In fondo, tutti sapevano che chi veniva morso da uno zombie diventava uno zombie. Si bloccò. Ma cosa stava pensando? Che fesseria! Gli zombie non esistevano... almeno fino a quel giorno. E poi non era detto che le cose funzionassero come nei film, no?

D'improvviso gli tornò in mente un particolare che gli infuse nuova speranza: la maglietta! Non c'era alcun buco nella maglietta. Oliver sollevò di nuovo la giacca viola: sì, un pezzo di tessuto era stato strappato, ma lo strato interno era intatto. E la maglietta non presentava alcuno strappo. Il sangue all'esterno del tessuto color lavanda doveva provenire dalla bocca, già insanguinata, della ragazza zombie. Era impossibile che sangue, saliva o qualunque altra sostanza infetta fosse penetrata dentro la ferita di Jurnee.

«È grave, Oliver?» domandò con un filo di voce la bambina, con le guance rigate dalle lacrime.

Oliver tirò un sospiro di sollievo. «No, no... non è affatto grave. Ti rimetterai perfettamente, piccola!»

«Posso abbassare la maglietta adesso?»

«Ma certo!», disse lui sollevato. Un gran sorriso gli si aprì in volto.

«Non è divertente, però! Mi fa male!» protestò Jurnee, sollevando l'impermeabile dal sedile.

«Lo so,» disse Oliver, «ma appena arriveremo a casa, mia moglie Zoe ti curerà per bene. Lei è praticamente una dottoressa! E poi ci mangeremo una bella coppa di gelato. Ti va?»

«Gelato?» chiese lei, interessata.

«Sì. Ma adesso devo prendere la tua giacca, ok?»

«Ma ho bisogno della giacca, Oliver!»

«Questa è sporca... e c'è il sangue della ragazza.»

«La ragazza mostro?» sussurrò Jurnee, con gli occhi che ricominciarono a riempirsi di lacrime.

Oliver annuì. «Adesso devi essere forte, come una bimba grande. Prima che te ne accorga staremo già mangiando il gelato. Ehi, ti piacciono i cani?»

Jurnee si asciugò il naso con il polso. «Se sono buoni, sì... Perché? Hai un cane buono?»

«Sì. Si chiama Louie, ed è un cane buonissimo», disse Oliver tornando nel corridoio. I suoi pensieri volarono a Zoe e al bisogno urgente di tornare a casa.

Sedendo di nuovo al posto di guida, premette il pulsante del freno pneumatico e un lungo sibilo riempì l'abitacolo. Imboccò Broadway Street: davanti a lui la strada appariva libera, quasi un rettilineo. Mancavano appena una dozzina di miglia a casa. Sopra di loro, il tormentato cielo esplose in un rombo fragoroso, e ricominciò a versare la sua pioggia insanguinata.

CAPITOLO 16
IL VICINO

ZOE NON POTEVA PASSARE tra i veicoli distrutti e le fiamme sul cavalcavia di fronte a lei. Aveva scelto quel percorso perché era il più rapido per tornare a casa ma i rottami in fiamme non le lasciavano alternative: doveva tornare indietro e raggiungere la strada che correva sotto la Interstate 55. Tagliò attraverso un quartiere vicino, accompagnata dal suono continuo di spari. Ogni tanto vedeva persone correre in mezzo alla strada, e in due occasioni si erano messe a correre proprio verso la sua macchina. Una donna anziana, in vestaglia e pantofole, le era arrivata particolarmente vicina. Per fortuna non aveva dovuto investirla ma se fosse stato necessario lo avrebbe fatto; non si sarebbe fermata per nessuna ragione al mondo. E difatti non si fermava mai, neanche agli stop o ai semafori. Fermarsi significava esporsi al rischio di attacchi.

Dopo aver guidato per tre isolati, con le mani così strette al volante da farle male, desiderava solo lasciare quella città. Finalmente, svoltando a destra e uscendo dal quartiere, le apparve davanti il cavalcavia. Il guardrail era divelto e un'auto, caduta dall'alto, giaceva capovolta in mezzo alla strada, l'abitacolo completamente schiacciato. Zoe rabbrividì: come poteva qualcuno sopravvivere a un volo del genere? Alzando lo sguardo, vide del fumo alzarsi dall'autostrada. Lassù qualcosa stava bruciando.

«Maledizione!», pensò, nervosa persino all'idea di passare sotto l'incendio. Ma non aveva scelta. Voleva tornare a casa; doveva tornare a tutti i costi.

Sterzò attorno al relitto e accelerò sotto il cavalcavia. Uscendo dall'altra parte, tirò un sospiro di sollievo. Lasciati alle spalle i caseggiati, davanti aveva solo strade di campagna.

Dopo venticinque minuti entrò nel quartiere di Summer Lake, dove abitava da otto anni. All'inizio tutto sembrava normale, a parte le pozzanghere arancio scuro formate da quella strana pioggia. Ma la normalità durò poco. Svoltando dopo il primo stop, si ritrovò in mezzo all'inferno. La prima cosa che vide fu un camion dei pompieri fermo sul ciglio della strada con le manichette stese lungo la carreggiata. Sul lato opposto una casa, o ciò che restava di una casa, continuava a bruciare, ridotta a un rogo. Nel giardino davanti, un uomo con la giacca da pompiere giaceva a terra con il manico di un'ascia che gli spuntava dalla nuca.

Superando il camion, Zoe scorse un gruppo di otto-nove persone radunate nel giardino accanto. Solo quando si voltarono e iniziarono a correre verso di lei capì che erano tutti infetti. Premette l'acceleratore e sfrecciò via prima che la raggiungessero. Al quadrivio girò a destra, iniziando a costeggiare il lago.

All'improvviso, una donna barcollante sbucò da un'alta fila di arbusti e si parò davanti al SUV. Zoe rimase senza fiato e, d'istinto, frenò. Le balenò in mente l'idea di investirla ma la donna urlò: «Aiutami!». Poi perse l'equilibrio e cadde contro la portiera dal lato di Zoe. Iniziò a tirare disperatamente la maniglia. «Apri, ti prego! Per carità, aiutami!»

La donna aveva i capelli zuppi e rossastri, per la pioggia o per il sangue ipotizzò Zoe. Comunque fosse, non la conosceva e, sebbene ancora non mostrasse i sintomi della malattia, pensò che era solo questione di tempo.

«Stanno arrivando! Ti supplico!»

«Non... non posso, mi dispiace», mormorò Zoe, schiacciando l'acceleratore.

La Xterra scattò in avanti, mentre nello specchietto retrovisore vedeva la donna rincorrerla a piedi nudi, chiedendo aiuto. "Brucerò all'inferno", pensò.

Due figure apparvero dietro la fuggitiva. Zoe trasalì nel vederla assalire e gettare sul marciapiede. Mentre si allontanava, la pioggia rossa nascondeva l'orrore di ciò che poteva comunque immaginare stesse accadendo a quella poveretta, che le aveva solo chiesto aiuto. Avrebbe potuto salvarla... aprire la portiera, ma per che cosa? Per vederla trasformarsi? Per aspettare che l'aggredisse come aveva fatto Deandre? No. Non avrebbe potuto salvare quella donna ma solo ritardare l'inevitabile, mettendo a rischio sé stessa.

Superata una curva, imboccò finalmente Brandywine Road, la strada senza uscita che portava a casa sua. Alberi fitti su entrambi i lati la rendevano buia anche di giorno, e sotto quel cielo rosso appariva ancora più cupa. La via scendeva ripida verso il lago. Lei non abitava proprio sulla sponda, come la sua vicina, ma nella seconda casa in legno sulla sinistra. Più avanti, diverse altre case si affacciavano sulla rotonda vicino alla riva, tutte su ampi appezzamenti. Alcuni proprietari, tra cui Zoe, possedevano due lotti di terreno. Quasi tutte le abitazioni erano circondate da terreni boscosi. Era una delle caratteristiche per cui lei e Oliver avevano scelto quella zona. Nonostante si trovasse in un complesso residenziale, la posizione dava a Zoe una sensazione di isolamento; per vedere i vicini era necessario sbirciare attraverso il fogliame degli alberi. Beh, almeno fino all'inverno, poi le foglie cadevano rivelando le novità. "Toh i Donner hanno costruito una nuova legnaia. Beh, di sicuro staranno al caldo quest'inverno!" Zoe avanzava scrutando il fondo della strada cieca. Sembrava tranquillo. Svoltando nel vialetto, si sentì sollevata: la casa era lì, intatta. Ma durò un istante. Con il cielo ormai buio si era aspettata di vedere la luce filtrare dalle finestre, e che Oliver avesse acceso le luci del portico. Forse non voleva attirare l'attenzione... o forse non era tornato a casa. Avvicinandosi al garage, un nodo di terrore le attanagliò lo stomaco.

Zoe premette il pulsante dell'apriporta del garage, pregando che Oliver fosse a casa.

La serranda si sollevò lentamente, rivelando un garage vuoto.

«Dannazione!»

Entrò dentro, premendo con forza il pulsante per richiudere. La molla gemette e la porta scese pesante, quasi in sintonia col peso che aveva sul cuore. "Dove sei, Oliver?"

Uscì dall'auto con cautela, assicurandosi che nessuna goccia del liquido rosso ruggine la toccasse. Il garage era collegato direttamente alla casa; almeno non avrebbe dovuto uscire di nuovo all'esterno. Appena entrata, chiuse a chiave la porta e si precipitò in bagno per guardarsi allo specchio. Si osservò con attenzione, cercando di valutare lo stato di salute dei suoi occhi: da quanto poteva vedere erano ancora normali.

Un latrato la fece sobbalzare. Louie protestava per non

essere stato salutato come si aspettava. Inoltre si aspettava che, una volta arrivata, Zoe lo facesse uscire come sempre. Ma con quella pioggia... Come escludere che qualunque cosa infettava le persone potesse contagiare anche il cane? Non poteva rischiare.

«Mi dispiace, Louie. Dovrai aspettare almeno finché non smette di piovere.»

Il pitbull dal naso blu emise un lamento e inclinò la testa, come se cercasse di capire.

«Solo un po' di pazienza, dobbiamo aspettare un pochino», disse Zoe, accarezzandolo sulla testa. Intanto voleva chiamare Alexis, assicurarsi che stesse bene, voleva sentire Oliver. Perché diamine non era a casa? Ripensò al messaggio. Sam era uscita sotto la pioggia, ma lui no e sapeva di non doverlo fare. Allora come mai tardava tanto? Il fatto che Sam avesse preso la pioggia voleva dire che si era infettata. quindi probabilmente aveva attaccato Oliver e... "No! Non pensarlo nemmeno!"

In condizioni normali ci volevano appena trenta minuti per arrivare da River City. Ma quella giornata tutto era fuorché normale! Forse Oliver era rimasto bloccato nel traffico? Lei aveva perso il cellulare a causa di Tom e in casa non avevano un telefono fisso, quindi non poteva contattarlo.

Tutto ciò che poteva fare era aspettare e pregare. Abbassando lo sguardo sulla divisa macchiata di sangue, si disse che forse poteva anche togliersi quei vestiti e farsi una doccia. Stava spingendo la punta di una scarpa contro il tallone dell'altra per sfilarsela, quando sentì bussare forte alla porta.

Louie abbaiò e corse fuori dal bagno. Zoe sussultò, il cuore in gola. "Che diavolo...?" Seguì di corsa il cane attraverso il soggiorno.

«Spostati, Louie, maledizione!». Lo scostò con un ginocchio. Il grosso pitbull si mise di lato, scodinzolando eccitato col suo moncherino di coda. Zoe si alzò in punta di piedi per guardare fuori dalla finestrella quadrata in cima alla porta.

Vide subito due cose: non c'era nessuno e la pioggia era di nuovo cessata. Spostò lo sguardo verso il vialetto, sperando di scorgere la Jeep di Oliver. Sarebbe stato insolito, però, che entrasse dall'ingresso principale invece che dal garage. Mentre sbirciava fuori, un volto si stagliò a pochi centimetri dal vetro.

Zoe vacillò all'indietro, rischiando di cadere sul tappeto.

«Signora McCallister! Sono Doug Henderson. Io... ehm... avrei bisogno di parlarle, per favore.»

Zoe aggrottò le sopracciglia. Doug, il simpatico vecchietto della porta accanto? Non era strano che facesse un'improvvisata, se non fosse che non aveva mai chiesto di parlare con lei. Cercava sempre Oliver quando aveva bisogno di qualcosa. Di solito si presentava quando gli serviva una mano o per parlare di lavori di giardinaggio o tosaerba o...... di qualunque cosa parlino gli uomini. Di recente Oliver lo aveva aiutato a spostare uno spaccalegna nel suo cortile. Lei, invece, a pensarci bene, non ricordava di aver mai scambiato più di qualche parola con lui. Un saluto ogni tanto, un cenno con la mano davanti alla cassetta della posta, niente di più.

«Oliver non è in casa, signor Henderson, ma gli dirò che è passato. Ora, forse è meglio che torni a casa prima che ricominci a piovere.»

«La pioggia, dice... La causa sta nella pioggia?»

Allora sapeva che stava succedendo qualcosa.

«Sì. Credo di sì. È meglio restare al riparo.»

«Quindi è vero quello che hanno detto alla radio?»

«Alla radio? Cosa hanno detto?» chiese Zoe incuriosita.

«Di evitare la pioggia. È per questo che sono qui. Ho bisogno di parlarle, signora McCallister.»

Zoe si sollevò sulla punta dei piedi e scrutò nuovamente attraverso il vetro.

«Io? E come potrei aiutarla?» gridò, cercando di guardargli gli occhi. Ma lui si era spostato sul bordo del portico, dandole le spalle, e osservava il cielo.

L'uomo si voltò. «Lei è un'infermiera, giusto?»

«Sì, perché? C'è qualcosa che non va?»

«Guardi, la mia Betty non sta bene. Quando è iniziata questa faccenda era uscita per la sua passeggiata mattutina e la pioggia l'ha sorpresa per strada. Da allora... non è più lei. È...» La voce gli si spezzò.

Zoe si abbassò, appoggiò la schiena contro la porta e fece un profondo respiro. Sapeva che ciò che doveva dirgli non sarebbe stato facile da accettare per quell'uomo.

«Signor Henderson, mi ascolti bene. Se Betty è stata sotto la pioggia, deve isolarla. Deve chiudersi in una stanza e restare lontano da lei. È solo questione di tempo prima che...»

Si fermò. Come avrebbe dovuto finire quella frase? Come poteva dirgli che la moglie avrebbe tentato di ucciderlo... di divorarlo?

«Capisco. Io...sono venuto qui sperando di trovare aiuto.»

«Mi dispiace, signor Henderson, ma non posso aiutare sua moglie.»

«Oh, lo so, cara. Temo che nessuno possa aiutare Betty ormai! Le ho spaccato la testa così forte che le è uscito fuori il cervello. Io... beh, non pensavo nemmeno che fosse possibile.... colpire qualcuno in testa con tanta forza da fargli uscire il cervello. Ho usato solo una mazza da due chili.

Non ci si crede... Un colpo solo e si è spaccata come una zucca! Lo sapeva che si poteva fare una roba del genere?»

Zoe si portò una mano alla bocca per soffocare l'urlo che le saliva in gola, insieme alla voglia di rigettare. Le gambe le cedettero, come trasformate in gomma, e scivolò lungo la porta.

«Lo sapeva?» ripeté Doug. «Signora McCallister?»

La maniglia della porta tremò sopra la testa di Zoe.

«Signora McCallister? Apra la porta, per favore.»

La paura serrò lo stomaco di Zoe, ma nonostante il cuore che le batteva forte riuscì a trovare la voce. «Torni a casa, signor Henderson.»

«Apra, maledizione!» urlò il vecchio.

Un colpo tremendo scosse la porta, facendole vibrare la schiena. Zoe ansimò, addossandosi alla porta con tutte le sue forze. Fissò saldamente le sue scarpe bianche da infermiera, già macchiate del sangue del tribunale, sul pavimento di legno, lottando per trovare un appiglio in modo da fare leva con tutto il suo peso del corpo contro la porta.

Boom!

"Gesù Cristo... sta prendendo a calci la porta? Ma ha almeno settant'anni!"

«Vede... dopo che mi ha morso non avevo scelta! Fa male... finché non ci si arrende.»

Un altro colpo. Il telaio di legno si incrinò.

Zoe pensò alla pistola: lei e Oliver ne tenevano entrambi una accanto al letto. Se fosse corsa in camera a prenderla, la porta non avrebbe retto, ma se non l'avesse fatto forse non sarebbe riuscita a reggerla comunque.

Boom!

«Signora McCallister! Quando Betty ha perso il cervello... l'ho mangiato. L'ho mangiato tutto, fino all'ultima goccia. E...ohhh! Appena l'ho assaggiato, ho capito. Ho capito tutto!»

Zoe sentiva le lacrime rigarle il volto. «Se ne vada! La prego, se ne vada! Ho una pistola, signor Henderson. Ho una pistola e Oliver sta per tornare da un momento all'altro!»

«Non appena l'ho assaggiato, ho capito che non avrei mai potuto assaporare niente di meglio! Ora, dunque, capisce?» La sua voce si fece più bassa e suadente; riusciva a percepirla appena attraverso la porta. «Vede, sento l'odore del suo cervello, un odore dolce... come di miele. Su, si comporti da brava vicina... e apra questa cazzo di porta!»

L'esplosione della voce fu accompagnata da quella del vetro. La finestrella sopra la porta andò in frantumi e schegge taglienti piovvero addosso a Zoe. Lei urlò, indietreggiando, giusto in tempo per vedere la testa della mazza da due chili ritirarsi dallo squarcio.

Louie perse il controllo, ringhiando e abbaiando in un tono che Zoe non gli aveva mai sentito prima. «Sto per entrare!» gridò il vecchio.

Un altro colpo e il telaio cedette, facendo cadere la porta verso l'interno. La maniglia si conficcò nel cartongesso. Il signor Henderson varcò la soglia, col sangue che gli colava lungo le guance e l'enorme mazza sollevata sulla testa. Annusava l'aria. «Eccoci!»

Zoe si trascinò all'indietro sul sedere, sapendo che doveva alzarsi e correre in camera da letto.

Louie si lanciò in avanti, abbaiando e mostrando i denti, pronto a mordere.

Henderson fece un ghigno, prendendo la mira sulla testa del cane.

«No!» urlò Zoe.

Due mani afferrarono le spalle del vecchio da dietro e lo sollevarono, scaraventandolo fuori dalla porta, sul portico.

«Oliver!» gridò Zoe, sopraffatta da un'ondata di emozioni contrastanti. Era vivo! Ma stava lottando corpo a corpo con un soggetto infetto.

«Fermati, Louie!» urlò Oliver, strappando la mazza dalle mani dell'aggressore.

«Sento anche il tuo odore, Oliver!» ringhiò il vecchio.

«Non lasciare che ti morda!» gridò Zoe.

«No, lo so!» rispose Oliver, dando le spalle alla porta e mettendosi di fronte al vecchio.

Il signor Henderson strinse i pugni e sogghignò. «Entro!»

Oliver brandì la mazza e la abbatté contro la tempia dell'uomo.

Agitando le braccia, il signor Henderson cadde all'indietro dal portico e giù per le scale, battendo la testa sul marciapiede.

Zoe rimase sulla soglia, a bocca aperta, guardando il sangue allargarsi sotto il cranio spaccato del vecchio.

Oliver lanciò via la mazza, che rimbalzò, battendo sul pavimento di legno. Si voltò verso la moglie. «Stai bene?»

Zoe gli si gettò tra le braccia. «Oliver!» singhiozzò, incapace di dire altro. L'emozione era troppo forte. Anche se non si era concessa di pensarci davvero, per tutto quel tempo aveva covato la segreta angoscia che lui potesse non tornare più a casa, e solo ora si rendeva conto di quanto si sentisse devastata.

«Va tutto bene, tesoro. Sono qui, e grazie a Dio tu stai bene!» disse lui stringendola.

Zoe si scostò quel tanto che bastava per guardarlo negli occhi. «Sei riuscito a non prendere la pioggia?»

«Per un soffio, ma ci sono riuscito», le rispose sorridendo.

«Grazie a Dio!» Zoe si lasciò andare a un pianto di sollievo.

«Oliver, posso uscire adesso?»

Zoe alzò lo sguardo verso il vialetto. Una bambina li osservava dalla porta di... era forse un pulmino parrocchiale? Portava una maglietta rosa chiaro, che contrastava con la pelle scura, e stringeva una bambola.

CAPITOLO 17
TU COME LI CHIAMERESTI?

OLIVER PORTÒ JURNEE in braccio fin sotto il portico, poi la fece scendere.

«Hai rapito una bambina?!» Zoe lo fissava con un'espressione incredula e smarrita.

«No che non l'ho rapita!» Oliver aggrottò la fronte. In realtà, tecnicamente, lui e Sam non l'avevano proprio rapita, portandola con sé? Ma non avevano avuto scelta.

«Jurnee, questa è Zoe. Zoe, ti presento Jurnee.»

La bambina se ne stava lì timidamente, stringendo con un braccio la gamba di Oliver e con l'altro la sua bambola. «Tu sei la signora che è praticamente una dottoressa?»

«E tu sei Jurnee?» chiese Zoe incredula.

Oliver le lesse nel pensiero, lo stesso pensiero che aveva avuto lui la prima volta che aveva sentito il nome della bambina. Jurnee... lo stesso nome che avrebbero dato alla loro creatura, se fosse stata una femmina. Ma la gravidanza si era interrotta, mettendo fine ai loro sogni.

Oliver incrociò lo sguardo di Zoe, serrò le labbra e annuì. «Entriamo. Ti racconto tutto.»

Jurnee lanciò un gridolino. Oliver sobbalzò, sollevando i pugni d'istinto. «Che c'è?»

«Oliver! C'è un cane enorme!» Louie si era avvicinato, scodinzolando e pronto a fare le feste e leccare i nuovi arrivati.

Oliver tirò un sospiro di sollievo. «Va tutto bene. È un gigante buono, come un orsacchiotto. Basta baci insalivati, Louie!»

«Basta baci, Louie!» ripeté Jurnee, asciugandosi il viso e ridacchiando.

Dentro casa, Oliver accompagnò la bambina in bagno. «Fatti dare un'occhiata da Zoe.»

Zoe, con voce tagliente, chiese: «Oliver, è stata morsa? Da chi?»

«Da una ragazza mostruosa in chiesa. Mi ha morso sulla schiena.» Gli occhi di Jurnee si riempirono di lacrime al ricordo. «Oliver mi ha detto che tu sei quasi una dottoressa e puoi guarirmi.»

Zoe lanciò un'occhiata a Oliver, straziata dal dolore. Lui la rassicurò. «Tranquilla, non è come credi. Indossava diversi strati di vestiario. Il morso non li ha attraversati.»

«Però mi fa male!» lo rimproverò Jurnee, stringendo i pugni.

«Lo so. Ma Zoe ti curerà e poi mangeremo quel gelato che ti ho promesso.»

Zoe non era convinta. «Sei sicuro?»

«Sì. Dai un'occhiata tu stessa. Intanto io devo sistemare la porta d'ingresso e mettere al sicuro la casa.»

«Posso vedere dove ti ha morso quella ragazza cattiva?» chiese Zoe alla bambina.

Jurnee annuì, gemendo. «Mi fa molto male... Ma sei ferita anche tu?» chiese, indicando le gambe di Zoe.

Oliver si voltò verso la moglie e, per la prima volta da quando era tornato, la guardò per davvero. La divisa da infermiera era intrisa di sangue rappreso, talmente denso da staccarsi a pezzi, la camicetta era lacerata, le sue trecce erano arruffate. Persino le scarpe da ginnastica erano macchiate.

Oliver aggrottò le sopracciglia. «Zoe, stai bene? Per davvero?» le chiese.

«Sì, ma ho un sacco di cose da raccontarvi», rispose la donna. Sorrise a Jurnee, che sembrava anche lei rendersi conto di quanto fosse insanguinata. «Va tutto bene. Non mi sono fatta nulla; mi sono sporcata aiutando delle persone ferite.»

«Ed è per questo che i tuoi pantaloni hanno tutto quel sangue?» domandò la bambina, indicando l'uniforme.

Il sorriso di Zoe svanì al ricordo che la riportava indietro nel tempo.

«Zoe?» mormorò Oliver.

Lei scosse via l'immagine che la tormentava e si sforzò di tornare a sorridere. «Dai, girati, così ti guardo la schiena», disse alla bambina.

Oliver rimase a osservare la moglie, che si accovacciò accanto a Jurnee per esaminare la ferita. Da quando quel-l'incubo era iniziato, non aveva fatto altro che correre verso casa, verso di lei, sperando di trovarla viva. Fino a quel momento non aveva pensato a come doveva essere stato il viaggio di Zoe. Cosa aveva passato? Chiaramente, qualunque cosa fosse, era stata terribile. Inoltre, non si era mai concesso di ipotizzare che lei potesse non riuscire a tornare a casa. Ora, guardandola, provò a immaginare che effetto gli avrebbe fatto tornare e trovare la casa vuota. Cristo, cosa doveva aver provato Zoe nel vivere quella esperienza? Doveva essere impazzita! Come se non bastasse, dopo essere finalmente arrivata al sicuro, il loro fottuto vicino aveva tentato di ucciderla!.

Un nuovo senso di paura lo afferrò: non erano affatto al sicuro, neanche dentro le mura di casa. Erano vulnerabili. Oliver posò una mano sulla spalla di Zoe. «Devo uscire, ma torno subito.»

«Va bene, ma sii cauto e stai attento e non...»

«... a non stare sotto la pioggia. Lo so, fidati, lo so! Proprio per questo devo mettermi all'opera adesso, prima che ricominci a cadere.»

Zoe frugò nell'armadietto del bagno e tirò fuori il kit di pronto soccorso. «Ollie, che hai intenzione di fare?»

«Userò quei pannelli di compensato che avevo comprato per finire le pareti del laboratorio. Li porto dentro. Ho anche delle assi da due per sei e da due per quattro. Dobbiamo barricare ogni finestra e ogni porta. Una volta che saremo al sicuro, penseremo al resto.»

Intanto Zoe premeva i bordi della ferita di Jurnee per farne uscire un po' di sangue. Serviva a liberarla da eventuali sedimenti di sporcizia.

«Ahi!» gridò la bambina.

«Mi dispiace, tesoro. Ma non preoccuparti, il più è fatto. Ora devo solo ripulire la zona della ferita. Brucerà un po', ma starò attenta.»

«Ok» disse Jurnee chiudendo forte gli occhi.

«Sei davvero coraggiosa!» Zoe le sorrise dolcemente, poi iniziò a strofinare la garza imbevuta d'alcol sulla ferita, facendo attenzione a ripulirla a fondo.

La piccola sussultò. «Ahi!»

«Lo so...» Zoe fu rapida, spremette un po' di Neosporin e lo passò con un dito sulla ferita. «La buona notizia è che questa è l'ultima parte fastidiosa. Ora ti metto un bel cerotto grande.» Poi sollevò lo sguardo su Oliver. «Ti prego, stai attento. Anche solo una goccia di pioggia, Oliver, e...»

Lui si chinò e la baciò sulla guancia. «Lo so. Fidati.»

Oliver andò in camera da letto e prese la sua pistola da nove millimetri. Aveva anche una pistola .45 nascosta in un libro cavo ma era sempre stato più preciso con la .9.

In lontananza si sentì il rombo di un tuono. Il cielo coperto di nubi minacciava un altro acquazzone. Oliver indossò l'impermeabile, alzò il cappuccio e uscì di corsa verso la legnaia. Distava una decina di metri appena ma all'aperto non c'era alcun riparo. Se la pioggia avesse iniziato a scendere, avrebbe chiuso gli occhi e sarebbe tornato dentro casa di corsa.

Fece avanti e dietro più volte, portando pannelli, travi, un trapano a batteria e diverse scatole di viti. All'ultimo giro notò del movimento oltre l'avvallamento boscoso dietro casa. Si fermò, scrutando tra le fronde per cercare di mettere a fuoco la figura che intravvedeva nel giardino sul retro dei vicini. Era Roger. Lui e la moglie Liz si erano appena trasferiti lì, con due bambini di due e cinque anni.

Oliver si fermò, con una pila di travi sotto il braccio. Cosa ci faceva lì fuori il vicino? Pur aguzzando lo sguardo, tra gli alberi e la distanza, non riusciva a capire se l'uomo era infetto, ma di certo stringeva qualcosa in mano. Portò la mano alla bocca, pronto a gridare per attirare la sua attenzione, ma all'ultimo esitò. Roger non lo aveva ancora visto. Nel caso fosse stato contagiato, attirando la sua attenzione sarebbe corso verso di lui. Benché Oliver fosse certo che sarebbe riuscito a rifugiarsi in casa prima che l'uomo riuscisse ad attraversare il boschetto, non voleva proprio rischiare di ritrovarsi con un pazzo forsennato sul portico o, peggio ancora, di attirare l'attenzione di altri zombie.

«Perché?!», urlò l'uomo, la testa piegata all'indietro, come se parlasse al cielo rosso sopra di lui.

Oliver si acquattò, rischiando di far cadere il carico di assi, mentre Roger proruppe in singhiozzi. Gemiti strazianti si diffondevano attraverso il pendio.

«Me li hai portati via! Maledetto! Me li hai portati via!» urlò nuovamente il vicino, portandosi la mano, e l'oggetto che teneva, alla testa.

«Oddio, no! Roger, ti prego, no...»

Lo sparo echeggiò per tutto il quartiere. I pannelli in vinile che rivestivano la casa di Roger vennero investiti da una nuvola di sangue e materia cerebrale. Oliver rimase pietrificato, il respiro corto, il cuore che batteva furioso come se volesse sfondargli il petto.

Il rombo di un tuono lo riportò al presente e si rese conto di essere ancora all'aperto, in giardino, con le assi in mano e sotto un cielo minaccioso.

Dal retro della casa di Roger spuntarono diverse persone. Sembrava che annusassero l'aria, poi si avventarono sul cadavere di Roger.

«Merda!» Con movimenti rapidi ma cauti, Oliver raggiunse il portico. Una volta entrato, lasciò cadere a terra le assi, chiuse la porta a chiave, corse in cucina e si affacciò alla finestra.

Jurnee, intanto, aveva finito il gelato e stava in camera da letto a giocare a Tetris sull'iPad di Zoe. Probabilmente non sarebbe stata la sua prima scelta, ma Internet era saltato e non funzionava. C'erano solo pochi giochi salvati. Almeno avevano ancora la corrente, anche se Oliver temeva che nonsarebbe durata a lungo.

«Che è successo?» chiese Zoe, cercando di capire cosa guardasse lui dalla finestra. «Ho sentito uno sparo.»

«Guarda là, verso casa di Roger.. Vedi quelli? Sono zombie. Almeno sei.»

«Zombie, Oliver? Non essere ridicolo! Sono persone malate. È la pioggia che le ha ridotte così.»

«Ridicolo, dici?!» sbottò Oliver. «E allora come le chiameresti, Zo? Queste persone si ammalano e impazziscono! Quando le uccidi tornano in vita, a meno che non gli venga distrutto il cervello. E quando tornano, vogliono solo divorare cervelli. Roger, proprio adesso, è sotto quella massa di esseri che lo stanno divorando!» Si fermò un istante, cercando di riprendere fiato, poi abbassò il tono: «Ascolta, Jurnee è al sicuro in camera e la casa è ben sigillata, tranne la porta d'ingresso. Cominciamo da lì. Devi aiutarmi a tenere fermo il compensato mentre lo fisso.»

Zoe rimase con lo sguardo fisso fuori dalla finestra, sul mucchio di corpi che dilaniavano il loro vicino. «Cristo, Oliver... e se il rumore li attirasse qui?»

«Allora li affronteremo. Ma se ci limitiamo a non far nulla, saremo a dir poco una preda facile.»

Si misero al lavoro, sbarrando la porta d'ingresso e coprendo le finestre. Mentre inchiodavano e fissavano tavole, si raccontavano a vicenda tutti gli avvenimenti della mattinata.

Oliver infilò una vite nella punta magnetica del trapano e la spinse dentro il compensato. «Aspetta... Ma quindi, dopo che quel tizio... scusa, come si chiamava?»

«Deandre.»

«Giusto. Dopo che lo avete steso, sei tornata nel bagno?»

«Sì, perché Tom ci stava inseguendo.»

«Tom?» Oliver alzò lo sguardo. «L'ometto che ha ucciso il giudice di sopra con le forbici?»

Zoe scosse la testa. «Non con le forbici... con un tagliacarte.» Un brivido la percorse mentre riviveva la scena.

«Sento ancora l'odore del sangue. C'era sangue ovunque, sul pavimento, sui miei vestiti... un odore così forte non l'ho mai sentito nemmeno in ospedale.»

Oliver diede un'occhiata all'uniforme di Zoe, da cui il sangue secco si staccava a pezzi, poi fissò un'altra vite. «Puoi smettere di reggerla» disse, indicando la finestra. «Quindi nel bagno c'eravate solo tu e la prostituta... ed è lì che lei ha ucciso l'impiegato con il tacco?»

Zoe annuì. «Sì. Si chiama... cioè si chiamava... Angel. Era una donna dolce, Oliver. Mi ha salvato la vita. Vorrei... vorrei tanto che fosse salita con me in macchina. Se solo lo avesse fatto, adesso sarebbe qui! Avrei dovuto insistere»

Oliver non riusciva a credere a tutto quello che aveva passato Zoe. Già era una follia quanto gli era capitato nella chiesa ma in fondo lui aveva combattuto con gli zombie solo per recuperare le chiavi del minibus. Lei invece in mezzo a quel delirio aveva curato dei feriti, si era trovata un'arma puntata addosso a pochi centimetri e aveva persino visto un uomo toglierle dei pezzetti di cervello dalla guancia per mangiarseli lì, proprio di fronte a lei! In tutto questo, era riuscita a mantenere il sangue freddo. Se era sopravvissuta non lo doveva solo al suo coraggio ma anche al suo ingegno. Si sentiva allo stesso tempo orgoglioso di lei e angosciato al pensiero di quello che aveva vissuto. Gesù! Doveva essere terribile legare con delle persone e poi perderle una a una, essere l'unica sopravvissuta.

Zoe afferrò un altro pannello di compensato. «Perché non è salita in macchina, dannazione?!»

«Zo, mi sembra che tu abbia fatto di tutto per convincerla. Non puoi incolparti di questo.»

Lei serrò gli occhi e scosse la testa. «È stato orribile...tu non ne hai idea!»

Oliver non disse niente, ma lei si pentì subito di quelle parole.

«Sam... Oh, Oliver, quanto mi dispiace! Era la tua migliore amica. Non so dove ho la testa, non avrei mai dovuto...»

Oliver la rassicurò. «Non preoccuparti. So che non ci hai pensato.»

«Ti va di parlarne?»

Lui scosse il capo. La trasformazione di Sam era l'ultima cosa di cui voleva parlare.

«Sai... è stata Sam a sentire Jurnee urlare dall'auto. Senza di lei, non saremmo arrivati in tempo, prima che tutto bruciasse. Ma quella bambola a cui la bambina è tanto attaccata era rimasta nella macchina e Sam era tornata a prenderla, proprio mentre scoppiava a piovere. Le avevo detto di lasciar perdere la bambola, ma non mi ha dato retta.»

«Mi dispiace tanto. Ma... non è strano che si chiami proprio Jurnee? Sai come si scrive?»

Oliver annuì. «Se te lo dico non ci credi.»

«J-U-R-N-E-E?» si avventurò lei.

Oliver confermò.

«Che coincidenza assurda.»

«Già», concordò lui. Vide che Zoe era diventata pensierosa. Avrebbe voluto chiederle se pensava che potesse non essere un caso ma una sorta di segno del destino, ma non voleva riaprire vecchie ferite. Invece, le raccontò quello che era successo nella chiesa.

«Sei tornato dentro per una maledetta chiave e l'hai lasciata sola sull'autobus?»

Oliver protestò. «Ehi, sapevo quello che stavo facendo, Zo! Ho fatto in modo che mi seguissero tutti.»

«Considerando il tuo lavoro precedente, pensavo che

sapessi mettere in moto qualunque veicolo anche senza chiavi.»

Lui rise piano, scuotendo la testa. «No, non funziona così. I clienti mi davano le chiavi. Non avevo bisogno di far partire i motori senza.»

«Beh, comunque sono felice che tu sia riuscito a fuggire. Non voglio nemmeno immaginare cosa sarebbe successo se fossi rimasto bloccato in quella chiesa. E sono felice anche che tu non faccia più quel lavoro, a prescindere da come facevi partire le macchine!»

Oliver deglutì, un po' imbarazzato. «Già. Beh, Zo, sono contento che tu stia bene... e sono orgoglioso di come hai reagito!» Posò il trapano su un tavolino e la prese tra le braccia, stringendola forte a sé. Non avrebbe più voluto lasciarla andare. «Certo, non è proprio la serata che avevo immaginato di passare insieme...»

«No, neanch'io» disse Zoe seria, staccandosi da lui. «Ascolta, prima che il signor Henderson sfondasse la porta, ha detto che la radio stava avvertendo la gente di non uscire sotto la pioggia.»

«Sì, come già sapevamo.»

«Sì, sì.. Ma ricordi quando eri nella fase da survivalista? Non è che hai ancora quella radio d'emergenza?»

«Certamente! È su uno degli scaffali giù in cantina, insieme alle scorte di cibo in scatola.» Poi riprese, un po' sulla difensiva: «Comunque non era una fase. Ho dovuto smettere solo perché troppo preso da altre cose.»

Zoe sospirò. «Non volevo insinuare nulla... anzi, è una fortuna. Internet non funziona, le stazioni locali sono mute e siamo entrambi senza telefono. Se riuscissimo a sintonizzarci con la radio potremmo aggiornarci, capire quanto è grave la situazione, quanto sia diffusa l'emergenza. E poi... il cibo in scatola potrebbe tornarci utile.»

Oliver sospirò e le si avvicinò di nuovo. Le prese la mano e la strinse con decisione, come a volerle trasmettere sicurezza. «Hai ragione. Il tempo di finire qui e coprire la porta scorrevole... poi andrò a recuperare la radio.» Zoe lo guardò e annuì sorridendo.

Come faceva? Come riusciva a sorridere nonostante tutto? Per quanto le fosse costato, era proprio un sorriso autentico, perfetto nella sua semplicità. Pensò alla forza che doveva averle richiesto trasformare il terrore per tutto ciò che aveva vissuto in un sorriso, un sorriso perfetto come quello. Contro ogni previsione, erano entrambi riusciti a sopravvivere agli orrori di quella giornata e a tornare a casa. Non sapeva cosa li aspettasse nei giorni a venire ma in quell'istante, lì con Zoe, Oliver si sentiva l'uomo più fortunato del mondo.

Le restituì il sorriso.

CAPITOLO 18
LO SCENARIO PEGGIORE

FUORI, la pioggia picchiava contro i lucernari mentre il rosso del cielo si stemperava nell'oscurità. Zoe, dopo essersi tolta i vestiti sporchi di sangue e aver fatto una doccia, aveva preso la sua .357 dal comodino, infilandosela goffamente alla cintura come una pistolera del Selvaggio West. Poi aveva scaldato del pollo con riso avanzato dal giorno prima e ora sedeva davanti a Jurnee, stupita di come una bambina di sei anni riuscisse a mangiare così tanto.

«Ti piace?» domandò.

La piccola annuì con entusiasmo, la bocca piena. «Mm-hmm», mugugnò prima di riempirsi di nuovo il cucchiaio. Poi, masticando, chiese: «Resto a dormire qui stanotte?»

«Direi di sì. Non abbiamo il telefono a casa e la radio dice di non uscire.» Oliver aveva trovato l'apparecchio tra le provviste in cantina ma gli avvisi di allerta ripetevano in continuazione lo stesso messaggio, senza aggiungere nulla di nuovo. Dopo aver passato parecchi minuti cercando di sintonizzarsi su altre frequenze solo per sentire la stessa solfa, aveva spento, promettendo a Zoe di riprovare più tardi, dopo aver messo in sicurezza le finestre del piano di sopra.

Ora lei sentiva il ronzio del mentre Oliver copriva l'ultima finestra. Nonostante tutto quello che stava succedendo, aveva bisogno di parlargli. Di parlargli davvero. Una domanda la tormentava. Avrebbe voluto parlarne con Sam ma lei non c'era più e l'ultimo messaggio che le aveva mandato era rimasto senza risposta. Non le restava che chiedere direttamente a Oliver... doveva sapere.

«A causa dei mostri?» chiese Jurnee

«Eh? Oh no, non sono mostri. La gente è malata e la pioggia non è sicura», disse, riportando la sua attenzione sulla bambina, che nel frattempo si era riempita un altro cucchiaio di pollo e riso. «Dimmi, Jurnee, conosci l'indirizzo di casa tua?»

«Sì. Abito al 2121 South Pine Street, Indianapolis, Indiana.»

«Indiana?»

La bambina bevve un lungo sorso d'acqua. «Sì, ma mi sa che è molto lontano da qui.»

«E con chi viaggiavi?»

«Con la mia mamma. Stavamo andando dalla nonna a River City, ma non so dov'è finita mamma. C'è stato un incidente, tutti gridavano... e poi è arrivato Oliver.»

Il cuore di Zoe si strinse. Oliver le aveva detto che la persona al volante era morta. «E l'indirizzo di tua nonna? Lo conosci?»

Jurnee scosse la testa.

«Va bene, e il suo numero di telefono?»

Un altro cenno di diniego.

«E il numero di telefono del tuo papà?»

«Non lo so. È sempre lui a chiamarci, perché mamma

dice che non possiamo telefonargli.» La bimba abbassò lo sguardo sul piatto.

«Non vive con voi?»

«No, è un militare. Mamma dice che è dall'altra parte dell'oceano ed è lontanissimo perché l'oceano è enorme», aggiunse, agitandosi a disagio.

Zoe capì che non era il caso di insistere. «Per adesso resterai con noi, finché non capiremo cosa fare. Va bene?»

«Uh-huh», mormorò la bambina, rimettendosi a masticare.

Poco dopo, Oliver scese le scale con passo veloce e annunciò: «È fatta. Ho chiuso tutto. Ho lasciato dei fori nei pannelli della finestra a bovindo, della porta scorrevole e di quella dell'ingresso, così possiamo controllare fuori.» Indicò la zona tra la cucina e il soggiorno, in direzione della porta scorrevole in vetro, dove un semplice panello di compensato ostruiva la vista, un tempo splendida, sul giardino laterale. «La porta scorrevole e quella dell'ingresso non si aprono più: i telai erano danneggiati e li ho fissati del tutto. La porta sul retro e quella del garage, invece, le ho semplicemente coperte, dato che hanno serrature di sicurezza.»

«Posso guardare la TV?» chiese Jurnee.

«Internet non funziona, ma abbiamo dei DVD. Dai, andiamo nel soggiorno a sceglierne uno.»

«Avete i film della Disney?» domandò la bambina speranzosa.

«Certo. Andiamo a sceglierne uno e lo guarderò con te», disse Zoe.

Jurnee prese Princess dal tavolo e la seguì tutta contenta.

Venti minuti dopo già dormiva sul divano, rannicchiata sotto una coperta. Zoe, muovendosi piano, si alzò e raggiunse Oliver in cucina. « Ehi, tesoro, si è addormentata.

«Hai novità?» Lui si passò le mani sul viso e sbadigliò. «No, nessuna. Sempre lo stesso messaggio: restate in casa, non uscite sotto la pioggia. Se qualcuno è infetto, allontanatevi. Le forze dell'ordine e la Guardia Nazionale stanno arrivando per portare tutti i civili sani in una zona sicura.»

«Quindi... c'è una zona sicura?» chiese Zoe. «Allora forse questa calamità non è diffusa quanto temevo.»

«Oppure stanno mentendo», replicò Oliver, alzandosi e andando verso la credenza. «Vado a farmi un caffè. Ne vuoi?»

«A quest'ora? No.»

«Io non riesco a chiudere occhio. Sono troppo teso, e quegli spari poco fa sembravano venire dall'altra parte della strada.»

«Quindi non credi che stia arrivando alcun soccorso?»

Oliver prese il contenitore del caffè dalla credenza e riempì il filtro della macchina. «Zoe, è un'ora che ripetono lo stesso annuncio. Ormai dovrebbe esserci qualche aggiornamento, no? Invece niente. Ci sono solo tre stazioni ancora attive, tutte con lo stesso comunicato.» Aprì il rubinetto e riempì la caffettiera, scuotendo la testa. «Non ho un buon presentimento.»

«Neanch'io», ammise Zoe. «Non dopo quello che ho visto oggi. Non dopo aver visto cosa fanno i malati ai loro simili.» Chiuse gli occhi: i ricordi, ancora troppo vivi per essere elaborati, le inondavano la mente.

«Zombie. Sono zombie», disse Oliver con voce piatta.

«Oliver, ci dev'essere una spiegazione medica logica per tutto questo. Gli zombie non esistono.»

«Ho visto una ragazzina con un coltello da macellaio piantato nel petto, proprio dove dovrebbe esserci il cuore, che si buttava contro il parabrezza per cercare di mangiarmi il cervello. Ho spezzato il collo a una donna e lei non ha fatto una piega; ha continuato a venirmi addosso con la testa piegata e i denti che scattavano. Ho visto la mia migliore amica dirmi che voleva mangiare il cervello di quella ragazzina!» Indicò il divano in salotto. «Come diavolo li chiameresti?»

«Ehi, abbassa la voce. Senti, lo so. È solo che... c'è qualcosa nella pioggia...» Zoe scosse la testa, frustrata. «Qualcosa che non viene dalla Terra.»

Oliver la guardò incredulo. «Quindi la tua teoria è che siano alieni, e questa sarebbe una spiegazione meno ridicola degli zombie?»

«Non ho detto che fosse ridicola. Sì, è assurdo, ma... eccoci qui.» Alzò le mani. Ora che ci pensava, l'idea degli zombie non sembrava neanche così lontana, se si trattava di un parassita. «Se solo potessi studiare il fenomeno in qualche modo...»

«Studiare? Vuoi dire... uno di loro?» Oliver si irrigidì.

«Sì, almeno il sangue di uno di loro.»

«Beh, c'è il nostro vicino steso morto sul prato.»

Zoe annuì. «Potrebbe funzionare.»

«Stavo scherzando!»

«Oliver, ho una teoria.»

Lui premette il pulsante della macchina del caffè e si voltò di nuovo verso di lei, curioso. «Ok, spara.»

«Credo che abbiamo a che fare con un parassita.»

«Un parassita?»

«Sì. Ci sono un sacco di esempi, proprio qui sulla Terra, di parassiti che manipolano la mente dell'organismo ospite. Lo scorso semestre abbiamo studiato diversi casi, concentrandoci soprattutto sugli elminti, come tenie, platelminti e nematodi. E abbiamo esaminato anche i protozoi, organismi microscopici invisibili a occhio nudo. Ma l'esempio più famoso è la vespa smeraldina. Non le abbiamo dedicato molto tempo perché non infetta gli esseri umani, ma sostanzialmente trasforma gli scarafaggi in zombie per nutrire le sue larve. Se si trattasse di un parassita alieno, potrebbe spiegare quello che sta accadendo.»

Oliver annuì lentamente. «Giusto, le vespe zombie. Ne ho sentito parlare. Non si attaccano al dorso degli scarafaggi? Ma qui non vedo nulla che si attacca al corpo degli infetti. E non credo che possano neanche essere implicati esseri microscopici. Ho visto delle piccole perforazioni negli occhi di Sam. Se queste sono visibili, a maggior ragione dovrebbe essere possibile vedere l'agente che le provoca, no?»

«Forse. Se avessimo a che fare con dei protozoi, sarebbero comunque più grandi di quelli che conosciamo. Magari si attaccano direttamente al cervello per controllare l'ospite. O forse sono una specie di elminti alieni, o qualcosa di completamente nuovo. Potrebbero essere microscopici nella pioggia per poi crescere una volta entrati nell'ospite.»

Oliver la fissò. «Aspetta... stai dicendo che mutano?»

«Non esattamente. Ma i parassiti possono cambiare durante il loro ciclo vitale.»

Oliver fece un profondo sospiro. «Ok. E cosa significa per noi?»

«Dipende. Molti parassiti hanno bisogno di condizioni precise per completare il loro ciclo vitale. Sappiamo che questo, qualunque cosa sia, si trasmette attraverso la pioggia, a contatto diretto con un ospite. Quello che non sappiamo è quanto possa sopravvivere se non atterra direttamente su un organismo bersaglio. Lo scenario migliore sarebbe che l'infezione potesse avvenire solo tramite contatto diretto tra la pioggia e l'ospite umano.»

La caffettiera sibilò e gorgogliò, pronta.

Oliver attraversò la cucina, prendendo una tazza di caffè dalla credenza. «Questo sarebbe lo scenario migliore?»

«Sì, perché sapendo con certezza che il contagio avviene solo tramite un contatto diretto, sapremmo anche come evitarlo «Ehi, ripensandoci, versi una tazza di caffè anche a me?»

Oliver prese una seconda tazza dal mobile. Era quella preferita di Zoe: bianca, con la tavola periodica stampata lungo il bordo e la scritta ironica *"Uso questa tazza... periodicamente"*. Gliel'aveva regalata quando lei aveva iniziato la facoltà di infermieristica. Zoe lo osservò mentre riempiva entrambe le tazze. Vide che stava per dirle qualcosa, ma si bloccò a metà.

Sapeva che voleva porle la domanda cruciale. «Cosa c'è?» chiese.

Attraversando la cucina con le due tazze fumanti, Oliver si decise. «Ok... invece qual è lo scenario peggiore?»

Zoe fece un respiro profondo, cercando le parole. «Che il parassita non colpisca solo gli esseri umani ma anche gli altri mammiferi. Oppure, peggio ancora, che sopravviva quando cade a terra e finisca per contaminare le riserve idriche. Se così fosse, è solo questione di tempo prima che moriamo tutti.»

CAPITOLO 19
PICCOLI MOSTRI

OLIVER PORSE A ZOE la sua tazza e si lasciò cadere sulla sedia della cucina, ripensando febbrilmente a quanto lei gli aveva appena detto. Guardandola negli occhi, si chiese come avesse fatto a finire con una donna tanto più brillante di lui. Cercando di vedere il bicchiere mezzo pieno, disse: «Quindi, nello scenario peggiore, diventiamo vegani e bolliamo l'acqua».

«Potrebbe servire per un po', ma anche così non sopravvivremmo a lungo. Potremmo commettere un errore, mangiare un ortaggio contaminato da spore, o Dio solo sa cos'altro, ma alla fine ci infetteremmo lo stesso». Zoe chiuse gli occhi e fece un respiro profondo. «Comunque, stiamo correndo troppo. È solo un'ipotesi, potrei anche avere preso una cantonata».

«Non credo proprio, Zo. Tu sei la persona più intelligente che conosca», disse Oliver sorridendole.

Lei gli restituì il sorriso, che però si spense quasi subito.

«Hmm. Apprezzo la tua opinione ma ci servono delle prove. E ci serve un telefono. Dobbiamo capire cosa fare con Jurnee; devo sapere come stanno Alexis e i miei genitori... ».

Oliver sapeva che con tutta probabilità non stavano affatto bene ma si limitò ad annuire. «Potrei perquisire il signor Henderson. Magari aveva un cellulare. E se non glielo trovassi, potrei sempre perlustrare casa sua».

Zoe lo fissò con aria tesa. «Vuoi andare là fuori? Oliver, non credo che...»

«Lo so», la interruppe subito. «Ma temo che non abbiamo scelta. Senti, a quanto pare la pioggia va e viene. Ora non la sento; penso abbia smesso di nuovo. Voglio solo controllare il corpo. Se non trovo niente, poi vedremo se vale la pena andare fino alla casa».

Lei esitò, ma infine annuì con riluttanza. «Indossa l'impermeabile, mettiti sempre il cappuccio... e usa quegli occhiali da lavoro che tieni in garage, quelli che metti quando tagli l'erba. In più ho una scatola di guanti di gomma: indossali prima di toccare il cadavere. Non scherzo, Oliver, devi essere davvero prudente.»

Il volto si Zoe tradiva tutta la sua preoccupazione.

«Certo, sarò molto prudente» le promise Oliver.

Il cielo era plumbeo. Oliver non poteva prevedere quanto ancora avrebbe retto la tregua della pioggia, ma sapeva che le nuvole erano sempre lì, con la loro minaccia di morte pronte a colpirlo in qualsiasi momento. Non aveva mai avuto tanta paura di un fenomeno atmosferico.

Non potendo uscire dalla porta principale né dalla porta scorrevole in vetro, che aveva sbarrato, Oliver passò dal garage. Aprì la porta e corse veloce fino al portico anteriore, a pochi passi di distanza lungo il marciapiede. La luce del portico illuminava il corpo del signor Henderson a sufficienza perché Oliver lo distinguesse subito. Indossando i guanti, Oliver si chinò per perquisirlo rapidamente, facendo attenzione a non pestare la macchia di sangue che ancora circondava la testa. Nonostante la pioggia l'avesse annacquata, c'era ancora tanto sangue sul marciapiede, e lui non voleva sfiorarlo. Frugò nelle tasche dei jeans, poi sotto la camicia di flanella, invano. Nessun cellulare. «Dannazione!» pensò, voltandosi verso casa. Immaginava già Zoe che lo spiava dallo spioncino nel compensato. In quel momento, da qualche parte oltre il giardino, una donna urlò. "È ora di tornare dentro", si disse. Girò sui tacchi e rientrò di corsa dal garage.

Zoe stava ad aspettarlo accanto alla porta interna del garage. Oliver azionò il meccanismo di chiusura, salì in fretta le scale e richiuse la porta dietro di sé. «Niente da fare» disse a voce bassa. «Ho la nove millimetri. Se devo andare dagli Henderson, meglio farlo ora».

«Non lo so, Oliver... Hai sentito quell'urlo? E la pioggia...»

Lui la seguì verso la cucina.

«Lo so, però...», iniziò ma gli oggetti sul tavolo catturarono la sua attenzione. «Aspetta un attimo... cos'è questa roba?»

Zoe alzò lo sguardo. «Ricordi la mia teoria? Ecco, questo è il modo per capire se ho ragione.»

Oliver strabuzzò gli occhi. «Il microscopio che ti ho regalato per il corso di microbiologia?» chiese, riconoscendo l'oggetto ordinato tempo prima su Amazon.

Lei annuì. «Proprio quello».

Oliver glielo aveva regalato a Natale. All'epoca Zoe non aveva avuto il cuore di dirgli che per il corso di microbiologia i microscopi erano forniti dai laboratori e che quindi quel regalo non le sarebbe servito davvero. Lui non poteva saperlo. Così aveva finto di esserne entusiasta e aveva passato il giorno di Natale a osservare i vetrini inclusi nel kit. Solo mesi dopo gli aveva confessato la verità, aggiungendo però che, alla fine, il microscopio le era stato utile: lo aveva usato spesso, portando a casa campioni dalla facoltà per prepararsi agli esami.

Zoe guardava l'apparecchio assorta. «Adesso ho bisogno di alcuni campioni. Del sangue del signor Henderson. Dell'acqua piovana raccolta da una pozzanghera, o dal laghetto delle carpe koi. E, soprattutto, della pioggia fresca, prima che tocchi terra.»

Oliver era combattuto. Amava la curiosità naturale di Zoe, il suo intuito, e anche lui voleva capire cosa stava succedendo. Ma d'altra parte sentiva la necessitò di concentrarsi sulle esigenze di sopravvivenza immediate. Era sicuro che presto sarebbe saltata la corrente e probabilmente anche la scorta di acqua potabile si sarebbe esaurita poco dopo. Senza contare che avevano scorte di cibo solo per pochi giorni.

Si sfilò un guanto. «Zoe, pensi che sia davvero prioritario? Voglio dire... dobbiamo trovare un telefono, capire quanto durerà questa situazione. Il cibo non ci basterà a lungo.»

Lei attaccò un ago a una siringa e la posò accanto alle altre due già pronte. «Certo, tutte queste cose sono importanti, Ollie, ma non sarebbe molto più semplice se sapessimo con cosa abbiamo a che fare e quanto possa essere pericoloso anche solo attraversare un prato bagnato?»

Oliver avrebbe tanto voluto correre a prendere il telefono, ma sapeva che lei aveva ragione. E poi lo aveva chiamato *Ollie*, il suo nomignolo affettuoso, ben sapendo che quado lo usava riusciva a ottenere da lui ciò che voleva! «Va bene» acconsentì. «Ma dobbiamo fare in fretta. Potrebbe ricominciare a piovere da un momento all'altro e poi chissà quanto tempo ci vorrà prima che io possa andare a casa degli Henderson.»

Zoe sorrise. «Certo, faremo subito!»

Prelevare il campione di sangue dal cadavere del signor Henderson non fu difficile, anche se Oliver lo aveva fatto molto malvolentieri. Zoe si era offerta di farlo lei, ma lui non aveva voluto che uscisse sotto quel cielo incerto. Con un gesto rapido riempì la siringa e la portò alla moglie. Poi si diresse nel giardino sul retro, dove immerse un'altra siringa nell'acqua del laghetto delle carpe koi. Dall'altra parte del declivio, l'oscurità nascondeva qualunque cosa potesse ancora trovarsi nel giardino di Roger. In piedi con la siringa piena, Oliver tese l'orecchio. Il buio poteva nascondere gli oggetti alla vista, ma non i ringhi e i grugniti famelici degli zombi che pasteggiavano. Non sentiva niente se non il frinire delle cavallette e di altri insetti notturni. Suoni normali. Eppure, si chiedeva se fossero lì, nel giardino sul retro di Roger. Si sentiva come un bambino da solo al buio, come se da un momento all'altro qualcosa potesse saltar fuori dalla vegetazione e ghermirlo prima che riuscisse a tornare a casa. Cristo, avrebbe preferito sentirli mentre si nutrivano! Il silenzio era quasi peggiore. Se li avesse sentiti, avrebbe potuto capire dove si trovavano.

Si voltò di scatto e corse verso casa, come un bambino braccato dall'oscurità.

«Ce l'ho!», annunciò trionfante.

Zoe alzò lo sguardo dal microscopio, con gli occhi spalancati.

«Che cosa c'è?» le chiese Oliver.

«Credo che la mia teoria sia giusta. Sembra un verme, ma...»

«Ma?» incalzò Oliver.

«Non è come nessun verme che io abbia mai visto. Ha delle zampe... e dei denti.»

«Normalmente i vermi non hanno denti?» chiese Oliver guardando oltre la spalla della moglie.

«Non come questi. Osserva tu stesso.» Girò il microscopio verso di lui. Oliver si piegò sull'oculare e mise a fuoco. L'oggetto che vide lo fece sussultare. «Wow!»

«Che cosa vedi?» chiese Zoe.

Vermi, pensò Oliver, ma non lo disse perché quello non era un verme. I vermi non avevano zampe. Gli occhi serrati sul vetrino, si rese conto che l'unica somiglianza di quell'essere con un verme era la forma lunga e stretta.

«È come un verme piatto,» disse, «con le zampe che spuntano dai lati. Ma non vedo denti... Oh, aspetta. Quello vicino li ha! Quello sì, è tutto denti. Voglio dire... è appoggiato sul dorso, no? E per tutta la lunghezza sembra fatto di... denti!» Neanche i vermi dell'immondizia avevano denti, né gli altri vermi che conosceva, e certo non denti così. Distrattamente, si chiese se questi avessero l'odore dei vermi. No, probabilmente no. I vermi erano enormi in confronto. Inoltre, queste creature erano più bianche, più sporche e molto più spaventose.

«Esatto», disse Zoe, «ma dimmi: cosa non vedi?»

«Cosa non vedo? Non capisco», rispose lui, restando incollato all'oculare come se stesse spiando attraverso due minuscole finestre aperte su un altro mondo.

«Non si muovono, Oliveri. Si muovevano quando ho messo il campione sul vetrino ma dopo pochi secondi hanno smesso.»

Oliver si staccò dal microscopio e la fissò. «E questo cosa significa?»

«Che dentro il corpo del signor Henderson erano vivi. Nella siringa lo sono ancora. Ma appena li ho esposti all'aria... sono morti», spiegò con la voce vibrante di eccitazione mentre preparava con cura un nuovo vetrino, stavolta usando l'acqua dello stagno.

«Beh, è già qualcosa», disse Oliver sollevato.

«È un indizio, ma non ci metterei la mano sul fuoco. Non ancora», ribatté Zoe, girando il microscopio e chinandosi di nuovo.

Oliver le lanciò un'occhiata, teso. «Cosa vedi adesso?» Sapeva che quello era il campione più importante: se quei parassiti resistevano nell'acqua, l'umanità poteva considerarsi condannata.

Zoe fissò l'oculare. «Ci sono. Anche qui dentro! Sono più piccoli di quelli nel sangue... il che significa che crescono una volta nell'ospite.»

Oliver trattenne il fiato. «Si muovono?»

«No. Anche questi sembrano morti.» Lui tirò un enorme sospiro di sollievo, come un uomo a cui avessero appena letto un verdetto di assoluzione. «Bene... e adesso?»

Zoe sollevò la testa. «Non è il mio campo, ma temo che siano solo in uno stato di dormienza. Ho bisogno di un campione di pioggia prima che tocchi terra. Solo così forse riuscirò a capire come sopravvivono alla caduta nell'atmosfera piena di ossigeno.»

Oliver annuì «Al momento non piove. E abbiamo bisogno di un telefono. Voglio andare a casa del signor Henderson ora, finché non piove e fuori è buio.»

Zoe lo guardò, con il volto segnato dalla paura e dall'ansia. «Sei sicuro?»

Oliver estrasse la pistola dalla fondina e la posò sul tavolo. «Penso di doverlo fare. Tu devi sapere se i tuoi genitori e Alexis stanno bene. Io devo sapere di Sarah.» I suoi genitori erano morti e sua sorella Sarah era l'unica persona di famiglia che gli era rimasta. Viveva nella lontana California, e lui pregava che quella piaga, qualunque causa avesse, non si fosse estesa tanto, quantomeno non fino alla California.

«Stai attento, Oliver. Non dimenticare la pioggia. Vai dritto e torna indietro», lo ammonì Zoe.

«Ricevuto, mammina. Non parlerò con gli sconosciuti e tornerò a casa prima che si accendano i lampioni!», scherzò, tirando su la zip dell'impermeabile.

«Oh, fai lo spiritoso... ma io sono seria. Promettimelo.»

Tornò serio anche lui e annuì, sistemandosi gli occhiali e tirandosi su il cappuccio. «Certo, te lo prometto, tesoro. Sarò veloce.» Le baciò le labbra, afferrò la pistola dal tavolo e corse fuori dalla porta sul retro.

CAPITOLO 20
IL FOTTUTO CHIODO

ZOE SEGUÌ con lo sguardo Oliver mentre svaniva nel buio. "Oddio, Oliver... ti prego, stai attento!"

Si voltò verso la cucina, cercando di tenere a bada l'ansia con un compito concreto: preparare un nuovo vetrino con il sangue del signor Henderson. Aveva appena preso il materiale quando un terribile boato scosse la casa.

Un fragore assordante di vetro infranto giunse dal soggiorno, facendole scoppiare le orecchie e tremare il petto. Poteva trattarsi solo delle finestre sul lato anteriore. Per fortuna il compensato che ricopriva finestre e porte resse all'impatto, proteggendo l'interno da quella che sarebbe stata sicuramente una pioggia di schegge di vetro.

Dal soggiorno, Jurnee urlò.

Zoe mollò tutto per andare da lei, proprio mentre qualcosa si schiantava contro la facciata e il tetto. Seguì quello che sembrava un temporale con chicchi di grandine delle dimensioni di palle da tennis. Uno dei lucernari si incrinò, ma miracolosamente non si ruppe.

«Va tutto bene, Jurnee! Vai in cucina, presto!» gridò.

La bambina le passò accanto correndo, in singhiozzi.

Zoe si spinse fino alla porta d'ingresso e guardò attraverso il piccolo foro ricavato da Oliver nel compensato. Restò di sasso e capì immediatamente il motivo dello sconquasso. Dall'altra parte della strada, la casa dei Miller non esisteva più: era esplosa per un incendio che stava divorando ciò che restava delle travi e delle pareti, ridotte a un cumulo di macerie incandescenti. La gragnola di colpi che martellava la loro abitazione non era costituita da grandine ma da pezzi della casa dei vicini.

Un grosso frammento del tetto bruciava sotto il portico, tra alte lingue di fuoco. Se non avesse agito in fretta, le fiamme si sarebbero propagate ovunque.

Zoe corse in cucina e afferrò un piccolo estintore sotto il lavello. Poiché tutte le porte sul fronte della casa erano barricate sarebbe dovuta uscire dal garage.

«Cosa succede?» gridò Jurnee.

«Niente di grave, resta in cucina! Torno subito!»

Corse dall'altra parte della casa, attraversò il ripostiglio e si diresse verso il garage. Premette il pulsante dell'apriporta. Ancora non pioveva. Scrutando il giardino e la strada, illuminati dalle macerie in fiamme che costellavano la proprietà dei vicini, Zoe uscì sul vialetto. Senza perdere tempo, corse lungo il marciapiede, scavalcando il corpo del signor Henderson, e salì in fretta i gradini del portico. Le fiamme stavano già risalendo i pilastri di sostegno, minacciando di incendiare il tetto.

Da qualche parte della strada, alle sue spalle, un uomo iniziò a gridare:

«Troppo veloce! Puttana! Sono dannatamente veloce per te! Volevi farmi saltare in aria! Ti piacerebbe, eh?!»

Zoe si voltò di scatto, terrorizzata. Dall'altra parte della strada, nel giardino pieno di macerie in fiamme, un uomo con gli abiti a brandelli dava le spalle alla strada e rideva istericamente. «Yoo-hoo! Haha, dolce puttanella! Un così bel bocconcino dovrebbe andare sprecato? Ti daresti fuoco piuttosto che farmi assaggiare! Troia!»

«Merda!» esclamò Zoe, desiderando ardentemente di tornare al sicuro in casa. Voltandosi verso il portico in fiamme, sollevò l'estintore, puntandolo alla base del fuoco, e premette la maniglia, muovendolo su e giù. In pochi riuscì a spegnere l'incendio.

Gettando un'occhiata dietro di sé, Zoe vide il vicino che attraversava la strada, avanzando dritto verso il suo giardino. Doveva aver sentito l'estintore.

«Mi fai assaggiare?» le gridò.

«Oddio!» Zoe gettò a terra l'estintore e corse verso il garage, al sicuro. Varcò la soglia proprio mentre esplose un altro tuono e si scatenò un acquazzone. Pregò che Oliver si trovasse al coperto. L'uomo intanto stava correndo lungo il vialetto della casa. Zoe premette il pulsante sul muro del garage ed estrasse la pistola dalla fondina. La porta iniziò a calare con un cigolio metallico, attutendo le imprecazioni dell'uomo. Lei pregò che la porta si chiudesse prima del suo arrivo. Per il momento era chiusa a metà, e Zoe riusciva a vedere chiaramente il viso dell'uomo, illuminato dalla luce esterna della porta. Sembrava un teschio, con brandelli di carne arsa e gli occhi che versavano sangue.

Zoe si mise in posizione da tiro e armò il cane della pistola.

L'uomo aveva accelerato la corsa, deciso a tuffarsi sotto la porta prima che si chiudesse del tutto.

Zoe puntò la pistola verso il bordo inferiore della porta, trattenendo il respiro.

«Ti ho preso, puttana!» urlò l'uomo, gettandosi a capofitto. Ma proprio in quell'istante la porta toccò il pavimento, chiudendosi completamente, e calò il silenzio. L'uomo si schiantò contro il metallo. Con le mani tremanti, Zoe trattenne il respiro, l'arma sempre puntata sulla porta.

«Puttana!» arrivò la voce soffocata dell'uomo. Ma quella barriera era invalicabile: non poteva passare in alcun modo.

Zoe ripose l'arma nella fondina e risalì i tre gradini che portavano nel ripostiglio. Chiuse la porta alle sue spalle e bloccò il chiavistello.

«Oliver!» gridò. «Jurnee, è tornato Oliver?» La bambina era in cucina, gli occhi gonfi di lacrime, Princess stretta al petto. Scosse la testa.

Qualcuno bussò alla porta sul retro.

Zoe sussultò, la mano già alla pistola. «Oliver?!» gridò speranzosa Corse alla porta ma quando la raggiunse e guardò attraverso lo spioncino, la gioia per il suo ritorno si tramutò in disperazione: Oliver era zuppo di pioggia color ruggine.

«Oh, Oliver, no!»

Lui teneva gli occhi, coperti dagli occhiali protettivi, rivolti verso il basso, e indicò con una mano guantata la pila di biancheria ammucchiata sul tavolo della lavanderia, pronta per essere piegata.

Zoe si voltò, afferrò un asciugamano e glielo porse. Lui si coprì il viso e poi disse, attraverso il tessuto: «Non credo di aver ingoiato neanche una goccia d'acqua… ma forse me ne è finita un po' sulla pelle. Puoi… aiutarmi a togliermi la giacca impermeabile?»

«Non muoverti!» disse lei, prendendo un paio di guanti in lattice dal tavolo della cucina. Sentì che Oliver gemeva, come se provasse dolore. Uscì sul portico, infilandosi bene i guanti. Con cautela gli spinse indietro il cappuccio, attenta a non far colare l'acqua sul collo. «Ok, togli l'asciugamano dal viso. Lascia che ti liberi dalla giacca.»

«Stai bene, Oliver?» chiese Jurnee, sbirciando dalla porta.

«Io... starò bene... ma tu resta dentro, d'accordo?» rispose lui.

«Ti sei fatto male?» chiese Zoe, gettando da una parte la giacca antipioggia.

Lo scrutò con lo sguardo in cerca di eventuali ferite, ma la luce sul retro del portico era fioca. Oliver si tolse con cautela gli occhiali protettivi, poi annuì.

«Cosa? Dove?» chiese lei, guardandolo ansiosamente negli occhi.

«Guarda giù», riuscì a dire lui.

Un piede di Oliver poggiava su una tavola di legno carbonizzata. All'inizio non ci fece caso ma poi vide un chiodo che gli trapassava il piede, spuntando dalla scarpa.

« Come hai fatto... Cristo... Oliver! È entrata dell'acqua?»

«Non so neanch'io come sia successo. Sono stato sotto la pioggia solo per un secondo. Non ero ancora entrato quando la casa dei Miller è esplosa. La dannata esplosione mi ha scaraventato a terra...» Gemette, cambiando posizione. «Doveva esserci gas ovunque per esplodere in quel modo. Poi sono corso a casa per controllare come stavate e non ho visto la tavola col chiodo nell'erba."

«Devi toglierti i pantaloni e farti una doccia immediatamente. Ma come prima cosa dobbiamo rimuovere il chiodo.»

Oliver annuì.

«Non muoverti!» Zoe corse di nuovo in casa. Prese una bottiglia di alcol denaturato dall'armadietto del bagno e tornò da Oliver, accovacciandosi ai suoi piedi. Svitò il tappo e versò un quarto del contenuto della bottiglia sul chiodo. Rialzandosi, salì sulla tavola.

«Alza il piede. Fallo il più velocemente possibile.»

«Fa un male cane!» esclamò Oliver. Poi fece un profondo respiro e sollevò di colpo il piede. «Porca di quella puttana!» urlò.

«Bene. Ora non pensare al dolore. Togliti scarpe e pantaloni. Forza!»

«Facile da dire...» ansimò lui. Ma strinse i denti e obbedì, imprecando sottovoce per tutto il tempo mentre si toglieva tutto, compreso il calzino intriso di sangue. Rimase in mutande. Quando finalmente sollevò lo sguardo, incontrò di nuovo quello di Zoe.

«Mi riprenderò, tesoro. Ti amo.»

Zoe avrebbe voluto urlare. Non capiva in che guaio si era messo?

«Ok, andiamo subito sotto la doccia», disse, col cuore che le batteva all'impazzata, terrorizzata all'idea che potesse verificarsi lo scenario peggiore. "Mio Dio, ti prego, Dio... ti prego, non lasciare che si infetti. Non lui!"

In quell'istante si rese conto che lo amava ancora. Più di prima, più di quanto avesse mai creduto possibile. Nonostante il sospetto del tradimento ancora aleggiasse nella sua mente, non poteva sopportare l'idea di vederlo diventare vittima di quell'orribile parassita. Non il suo Oliver!

Zoppicando e sanguinando copiosamente, Oliver varcò la soglia della lavanderia. Zoe lo seguiva da vicino. Alla sua sinistra, Jurnee era immobile sulla soglia della cucina, gli occhi sbarrati. Zoe stava per dire che tutto si sarebbe sistemato quando la bambina lanciò un urlo. Due mani afferrarono Zoe per la gola, la tirarono indietro e la scagliarono fuori dalla porta, sul portico.

Cadde sulla schiena con violenza e iniziò a scalciare e a cercare di aggrapparsi a qualcosa.

Le mani mollarono la stretta intorno alla gola e l'afferrarono invece per il colletto della camicia, cominciando a trascinarla via.

« Dolcezza mia...! A me!» esclamò con voce eccitata il suo aggressore.

Zoe urlava, graffiando le assi del portico, le unghie che si spezzavano, mentre veniva trascinata verso l'esterno...... verso la pioggia.

CAPITOLO 21
RIFLESSI NELL'OSCURITÀ

ERA ACCADUTO COSÌ IN FRETTA. Un attimo prima Zoe era dietro di lui; l'attimo dopo un folle infetto l'aveva già trascinata a metà del portico e stava per portarla sotto la pioggia! Galvanizzato da una scarica di adrenalina, Oliver dimenticò il dolore al piede e si gettò in avanti, finendo steso a pancia in giù. Afferrò Zoe per una caviglia, trattenendola prima che venisse trascinata sotto l'acqua.

«No! È mia! Tu cercatene un'altra, una tutta tua!» si mise a urlare l'uomo sul ciglio della strada. Oliver ricordò che si chiamava Jim, ma non lo conosceva bene dato che era arrivato da poco nel quartiere. Non che la cosa avesse più importanza ormai.

Jim piantò un piede contro il gradino del portico, per fare leva, e si piegò all'indietro tirando con tutta la sua forza.

«Oliver!» urlò Zoe, tirando calci verso le mani dell'uomo, tentando con tutte le sue forze di liberarsi ma senza riuscirci.

Oliver stesso si sentiva scivolare sul legno bagnato, tirato con forza da Jim insieme alla moglie. Prima, sofferente e distratto, non aveva fatto caso a dove Zoe aveva messo la sua pistola. Benché probabilmente, anche se avesse saputo dov'era, in quel momento non sarebbe riuscito a prenderla.

«No... tu... Falla finita! » urlò Oliver, infilando il piede ferito nello stipite della porta in un ultimo disperato tentativo di ancorare se stesso e Zoe. La ferita sulla parte superiore del piede, premendo contro lo stipite, gli procurava delle fitte lancinanti. ma le ignorò. Poi delle piccole mani si strinsero intorno alla sua altra caviglia.

«Ehi, tu, basta così!» ripeté Jurnee gridando.

Oliver si voltò e vide la coraggiosa bambina che tirava all'indietro con tutte le sue forze.

Nonostante gli sforzi di Jurnee e il suo appiglio sullo stipite della porta, Oliver sapeva di non poter resistere. Stava per cedere. Se non avesse trovato una soluzione in fretta, Zoe sarebbe stata trascinata fuori dal portico, sotto la pioggia. Se avesse lasciato che ciò accadesse, a nulla sarebbe valso liberarla dalle grinfie di Jim. Dannazione, se solo avesse avuto la pistola!

«Ti prego, Oliver! Non lasciarmi!» supplicò Zoe.

Dall'alto giunse il rombo di un tuono; un lampo rosso attraversò il cielo e il giardino. Quella luce sfolgorante rivelò il viso stravolto di Jim, riflettendosi nei suoi occhi forsennati, iniettati di sangue. Ma fu il riflesso sull'acciaio inossidabile della pistola di Zoe, nella fondina sul fianco, a catturare l'attenzione di Oliver.

«Mangerò questa dolcezza qui! Qui! Proprio qui!» esclamò Jim, alzando un pugno.

«Zoe! La pistola!» urlò Oliver.

Lei capì in un lampo e portò le mani al fianco per afferrare l'arma. Jim, continuando a tenerla per il colletto con una mano, le diede un pugno in testa con l'altra. Zoe urlò ma riuscì comunque a estrarre la pistola.

«Jurnee, chiudi gli occhi!» disse Oliver.

«Apriti!» urlò Jim, alzando di nuovo il braccio per tirare un altro pugno in testa a Zoe.

Zoe lanciò la pistola ai suoi piedi, verso Oliver, e si coprì la testa per difendersi dal colpo successivo, che sicuramente sarebbe arrivato.

Un'ondata di speranza alimentata dalla rabbia invase Oliver. Mollò la presa sulla caviglia di Zoe, afferrò l'arma e si sollevò sui gomiti.

Jim, che aveva smesso di tirare Zoe per tentare, invece, di spaccarle la testa e arrivare al cervello, non fece alcun caso a Oliver. Alzò il pugno, interamente concentrato sulla donna. Con la lingua di fuori e gli occhi iniettati di sangue, pregustando il banchetto gridò: «Miaaa!»

Mentre calava il pugno per la terza volta, Oliver fece fuoco, colpendolo in faccia. Jim fu sbalzato violentemente all'indietro, oltre il gradino, e finì sotto la pioggia color ruggine.

Zoe riuscì a mettersi a sedere e si gettò tra le braccia di Oliver. Lui la strinse forte, come se non volesse lasciarla più andare. «Stai bene?»

«Io... credo di sì», rispose, toccandosi la testa. Poi lo guardò con gli occhi lucidi. «Oliver?»

«Sì?»

«Io... ti amo.»

«Lo so. E io amo te, piccola», disse lui, la voce soffocata dall'emozione.

Lei gli sfiorò il viso. «Stai piangendo?»

«No... solo che... mi ronzano un po' le orecchie, il piede mi fa un male cane... e non so se sono...» Si interruppe, incapace di dire ciò che stava pensando, ciò che riteneva probabile.

Zoe premette le labbra su quelle di Oliver baciandolo

con forza, come a volerlo tenere ancorato a sé. Lui non voleva che lei lo lasciasse andare, ma una vocina gli diceva che avrebbe dovuto staccarsi, per non metterla a rischio di infettarsi col male che probabilmente lo aveva contagiato.

Non lo fece. Restò lì, seduto in mutande sotto portico, esposto all'aria notturna e col piede sanguinante, mentre pochi metri più in là infuriava una tempesta letale.

Mentre baciava sua moglie, Oliver sentì nascere dentro di sé un'urgenza feroce: dirle la verità che le aveva tenuto nascosta. Aveva visto cosa era successo a Sam e sapeva che, se non lo avesse fatto subito, rischiava di perdere il senno da un momento all'altro, nel qual caso non avrebbe più avuto un'altra occasione. Si staccò appena e la guardò negli occhi. «Zoe... devo dirti una cosa.»

Dietro di lui, una vocina chiese: «Oliver... posso aprire gli occhi adesso?»

CAPITOLO 22
LA DOCCIA

ZOE SOCCHIUSE GLI OCCHI, cercando di afferrare le parole di Oliver nonostante il ronzio nelle orecchie e il pulsare nella testa.

Alle loro spalle, Jurnee stava immobile sulla soglia, ancora terrorizzata.

Oliver si voltò verso di lei e disse qualcosa. La bambina riaprì gli occhi.

«Andiamo. Qui fuori non è sicuro, dobbiamo entrare e tu devi lavarti», disse Zoe al marito, alzandosi a fatica.

Oliver annuì e la seguì dentro casa zoppicando. «Vai sotto la doccia. Ti raggiungo subito.» Si abbassò all'altezza di Jurnee. «Devo aiutare Oliver a lavarsi.»

«Gli metterai un cerotto sul piede?», chiese la bambina.

Zoe si sforzò di sorriderle. «Sì, gli metterò anche un cerotto sul piede. Saremo dietro la porta del bagno, la lascerò socchiusa. Ti va di finire di guardare il film?»

«Va bene... ma hai chiuso l'altra porta, vero?»

«Sì. È tutto chiuso a chiave», rispose, sentendo un'ondata di malessere. Il pensiero che Oliver potesse trasformarsi in... qualunque cosa fossero quei disgraziati esseri, era insostenibile. Sentì lo scrosciare della doccia: corse in soggiorno e riavviò il film per Jurnee.

Poi entrò in bagno, si spogliò e raggiunse Oliver nella cabina doccia. Prese il sapone liquido Dr. Bronner's, e se ne versò un po' sul palmo della mano. «Girati.»

Oliver si voltò e lei iniziò a insaponargli la schiena, passando le dita sulla cicatrice circolare sotto la spalla.

«Ti sei insaponato tutto per bene?»

Oliver annuì.

«Sono sicuro che non mi è entrata pioggia negli occhi e nella bocca, comunque mi sono sciacquato col collutorio», aggiunse con un tremito nella voce.

Zoe lo abbracciò da dietro, stringendolo. «Andrà tutto bene. Stai bene. Devi stare bene, mi senti?»

«E se invece non andasse tutto bene?»

«Non dirlo nemmeno, Oliver McCallister! Dimmi piuttosto del piede. Come va?»

«Come se fosse stato trafitto da un chiodo», ribatté, voltandosi a guardarla. Poi aggiunse: «Senti, he stanotte devi chiudermi in cantina. Dormirò lì. È l'unico modo...»

«Cosa? No!» protestò Zoe.

«Zoe, ascoltami. È l'unica cosa sensata da fare. Devi isolarmi finché non siamo sicuri.»

Per quanto odiasse ammetterlo, sapeva che aveva ragione. «D'accordo... ma prima devo curarti il piede. A parte il dolore, come lo senti? Riesci a muovere le dita?»

Oliver fece una smorfia di sofferenza, poi annuì.

«Nessun intorpidimento?»

«No. Solo un dolore bestiale ma non è certo la cosa che mi preoccupa di più adesso.»

Zoe non osò dirlo, ma il pensiero la divorava: se anche solo una goccia di pioggia fosse entrata in quella ferita... No. Non doveva pensarci.

«E tu? Come va la testa?» chiese Oliver.

«Contusa, ma passerà. È solo mal di testa, non mi ha ferito.»

Oliver le scostò le trecce bagnate dalla spalla e le accarezzò la guancia con il pollice. «Amore... stai bene davvero?»

Zoe scosse la testa, ricacciando lacrime per non farsi vedere piangere. «No, non sto affatto bene», ammise. Cercando disperatamente di cambiare discorso, aggiunse: «Fuori... hai detto qualcosa. Volevi dirmi qualcosa, ma dopo lo sparo le mie orecchie fischiavano. E sai qual è la cosa assurda? Non è neppure la prima volta oggi che qualcuno m spara a pochi centimetri dalla testa! Allora... cosa volevi dirmi?»

Oliver la guardò negli occhi.

«Oliver? Che c'è?» lo incalzò lei.

«Io... so che hai scritto a Sam.»

Zoe trattenne il respiro, ma non disse niente. Non servivano spiegazioni: se lo sapeva, significava che Sam gliel'aveva riferito prima di... prima di trasformarsi.

«C'è qualcosa che devo dirti, Zoe. So che ti farà male, ma...»

«Basta.» Gli posò una mano sul petto.

Oliver corrugò la fronte. «Ma Zoe, devo liberarmi di questo peso, devo dirtelo prima che...»

«Ho detto basta!» Solo un'ora prima avrebbe dato qualsiasi cosa per sapere con chi l'aveva tradita Oliver. Avrebbe tanto voluto che lui fosse onesto e le dicesse la verità, che le spiegasse con che coraggio l'aveva tradita... e con chi. Ma in quel momento... non era troppo comodo per lui riversarle tutto addosso per alleggerirsi la coscienza proprio quel giorno, il più atroce della sua vita? «No, Oliver. non ora. Non ce la faccio a sopportare altro. Proprio ora che il mondo crolla e pensi che potresti morire ti viene voglia di confessare? E io? Pensi mai a me? Non potevi dirmi tutto prima?»

L'acqua bollente le scivolava lungo la schiena, il vapore si alzava denso tra loro, e Zoe sentiva crescere la rabbia. «Ma sai che c'è? Va bene. Facciamo come vuoi tu, stronzo egoista! Chi è lei? Chi cazzo ti sei scopato?!»

CAPITOLO 23
PROMESSE INFRANTE

NON ERA COSÌ che Oliver aveva immaginato di rivelare a Zoe il segreto che aveva custodito per mesi. Ora, sotto il getto caldo della doccia, stringendo tra le braccia la moglie nuda, la fissava attonito. Col senno di poi, si rese conto che Zoe aveva ragione: non era giusto dirglielo in quel momento. Ma se non ci fosse stato un domani? Non voleva morire con quel segreto tra loro.

«Allora? Chi è? Da quanto va avanti?» lo incalzò Zoe, spingendolo via e stringendo le braccia al petto.

Era stato un idiota, si disse Oliver. Per tutto quel tempo la sua riservatezza, il suo atteggiamento sfuggente, il suo tenerla a distanza, li aveva quasi portati al divorzio! Guardandola negli occhi, capì la profondità del suo dolore. Lui l'aveva lasciata senza risposte e lei era stata costretta a trarre le sue conclusioni. Un sorriso gli si dipinse in volto.

«Sorridi pure, stronzo?» chiese Zoe, incredula.

Oliver annuì. Zoe lo fissava come se volesse strappargli la faccia a schiaffi. Lui alzò le mani in segno di resa.

«Sorrido perché, anche se temevo che ti saresti arrabbiata scoprendo il vero motivo per cui spesso rincasavo tardi, non mi era mai passato per la testa che potessi pensare a una donna. Sono uno stronzo, Zo, su questo hai ragione. Ma sul motivo sei in torto. Non ti ho mai tradito, non ti tradirei mai!»

«Ma che dici? Allora....non capisco.» Zoe lo guardava negli occhi come se volesse leggergli dentro.

Allora... se non è questo, cosa mi hai nascosto?» chiese non ancora del tutto convinta.

«Lo so. Sembra folle ma ascoltami. Quando abbiamo perso il bambino e ti ho vista crollare, io... avrei fatto qualsiasi cosa per alleviare il tuo dolore. Sapevo quanto desideravi avere un figlio. Lo volevo anch'io. Ma con i tuoi studi, con il mio stipendio... pagare la fecondazione in vitro era impossibile.»

«Oliver... cosa hai fatto?!»

«Ho preso un secondo lavoro... e non volevo dirtelo.»

«Un secondo lavoro? Un secondo lavoro di cui non potevi parlarmi? E perché mai, che tipo di lavoro sarebbe?»

Prima che Oliver potesse risponderle, un lampo di illuminazione le attraversò lo sguardo. «Non avrai ricominciato con i prestiti repo! Ti sei messo a lavorare per Georgie?»

Oliver strinse le labbra e annuì.

«Dannazione! Non ti è bastato farti sparare una volta? Non ricordi quando mi hai chiesto di sposarti da quel letto di ospedale? Io avevo posto una sola condizione, una soltanto! C'era una cosa che mi avevi giurato di non fare mai!»

«Lo so, ma...»

«Niente "ma", Oliver! Mi avevi promesso che non avresti mai più lavorato con prestiti, contratti di riporto, recupero crediti o in qualsiasi altra cosa del genere! E invece? Fai questo doppio lavoro per Georgie?»

«Era l'unico modo per procurarci i soldi per la fecondazione in vitro.»

«Non te l'ho mai chiesto! Non avrei mai accettato che rischiassi la vita per questo. Non cercare di farmi credere che lo hai fatto per me. Dillo: lo hai fatto per te stesso!»

Non era del tutto vero ma non aveva nemmeno torto, Oliver lo sapeva. Sì, lo aveva fatto per i soldi, per avere un'altra possibilità di diventare genitori. Ma anche un altro motivo lo aveva spinto ad accettare quel lavoro: non era solo bravo a recuperare beni di valore, era il migliore. Che si trattasse di jet privati, yacht o macchine di lusso, se qualcuno aveva bisogno di rientrare in possesso di un asset, lui era in grado di trovarlo e restituirlo a chi di dovere. C'era stata solo un'eccezione al suo curriculum impeccabile, un errore che gli era quasi costato la vita. La sensazione del metallo rovente dei proiettili che gli laceravano la carne lo tormentava ancora. Ma la moglie aveva ragione: gli mancava la scarica di adrenalina.

Allungò la mano e chiuse l'acqua. «Mi dispiace, Zoe. Ma non credi che sia comunque meglio di un tradimento?»

Zoe scese dal piatto doccia, afferrò due asciugamani e ne lanciò uno a lui, stringendosi l'altro attorno al corpo. Aveva gli occhi lucidi. «Forse non mi hai tradita, Oliver, ma hai infranto una promessa e, cosa ancora più grave, mi hai mentito.»

«Lo so. E mi dispiace. Ma volevo sorprenderti, volevo metterti davanti ai soldi e dirti che finalmente potevamo farlo. Sai quanto costa la fecondazione...»

«Oliver, basta! Non voglio parlarne.»

«Davvero vuoi che questa cosa resti tra noi?»

«Hai lasciato che mi chiedessi cosa avevo fatto di sbagliato, che mettessi in discussione il mio valore come moglie... come amante! Mi hai fatto pensare al peggio. E ora credi che, solo perché non hai scopato con nessuna, dovrei essere felice e contenta?»

«Ma...»

«Ho bisogno di tempo, Oliver, tempo per pensare. E francamente adesso abbiamo problemi più urgenti. Forza, devo medicarti il piede. Non possiamo permettere che si infetti.»

Zoe aveva ragione. Non poteva certo andare da un medico, né quel giorno né in un futuro prevedibile. Oliver sospirò, allungando una mano verso di lei. «Va bene. Sappi solo che ti amo e non ho mai voluto ferirti.»

«Quello che hai fatto, mentirmi spudoratamente pensando di poter fare quello che ti pareva e alla fine chiedermi scusa, è sbagliato, Oliver. E se... se ti avessero ammazzato?» Si infilò una maglietta. «Hai mai pensato a come mi sentirei ricevendo una telefonata con la bella notizia che ti hanno sparato o trucidato Dio sa come? No, certo che no, perché tu pensi solo a te stesso! Ascolta, ti ho detto che non voglio affrontare questo discorso adesso.»

Ma lui non voleva che quella conversazione finisse così.

«Zo... ti ricordi la sera in cui ci siamo conosciuti? In quel locale con il karaoke, sulla Fifth Street. Eri con gli amici del lavoro...»

«E tu eri lì per un addio al celibato. Certo che me lo ricordo. Stavi cantando.»

«Sono sceso dal palco e ho cantato per te. Ricordi la canzone?»

«Oliver, dove vuoi arrivare?»

«Per favore...»

Zoe incrociò nuovamente le braccia. «Era degli INXS. *Never Tear Us Apart.*»

Oliver sorrise. «Esatto. Ti ho vista tra la folla e ho capito subito che dovevo cantarti quella canzone, che dovevo stare con te per sempre. Mi sono avvicinato, ti ho preso la mano e ho cantato solo per te. Zoe… ho fatto un casino, sì. Ma non lasceremo che questa storia ci separi, d'accordo?.» Le prese la mano, proprio come aveva fatto quella sera di otto anni prima, ma lei la ritrasse. Afferrò un paio di pantaloni puliti dal bordo del water e glieli lanciò.

«Me lo ricordo, Oliver. Ricordo come cantavi quella strofa… *se ti facessi del male, farei del vino con le tue lacrime…* Invece l'unica cosa che hai fatto è stato farmi versare tante lacrime.» La voce le si incrinò e le si inumidirono gli occhi.

Oliver sentì una stretta al cuore. «Oh, Zo… non volevo…»

«No. Non lo vuoi mai!» Zoe si raddrizzò, asciugandosi il volto. «Ora basta. Vestiti e vieni in cucina. Lì potrai metterti seduto e farmi curare il piede.»

Oliver sospirò, maledicendo la situazione. Conosceva sua moglie abbastanza bene da sapere che forzarla avrebbe solo peggiorato le cose. Aveva bisogno di spazio, e lui doveva darglielo. Tra l'altro, aveva ragione. Abbassò lo sguardo sul piede tumefatto e sulla ferita rosso livido. «Va bene, tesoro,» disse, infilando i pantaloni della tuta, attento a non far strusciare il bordo sulla ferita. Faceva un male cane ma non era niente rispetto a beccarsi una pallottola nella spalla.

Zoe ora sembrava impassibile, ogni emozione sepolta dentro di sé. «Quando hai fatto l'ultimo richiamo dell'antitetanica?»

Oliver la fissò, incredulo. «Perché? Il tetano è l'ultima delle mie preoccupazioni!»

«Ti preoccuperai quando ti si bloccherà la mascella e inizierai ad avere spasmi e febbre. Se non viene curato, il tetano ti ammazza», ribatté lei in tono pratico.

«Meno di due anni fa. Quando mi sono tagliato il braccio con quel barattolo di maionese rotto sul lavoro»

Zoe annuì, ricordando. «Giusto. Girati, fammi vedere gli occhi.»

Oliver obbedì. Ora lei lo stava trattando come un paziente, più da infermiera che da innamorata in ansia. «Sono chiari? Perché io mi sento... normale.»

«Tutto a posto, ora controlla i miei», disse lei.

Oliver si accigliò. Non aveva nemmeno considerato la possibilità che Zoe potesse essere stata infettata. Ma era stata sul portico, a un passo dalla pioggia, e quel pazzo l'aveva colpita in testa col pugno nudo. Aguzzò lo sguardo, fissando gli occhi castani della moglie. Erano arrossati, sì, ma come quelli di qualcuno che aveva appena pianto. Ricordava com'erano ridotti gli occhi di Sam dopo solo mezz'ora dal contagio. Quelli di Zoe avevano tutt'altro aspetto.

«Allora?» chiese lei.

«Oh. Scusa. Sì, i tuoi occhi stanno bene.»

«Sicuro? Perché ci hai messo tanto?» chiese, guardandosi nello specchio.

«Stavo pensando a Sam... e a come erano i suoi occhi prima che...» Oliver non trovò il coraggio di finire la frase. «Comunque, i tuoi sono a posto.»

Il viso di Zoe sembrò addolcirsi. «Sono addolorata per Sam, Oliver.»

«Anch'io», mormorò lui.

Lei lo abbracciò. «Vai in cucina. Prendo quello che mi serve e ti raggiungo.»

Zoppicando, Oliver si trascinò verso la cucina, cercando di non appoggiare troppo il piede. Dal soggiorno arrivavano i suoni familiari del televisore: Era ancora in onda *Fantasia* e la risata squillante di Jurnee riempiva la stanza. «Bevi davvero tanto, Louie. Meno male che ci sei tu a pulire questo casino!»

A quelle parole, Oliver impensierito accelerò il passo e girò l'angolo. «Oddio!» gridò.

«Che succede?» chiese Zoe, raggiungendolo con le bende e una bottiglia di alcol denaturato in mano. Appena vide la scena, dallo spavento lasciò cadere la bottiglia, che rotolò sul pavimento. «Louie, no!» urlò.

Oliver seguì con lo sguardo il rivoletto d'acqua, risalendo dal pavimento fino al lucernario incrinato, e capì subito il motivo dell'allarme della moglie. Erano arrivati troppo tardi. Louie, al centro della stanza, leccava la pozzanghera di acqua color ruggine che si era formata sul pavimento.

CAPITOLO 24
NON MORTI O ZOMBIE

«JURNEE, dimmi che non hai toccato quell'acqua, vero?» chiese Zoe, con il cuore che martellava nel petto mentre afferrava Louie per allontanarlo dalla pozza, che si stava allargando.

«No! No, assolutamente no! Non bevo mica dal pavimento!»

Oliver entrò nel salotto con un asciugamano e una grande pentola.

«Oliver, attento! Non toccare l'acqua e tieni indietro quel piede!» lo avvertì Zoe, togliendogli di mano l'asciugamano e la pentola. «Tieni, riporta indietro Louie», continuò, cercando di trattenere le lacrime e le emozioni che rischiavano di sopraffarla.

Gettò l'asciugamano sulla pozza e corse verso la lavanderia.

«Che stai facendo?» chiese Oliver.

«Vado a prendere la candeggina!»

Afferrò la tanica da quattro litri dallo scaffale sopra la lavatrice, poi prese un rotolo di carta assorbente e un paio di guanti dal tavolo della cucina. Tornò nel soggiorno, posò la tanica, si infilò i guanti e versò diverse tazze di candeggina dentro la pentola. Con movimenti rapidi, mise l'asciugamano fradicio in un sacco, poi rovesciò la candeggina direttamente sulla zona contaminata. La assorbì con la carta, quindi posizionò la pentola con la candeggina sotto il punto da cui cadeva l'acqua.

Infine si voltò verso Oliver, leggendo nello sguardo del marito la sua stessa preoccupazione. Louie gli stava seduto accanto, osservandolo obbediente e scodinzolando felice.

«Dobbiamo chiuderlo nel suo trasportino finché non sappiamo con certezza come stanno le cose», disse Oliver.

Louie era stato un regalo di Oliver poco dopo la perdita del bambino. All'inizio lei l'aveva presa molto male, sdegnata all'idea che il marito potesse pensare di consolarla per aver perso la cosa che più desiderava al mondo, quel bambino, con un cucciolo. Ma con il tempo si era affezionata a Louie e, in un certo senso, era davvero come un figlio. Ora non riusciva a immaginare la sua famiglia senza il pitbull dal naso blu. Le si torceva lo stomaco al pensiero che non solo rischiava di veder impazzire Oliver ma che quasi certamente avrebbe perso anche Louie.

Non riusciva più a trattenere le lacrime. Ne aveva passate troppe, e questo era il colpo di grazia. Le sfuggì un singhiozzo; corse verso la camera da letto. Sbatté la porta e si gettò sul letto come una bambina, affondando il viso nel cuscino e singhiozzando. Sdraiata a pancia in giù, piangeva disperatamente. Non solo per Louie. Per quello che era successo in tribunale. Per Deandre. Per Angel. Per Oliver, che forse era stato contagiato. E anche per Jurnee. Come avrebbe potuto riportare a casa la bambina? E se nessuno della sua famiglia fosse sopravvissuto? Cosa sarebbe successo se Oliver si fosse ammalato? Come poteva farcela da sola, senza di lui? Da una parte era furiosa con il marito in quel momento. Perché si era messo a rischio andando fino alla casa dei vicini per un dannato telefono che probabilmente non avrebbe neanche funzionato?! E poi quella rivelazione sotto la doccia... Certo, avrebbe dovuto essere felice che Oliver non la tradisse, ma restava il fatto che l'aveva ingannata. In effetti l'aveva tradita, solo in modo diverso. Fece un respiro profondo e cercò di calmarsi. Non poteva pensare a tutti quei casini adesso. Non quando l'unica cosa che voleva davvero, l'unica sua preghiera, era che Oliver stesse bene. E, come se tutto ciò non bastasse, ora anche Louie era in pericolo, probabilmente infetto.

Oliver fece capolino dalla soglia. «Tesoro, stai bene?»

Zoe si tirò su a sedere sul letto e si asciugò le lacrime. «Dov'è Louie?»

«Nel trasportino.»

«E Jurnee?»

«Ipnotizzata da Topolino.»

Zoe sospirò. «Mi dispiace di essere corsa via così, è solo che...»

«Non devi scusarti. È tutto assurdo», disse Oliver, spostando il peso da un piede all'altro.

Lei si alzò di scatto. «Oh, Oliver... il tuo piede! Me ne ero completamente dimenticata.»

«È tutto a posto. Non sanguina nemmeno più», provò a rassicurarla lui, sfoderando un sorriso poco convincente.

Niente era a posto, pensò Zoe. E perché cavolo stava lì a frignare quando c'era così tanto da fare? Non era tempo di lacrime. Si fece forza, respirò a fondo e disse a Oliver: «Forza! Andiamo in cucina a fare la medicazione».

Stavolta il sorriso di Oliver sembrava più sincero. «Grazie, tesoro.»

«Non mi ringrazierai quando ti brucerò vivo con l'alcol!» ribatté lei, seguendolo fuori dalla stanza.

Oliver le lanciò un'occhiata ironica da sopra la spalla. «Sembra che la prospettiva ti alletti!»

«Che dici?!» Zoe fece una risatina forzata, infilandosi un nuovo paio di guanti.

Oliver si sistemò su una sedia e Zoe si apprestò a esaminargli gli occhi. Con delicatezza, premette i pollici sulle palpebre, sollevandole una alla volta.

«Allora?» chiese lui, trattenendo il fiato.

«Per ora sembrano puliti», rispose lei svitando il tappo della bottiglia d'alcol. Aveva la tentazione di rimproverarlo ancora per essere stato tanto stupido e incosciente da avventurarsi dai vicini ma nei suoi occhi notò qualcosa che la trattenne. Non presentavano alcuna traccia di sangue, o di irritazione, ma mostravano chiaramente un'altra cosa. Nonostante lui facesse finta di star bene, non riusciva a nascondere la verità che trapelava dalle pupille dilatate: paura. Oliver aveva paura. Di più: era terrorizzato. Un rimprovero, adesso, lo avrebbe solo spezzato.

«È passata più di un'ora. Con Sam... è successo molto più in fretta», disse lui, la voce incrinata da emozioni contrastanti.

Zoe assentì, ricordando ancora una volta gli orrori di cui era stata testimone. «Sì... in tribunale ho assistito a diversi casi e non credo che fossero passati più di trenta minuti prima che iniziassero ad alterarsi.» Prese un panno pulito dal tavolo e glielo mise in mano. «Tieni. Mordi questo se ti fa troppo male.»

Gli sollevò il piede e deglutì. «Cavolo, Ollie... è davvero gonfio.»

«Fallo», disse lui a denti stretti. «Fallo e basta.»

Zoe versò l'alcol sulla ferita.

«Ugh!» Il viso di Oliver si contrasse per il dolore.

«Te l'avevo detto che avrebbe fatto male, Ora devo disinfettarlo per bene, e farà ancora male. Poi ci spalmo un po' di Neosporin e lo bendo.»

«Hai detto che li hai visti trasformarsi... trasformarsi in zombie e perdere la ragione?»

«Ancora con questi zombie, Oliver?» chiese Zoe con aria scettica, applicandogli con cura un cerotto sulla ferita sulla parte superiore del piede. Poi passò alla ferita nella parte inferiore e iniziò a fasciargli il piede con la garza.

«Senti, so che le tue nozioni mediche non contemplano gli zombie, ma ci avrai fatto caso, no?»

Lei si fermò e lo guardò. «Cosa mi stai chiedendo esattamente?»

«Ok,» iniziò Oliver, «per ora dimentica la parola *zombie*. Valutiamo la faccenda da una prospettiva medica. Ero con Sam quando lei ha iniziato a cambiare e, nonostante fosse ancora capace di ragionare e parlare, voleva...» Si fermò, lanciando un'occhiata verso il soggiorno, dove Jurnee guardava la TV. Abbassò la voce. «...voleva mangiare il cervello di Jurnee. La trasformazione è iniziata gradualmente, con lei che sentiva un certo odore. Poi ha cominciato a sentire fame, una fame tremenda. Non era da lei, che non pensava mai al cibo e non mangiava mai sul lavoro. Infine è completamente impazzita. ma continuava a parlare, ragionare... o piuttosto sragionare. Ma quando l'ho buttata giù dal camion... è caduta all'indietro, di testa. Una caduta del genere è mortale e ora, ripensandoci, sono sicuro che fosse morta! Eppure si è rialzata ...con la testa ridotta a una fontana di sangue, il collo torto in modo orribile, come se fosse spezzato. Da quel momento non ha più pronunciato una parola. Emetteva solo gemiti.» Oliver chiuse gli occhi e scosse la testa, come se con quel semplice gesto potesse scacciare l'orribile ricordo. "Mio Dio, quando gemeva... Era... era terribile! Erano gemiti da non morta.»

«Oliver, non puoi dire sul serio...»

«Aspetta, seguimi. Nella chiesa, erano tutti morti quando sono arrivato, capisci?»

Zoe aggrottò la fronte. «Cosa devo capire?»

«I non morti non parlano. Una volta che muoiono davvero si trasformano da esseri folli, ma parlanti e pensanti, in... beh... morti viventi. E questi hanno una sola missione: mangiare i vivi. Tu mi guardi come un pazzo ma io so cosa dico. In quella chiesa, un uomo, orbo e con metà viso mancante, ha sfondato una vetrata...buttandovisi contro con la faccia, capisci! Poi c'era una donna...», continuò chiudendo gli occhi a quel ricordo. «Le ho spezzato il collo, Zo. In modo... orribile. Era conciata molto peggio di Sam ma continuava a inseguirmi, aprendo e chiudendo la bocca a scatti. Com'è possibile? Come spiegare tutto ciò con la medicina?»

Zoe finì di fasciare la ferita, ripensando intensamente a ciò che aveva visto in tribunale. Anche Deandre aveva chiamato "zombie" gli infetti, e aveva sparato nel petto a quell'uomo, Chuck. Quello era morto di sicuro ma poi il suo corpo era svanito nel nulla! Allora non aveva voluto credere che potesse aver lasciato l'atrio di sua iniziativa. Ripensò anche a Tom e allo stesso Deandre. Una volta morti, almeno all'apparenza, non parlavano più bensì... gemevano. Oliver aveva ragione! Quei morti che diventavano.... beh, non morti, sembravano ossessionati da un unico pensiero: divorare cervelli umani.

«Ti vedo concentrata. A cosa pensi?» chiese Oliver.

«Credo che il parassita riesca a mantenere l'organismo umano funzionante a meno che non venga distrutto il cervello. Non so come riesca a farlo funzionare, né perché abbia bisogno del cervello, ma è chiaro che nel tessuto cerebrale c'è qualcosa che gli è indispensabile. Perciò induce l'ospite a fare di tutto pur di procurarglielo.»

«Quindi, quando infetta qualcuno, prima ne controlla la mente e poi, quando l'ospite muore, prende il controllo del corpo intero?»

Zoe annuì. Finì di fasciare la ferita e strappò un pezzo di nastro adesivo medico dal rotolo per fissare la benda.

«Sì, non so come, ma dev'essere così.» Iniziò ad alzarsi ma poi si fermò, accovacciandosi sui talloni.

«Che c'è?» domandò Oliver.

«Sapere come diventano...»

«...Zombie», continuò lui.

Lei si accigliò. «Stavo per dire non morti.»

Oliver alzò le spalle. «È la stessa cosa, Zo. Nei film "non morti" è la definizione degli zombie.»

Zoe scosse il capo. Odiava la parola "zombie". Non sapeva perché ma continuava a suonarle ridicola.

«Chiamali come vuoi. Stavo per dire che quello che sappiamo astrattamente non serve a molto. Devo studiare la pioggia al microscopio e adesso posso farlo», disse alzandosi in piedi. «Abbiamo la pioggia che gocciola dal lucernario.»

«Giusto», disse Oliver. «Ottima idea.»

Sul tavolo della cucina c'erano il microscopio con tutta la strumentazione, i campioni prelevati in precedenza e il kit di pronto soccorso di Zoe. Attingendovi, prese una provetta sterile, pronta a raccogliere il campione dal lucernario. Ma con la coda dell'occhio captò un movimento che attirò la sua attenzione. Abbassò lo sguardo sui vecchi campioni, due siringhe una accanto all'altra, una con acqua e l'altra con il sangue del signor Henderson.

Restò impietrita, fissando la siringa col sangue. Avrebbe potuto giurare che...

Il sangue ondeggiò, facendo muovere la siringa.

CAPITOLO 25
RISPOSTE

ZOE INDIETREGGIÒ DI SCATTO, il fiato corto, e cadde in grembo a Oliver.

Lui la sostenne d'istinto, reggendola salda per la vita.

«Ehi, cos'è successo?»

«Non hai visto?»

«Visto cosa?» Oliver guardò oltre le spalle della moglie, verso il tavolo, ma non notò nulla di strano.

«La siringa con il sangue. Si è mossa!»

Si rialzò, seguita da Oliver. Raggiungendo il tavolo, lui sollevò la siringa.

«Stai attento,» mormorò Zoe, come se temesse di allertare qualunque cosa ci fosse dentro.

Oliver esaminò la siringa. All'inizio non vide nulla, poi il sangue sembrò incresparsi. «Che diavolo...?» Scorse qualcosa di minuscolo e argenteo scivolare lungo il vetro per scomparire di nuovo.

«Sono cresciuti», disse Zoe.

«Già, ce ne sono più di uno. Guarda... vedi gli altri? » Sollevò la siringa verso la luce sopra il tavolo. «Gli altri però sono più piccoli. Chissà cosa significa?» Per un istante gli tornarono in mente i vermi puzzolenti che aveva visto mille volte sul lavoro. I vermi mutavano per diventare mosche. E quelle cose? Stavano semplicemente crescendo... o stavano mutando?

Zoe non sapeva rispondere.

«Sopravvivenza dei più adatti? Forse i più grandi si nutrono dei più piccoli?» ipotizzò. «Forse si consumeranno a vicenda finché ne resterà soltanto uno. Ollie, è incredibile... È appena un'ora che sono in quella siringa, e da microscopici sono già diventati visibili a occhio nudo! È evidente: prosperano nel sangue umano e crescono a velocità esponenziale.»

Oliver era stupefatto dalla capacità della moglie di entusiasmarsi per il tasso di crescita di un parassita alieno. Il solo pensiero lo terrorizzava. Che Zoe non avesse mai visto il film *Alien*? Rimise con cautela la siringa sul tavolo. «E adesso?»

«Adesso abbiamo bisogno di un campione di pioggia.»

«Giusto.»

Oliver si alzò, facendo attenzione a non caricare il peso sul piede destro. La seguì in soggiorno, trattenendo uno sbadiglio. Zoe mise una provetta sotto il soffitto gocciolante. «Sembri esausto», disse al marito, cercando di trattenere un sbadiglio a sua volta.

Seguendola in cucina, Oliver si versò altro caffè. «*Sono* esausto, e anche tu, ma so che non ti fermerai finché non avrai capito cosa sta succedendo. Vuoi altro caffè?»

«Grazie, sto bene così. Ma sei sicuro di non voler provare a dormire un po'?»

Oliver scosse la testa. «Non se ne parla. Per quanto sia stanco, non riuscirei a dormire, almeno finché non sarò sicuro al cento per cento di stare bene. E poi voglio provare ancora con la radio; voglio vedere se riesco a trovare una stazione che trasmetta qualcosa di diverso da quella maledetta registrazione.»

Zoe posò la provetta sul tavolo e si mise al microscopio, già immersa nel lavoro. Oliver le si sedette accanto e iniziò ad armeggiare con la radio. Girò manopole, regolò antenne. Nulla. Le stazioni che prima trasmettevano il messaggio d'allerta erano diminuite, e non c'erano nuove comunicazioni. La stazione di rock tanto amata da lui e Sam era sparita del tutto. La stazione locale di musica country invece continuava a ripetere l'avviso d'emergenza, intervallandolo con spot pubblicitari preregistrati, due dei quali sembravano essere trasmessi con maggiore frequenza.

Uno reclamizzava gli enormi risparmi sui costi per i residenti dell'Illinois che passavano all'energia solare; l'altro pubblicizzava un concerto di Bubba Phats al River City Civic Center il 28 ottobre, invitando il pubblico a "una serata da urlo con i maggiori successi country." Oliver scosse la testa. «Indovina un po', Bubba? Il tuo show è cancellato.» Pescò altre tre stazioni AM: tutte con lo stesso messaggio di emergenza, inclusa la National Public Radio. Non era certo un buon segno. Se persino la NPR lo stava trasmettendo, allora il problema era su scala nazionale. Ciò significava che sua sorella Sarah, i genitori di Zoe e la sua amica Alexis probabilmente... No, non voleva pensarci. Non c'era nulla che potesse fare per loro in quel momento.

Nessuna delle stazioni AM trasmetteva spot pubblicitari, così risintonizzò la radio sulla stazione country. Lo spot sull'energia solare era di nuovo in onda. Sul momento, Oliver si chiese perché quella stazione trasmettesse spot e le altre no. Forse era più automatizzata? Ma alla fine che importava? Proprio niente. Tuttavia un'idea iniziava a prendere forma nella sua mente, un'idea che non aveva ancora elaborato del tutto e che non era pronto a condividere con Zoe... non ancora. Prima doveva pensarci bene.

Bevve un lungo sorso di caffè e mise da parte la radio. «Hai scoperto qualcosa di nuovo?» chiese alla moglie.

«Sì», rispose lei, regolando la messa a fuoco del microscopio. «Nel campione di pioggia gli organismi sono ancora vivi, si muovono eccome. Ma appena li metto sul vetrino... muoiono quasi subito. I motivi potrebbero essere diversi.»

«Per esempio?»

«Il cambiamento di temperatura», ipotizzò lei.

«Ma allora non sarebbero già morti durante la caduta dall'atmosfera? Gli sbalzi termici tra i vari strati dell'atmosfera e il livello del suolo sono drastici.»

Zoe rifletté un istante, stringendo le labbra. «Hai ragione. Per questo penso che sia più un problema di esposizione.»

«Esposizione a cosa?» chiese Oliver, spegnendo la radio.

Zoe cambiò vetrino e riprese: «Penso che siano sensibili ai componenti della nostra atmosfera. È come se avessero solo un tempo limitato per trovare un ospite prima che l'ambiente li uccida.»

«Beh, se è così... è una buona notizia! Però mi resta il dubbio: come fanno a sopravvivere mentre cadono?»

«Curiosamente, è la pioggia stessa a proteggerli. Non è affatto pioggia, o meglio, non è solo pioggia. Oltre all'acqua c'è una sostanza che non riesco a identificare, una specie di rivestimento liquido che li avvolge.»

«Rivestimento liquido?»

«Una sorta di liquido amniotico a protezione dei parassiti».

«Ma come può essere?»

«Beh, non sono sicura di cosa sia in realtà, ma mi ricorda proprio il liquido amniotico che protegge il feto. Osservandolo e studiandolo da vicino, ha la stessa consistenza vischiosa..»

Oliver sorrise. .

«Che c'è di divertente?» domandò Zoe.

«Niente... È che sei troppo dannatamente intelligente!»

Zoe lo guardò sospettosa. «Stai cercando di leccarmi il culo perché sai quanto sono incazzata?»

«Cosa? No, era solo un complimento!» disse Oliver, pentendosi di aver dato fiato alla bocca.

Zoe sorrise, ma sempre imbronciata.

«Eh dai, mi stai prendendo in giro, vero? Mi sfotti?» provò lui, con un mezzo sorrisetto.

«No. Sono ancora molto arrabbiata!», tagliò corto lei, riportando l'occhio sul campione.

Oliver deglutì, incerto su cosa dire. Un'osservazioine sbagliata avrebbe potuto scatenare una lite, ed era troppo stanco e stressato. Abbassò lo sguardo sul caffè, facendone ruotare piano la tazza. «E adesso?»

Zoe sospirò. «Penso di aver ricavato tutto quello che potevo dal campione di pioggia. Adesso dovremmo testare davvero la mia teoria.»

«Testare la tua teoria? E come, di preciso?»

Zoe afferrò la siringa con il sangue di Henderson. «Esponiamo il campione all'aria. Vediamo se gli organismi muoiono.»

Oliver sgranò gli occhi. «Vuoi liberare quelle cose?»

Lei scosse il capo. «Non liberarle. Intendo immetterle in un ambiente controllato.»

Oliver si passò entrambe le mani sul viso. L'adrenalina era svanita da un pezzo, e la stanchezza gli era piombata addosso come un macigno. Era irritabile, esausto, e il piede continuava a pulsargli. Tutto ciò che avrebbe voluto dire era: «Tesoro, possiamo farlo domani mattina? Sono a pezzi, e

Jurnee probabilmente si sveglierà presto.» Ma sapeva che lei era toppo presa dall'obiettivo. «Okay. Qual è il tuo piano?» disse rassegnato.

«Bene, tolgo l'ago, perché i parassiti sono diventati troppo grandi per passarci attraverso. Poi divido il sangue: un terzo lo metto in una provetta vuota, un altro terzo in una provetta con acqua, e l'ultimo lo lascio dentro la siringa.»

«Perché tenerne una parte nella siringa?»

«Perché sappiamo che nel sangue sono ancora vivi, almeno per ora. Voglio vedere se subiscono altri cambiamenti nelle prossime ore.»

Oliver sbadigliò di nuovo. Il caffè, a quanto pareva, non stava facendo alcun effetto.

«Vai a sdraiarti, Oliver. Ti chiamo se scopro qualcosa. Promesso», disse lei, rimettendo il cappuccio sull'ago e svitandolo dalla siringa.

Anche se la stanchezza lo divorava e Zoe sapeva il fatto suo, Oliver esitava a lasciarla da sola con quelle creature. Rimase invece a guardarla mentre si preparava ad aggiungere un po' di sangue preso dalla siringa all'acqua dello stagno. Non appena premette lo stantuffo il sangue schizzò nella provetta, diluendosi mentre si mescolava all'acqua.

Oliver si chinò per osservare meglio, e riuscì a distinguere i parassiti argentati che nuotavano nell'acqua intrisa di sangue. «Accidenti, ce ne sono almeno una decina! Saranno lunghi... due millimetri?»

«Sì, più o meno. Ma probabilmente erano a migliaia nello stadio microscopico», mormorò Zoe, affascinata. «Guarda! Hanno smesso di nuotare. Si stanno... contorcendo.»

Oliver strizzò gli occhi. «Stanno morendo, ecco cosa!»

«Okay, proviamo ora con il campione senz'acqua», disse

lei, versando un altro terzo in una provetta vuota e tappandola con cura. «Ecco. Tre quarti d'aria, un quarto di sangue.»

Oliver la osservò con attenzione mentre inclinava lentamente la provetta avanti e indietro, facendo aderire il sangue alle pareti di vetro e lasciandolo mescolarsi con l'aria.

Tenendo la provetta orizzontale, Zoe disse: «Guarda lì. Si stanno muovendo lungo il vetro.»

Aveva ragione. Quelle bestiacce strisciavano lungo il vetro insanguinato come minuscoli millepiedi dentuti. Poi, proprio come quelli nell'acqua, smisero di muoversi e iniziarono a contorcersi.

«Proprio come nell'acqua! Stanno morendo», disse Oliver.

«Non posso dirlo con certezza, ma da questo esperimento sembrerebbe proprio che non sopravvivano a lungo senza un ospite. Devono trovare un corpo su cui attecchire. Altrimenti, gli elementi terrestri li uccidono in fretta.»

«Questo significa che abbiamo una speranza! Una volta che la pioggia smetterà del tutto, la diffusione dovrebbe rallentare!»

Zoe annuì. «Forse. Ma dobbiamo fare un altro test. E se dovesse fallire... non credo ci siano speranze per l'umanità.»

«Quale test?»

«Vorrei analizzare il sangue di un animale contaminato. E ora che sappiamo che il campione di acqua caduta dal lucernario conteneva parassiti vivi...»

«Louie?» disse Oliver.

«Lo hai controllato da quando l'hai messo nel trasportino?»

«No, e non l'ho neanche sentito abbaiare.» Oliver si alzò dalla sedia per andare dal cane ma d'un tratto si arrestò.

«Aspetta. Non starai pensando davvero di prelevare sangue da Louie... vero?»

Zoe stava portando la tazza di caffè alla bocca. «Beh, sì. Era proprio quello che pensavo.»

«Hai mai prelevato sangue a un cane?»

«No, ma ho visto farlo. Di solito si usa una vena nella parte inferiore della zampa.»

«Fammi dare un'occhiata prima. Se sembra normale, magari non c'è bisogno di prendergli il sangue. Se invece sta sanguinando dagli occhi... credo che in quel caso avremo tutte le risposte che ci servono.»

Zoe chiuse gli occhi e Oliver capì che stava lottando per trattenere le lacrime

«Mi dispiace, Zo. Ascolta, resta qui. Vado io a vedere come sta il nostro amico», disse Oliver, accendendo la luce nel ripostiglio. Entrò e si inginocchiò accanto alla gabbia di Louie. «Ehi, bello... come ti senti, eh?»

Louie si alzò sulle zampe, scodinzolante e con la lingua fuori, pronto a leccarlo.

Oliver lo guardò negli occhi. Erano limpidi, normali.

«Stai bene, amico?»

Il cane guaì e leccò le sbarre del trasportino. Sembrava in tutto e per tutto se stesso. Oliver sorrise.

«Zo, mi sembra che stia bene.»

«Ne sei sicuro?» chiese lei.

Oliver sentì la sedia allontanarsi dal tavolo e i suoi passi avvicinarsi, leggeri ma rapidi, sul pavimento di legno.

«Sì, sono sicuro. Però lasciamolo qui dentro per stanotte. Domattina mattina dovremmo avere la certezza che non si sia infettato, giusto?»

«Proprio la certezza no» disse lei, con espressione tesa, «Non abbiamo idea di come potrebbe manifestarsi il fenomeno in un cane. Potrebbe volerci più tempo. Ma se domani mattina appare ancora in buone condizioni allora sì, faremo un prelievo per sicurezza».

«Va bene», disse Oliver, prendendole la mano. Cercò di sorridere, non perché si sentisse allegro ma perché sentiva che lei aveva bisogno di incoraggiamento.

«Zo, andrà tutto bene.»

«Come, Oliver? In che modo potrà mai andare tutto bene?». Le lacrime che le scorrevano sul viso.

Oliver le strinse la mano con forza.

«Perché possiamo contare l'uno sull'altra. E finché restiamo insieme, possiamo superare qualunque cosa. Ehi, sono passate quasi due ore da quando sono stato all'aperto, esposto al contagio. Non credi che...?» aggiunse illuminandosi «...non credi che possa essere fuori pericolo?»

«Credo di sì. Nessuno di quelli che ho visto ci ha messo così tanto a sviluppare i sintomi», disse Zoe, sorridendo tra le lacrime.

«Allora... pensi che potrei dormire con te stanotte?» chiese Oliver timidamente, come se fosse la prima volta. Se lei non si fosse sentita sicura, non avrebbe insistito, ma sperava tanto di non dover dormire per conto suo. Dopo tutto quello che era successo, non voleva stare da solo.

Zoe lo guardò negli occhi e annuì, lentamente. «Mi farebbe davvero piacere, Oliver. Tanto.»

CAPITOLO 26
INCUBI SHAKESPERIANI

ZOE INIZIÒ ad agitarsi mentre un volto untuoso emergeva dall'oscurità. Parte delle guance erano maciullate, lasciando scoperti i denti, con brandelli di carne appiccicati, che digrignavano e trituravano. La bocca, completamente priva di labbra, lasciava fuoriuscire grumi di materia grigia, che colava lungo il mento. Con orrore, Zoe riconobbe quel volto, fin troppo familiare, che spiccava nel buio esangue, sbiancato come un corallo morto... o bianco come un fantasma. Era il volto non morto di Tom, l'ometto quasi calvo del tribunale. Si avvicinava, digrignando i denti, masticando e sputando pezzi di cervello. Quella robaccia gli fuoriusciva a fiotti dalla bocca, come vomito. Un flusso inconcepibile. Una poltiglie di pezzi di cervello, umida, molliccia e gocciolante, come porridge d'avena.

Tom, il nono morto, era vicinissimo a lei.

Zoe si ritrasse, addossandosi a qualcosa... un muro? Tutto era buio fuorché Tom. Lui ora le stava chinato sopra. Non aveva scampo. Nessuna via di fuga.

Pezzi di cervello le cadevano in grembo... la sommergevano.

Tom si chinò, avvicinandosi ancora di più, appestandola con l'alito pregno dei fumi cerebrali. Provava a parlare ma non gli usciva alcuna parola, solo un gemito a bocca piena: «MMMM... SSSSSS... TAAAA!» Le dita insanguinate di Tom si tesero verso di lei, accompagnate da un sorriso bramoso. Bramava il suo cervello.

Da qualche parte, nel buio, una voce di donna urlò: «Aiutami, Zoe! Non lasciare che mi sbranino! Non lasciare che mi divorino il cervello!»

«Angel! Angel, per carità! Perdonami!» gridò Zoe.

Abbassò lo sguardo: aveva il grembo coperto di cervella. No, non erano più cervella! Qualcosa non andava. I grumi di pappa s muovevano, si contorcevano addosso a lei! Vermi dentuti si agitavano come larve, vivi, ribollenti. «No! Toglietemeli di dosso! Vi prego! Dio mio, ti prego!» urlò Zoe.

Tom soffocò una risata mentre sempre più parassiti gli uscivano dalla bocca.

«Toglietemeli di dosso!» urlò ancora Zoe. Tom la afferrò per le spalle e cominciò a scuoterla. Rideva e gridava: «Svegliati, Zoe! Svegliati!»

Ma non era più la voce di Tom. E non era più l'impiegato non morto quello che le vomitava addosso.

«No! Oliver, ti prego! Tu no! Ti prego, no!»

Oliver, non morto, tossiva e rigurgitava. I suoi occhi, schizzati fuori dalle orbite, penzolando dalle retine come due dadi appesi allo specchietto retrovisore di un'auto.

Dalle orbite ormai vuote uscivano sempre più parassiti viscidi, che cadevano a pezzetti come salsicciotti da un tritacarne.

«No! Ti prego! No!» gridò Zoe.

Il volto di Oliver si staccò di colpo, rivelando un teschio ghignante. Poi il non morto sollevò il proprio teschio dalle spalle, tenendolo di fronte a sé. La sua voce cambiò. Era ancora quella di Oliver, ma con un accento inglese.

«Ahimè, povero Yorick! Lo conoscevo, Orazio, un tipo d'un umorismo infinito, d'una eccezionale fantasia. Mi ha portato in spalla mille volte, e adesso com'è repellente nella mia immaginazione! Il mio stomaco si rivolta. Qui erano appese quelle labbra che ho baciato non so quante volte...»

Amleto? Il non morto Oliver stava recitando *Amleto*?

Il teschio ruotò nel palmo per guardare direttamente Zoe. Urlò, la bocca piena di vermi contorti che schizzavano fuori tra i denti:

«Zoe! Va tutto bene! Sei al sicuro!»

Zoe aprì gli occhi di botto. Ansimava e si dimenava, passandosi spasmodicamente le mani sui fianchi.

«Toglietemeli di dosso!» urlò, raddrizzandosi di scatto.

«Va tutto bene, piccola! Respira», disse Oliver.

«Che succede? Hai fatto un brutto sogno?» chiese la vocina di Jurnee da qualche parte vicino a lei.

Zoe si tastò tutta, rendendosi conto di non essere ricoperta di parassiti. Non era nemmeno nel suo letto ma su un divano. Riavendosi un pochino, fece un respiro profondo, cercando di rallentare il battito del cuore.

«Mi dispiace. Sì... è stato solo un brutto sogno, tesoro. Puoi tornare a dormire.»

La bambina invece si avvicinò, accoccolandosi accanto a lei. «Vuoi tenere la mia bambola?» chiese, porgendole Princess.

«Grazie... ma ora penso di stare bene», disse Zoe, sentendo finalmente il battito del cuore rallentare.

«Va bene», mormorò Jurnee, stringendo la bambola al petto e girandosi su un fianco.

Dopo aver finito gli esperimenti in cucina, avevano deciso di dormire nel seminterrato. I colpi di arma da fuoco, le urla, i botti che esplodevano a più riprese, avevano ricordato a Zoe l'atmosfera del quartiere il 4 luglio. Ma non era il 4 luglio e quando un proiettile vagante aveva colpito la casa, avevano ritenuto più prudente dormire di sotto.

Zoe aveva anche abbandonato l'idea di chiudere Oliver a chiave da qualche parte. Dopo tante ore senza sintomi, era quasi certa che non fosse infetto. Avevano scelto di rischiare e dormire insieme.

Louie era rimasto nella gabbia: aveva bevuto l'acqua che filtrava dal soffitto, e Zoe sapeva bene che quell'acqua conteneva parassiti vivi.

Il divano del seminterrato non era certo il massimo, ma era componibile. Non comodissimo, ma abbastanza ampio per stendersi. All'inizio, lei e Oliver avevano provato a convincere Jurnee a dormire nel lettino singolo della camera degli ospiti, ma la bambina non ne aveva voluto sapere. Zoe la capiva. Nemmeno lei voleva restare da sola. E così, alla fine, avevano dormito tutti insieme.

Svegliarsi con la voce di Oliver accanto era il miglior regalo che quella mattina potesse offrirle.

«Oliver?» sussurrò.

«Sì?»

«Ti senti bene?»

«Sì. Ho solo una fame da lupo.»

Zoe si sentì stringere il cuore.

«Fame?»

«Sì. Con tutto quello che è successo ieri, non ho praticamente toccato cibo. Ora mi sento morire di fame. Cosa darei per una pila di pancake in questo momento!»

Zoe tirò un sospiro di sollievo e lo strinse in un abbraccio, più forte di quanto avesse mai fatto.

«Wow, a cosa debbo tanto affetto?» chiese lui.

«Sono solo felice che tu stia bene. Ehi, che ore sono?»

Oliver si spostò appena, si voltò su un fianco e allungò una mano verso il comodino. Un secondo dopo, l'iPad si accese.

«Le cinque e mezza.»

Accanto a lei, il respiro di Jurnee si fece regolare, segno inequivocabile che si era riaddormentata.

«Non credo che abbiamo della pastella per i pancake, ma... ti andrebbero uova al bacon?» sussurrò Zoe.

«Parli sul serio? Non sei stanca? Siamo andati a dormire ben oltre mezzanotte.»

«Non voglio tornare a dormire. Sul serio, adesso sono completamente sveglia», disse, scivolando con cautela fuori dalla coperta.

«Allora lascia che ti aiuti.» Oliver si girò su un fianco e si mise a sedere. «Voglio dare un'occhiata a Louie, comunque.»

Zoe era consapevole che la salute di Louie avrebbe potuto determinare il destino dell'umanità.. Se il parassita colpiva anche gli animali, come faceva con gli esseri umani, l'intera razza umana rischiava di essere condannata.

Saliti al piano di sopra, sbirciarono nella gabbia. Louie mugolava e scodinzolava eccitato.

«Guarda, è in forma. Posso lasciarlo uscire», disse Oliver.

«Aspetta! Non prima di avergli controllato il sangue.»

«Ma sembra perfettamente sano», protestò lui. «E deve fare i suoi bisogni.»

«Oliver, potrebbe essere solo un portatore sano e asintomatico. Finché non accerto che il suo sangue è pulito, non riesco a stare tranquilla.»

«Allora meglio farlo prima di colazione, o darà di matto.»

Il sangue di Louie risultò pulito. Ma Zoe sapeva che non era una garanzia. I parassiti potevano trovarsi nello stomaco. Non poteva effettuare un test per verificarlo ma riuscì a controllare la saliva del cane e a raccogliere un campione di feci raccolte da Oliver quando lo aveva finalmente portato fuori. Anche quei due test risultarono negativi. Nessun parassita. Forse l'umanità aveva ancora una speranza, a patto che gli esseri umani non finissero per scannarsi a vicenda.

Anche il cielo era limpido. Un azzurro terso, privo di qualsiasi traccia delle nuvole cariche di pioggia rossa.

«Grazie a Dio per questo cielo azzurro!» esclamò Oliver.

Ma quell'azzurro non durò a lungo. Nei due giorni successivi, la pioggia rossa tornò a cadere, in modo intermittente e spesso con scarso preavviso. Zoe temeva che Jurnee chiedesse di nuovo di tornare a casa, ma la bambina non lo fece. Forse intuiva che non avevano modo di riportarla a casa, e sapeva che erano senza telefono. Zoe si chiedeva se, nel profondo, presagisse che era successo qualcosa di brutto a sua madre. Non le chiese nulla e Jurnee non ne parlò.

Il passatempo preferito della bambina erano i film Disney. Alla fine del primo giorno, avevano portato a termine una vera maratona. Jurnee conosceva il nome di tutti i personaggi e sembrava determinata a imparare anche tutte le battute a memoria. Per il resto del tempo, sembrava divertirsi con giochi di logica, come Scale e Serpenti, e con le carte giocando a *Go Fish*. Oliver le stava persino insegnando a giocare a scacchi quando non era impegnato a controllare i fori praticati nel compensato delle finestre, a verificare le scorte di provviste o a smanettare con la radio.

Ogni giorno, almeno una decina di volte, scorreva le stazioni AM e FM nella speranza di captare qualcosa. Ma ormai da tempo, l'unico segnale proveniva da una stazione country che trasmetteva sempre le stesse pubblicità, seguite dalla solita registrazione ripetitiva: "Restate in casa. Stanno arrivando i soccorsi...bla bla bla". Zoe cominciava a convincersi che la situazione fosse molto peggiore di quanto avessero mai potuto immaginare. C'era, almeno, una consolazione: l'elettricità continuava a funzionare e l'acqua scorreva ancora dai rubinetti. Oliver aveva avuto l'accortezza di riempire un barile intero, nel caso la fortuna finisse. Ma Internet era ancora completamente fuori uso. Se solo avesse potuto usare Google per scoprire cosa diavolo stava accadendo nel resto del mondo... Era come essere stati catapultati indietro di un secolo. Niente Internet, niente televisione, niente radio, niente telefoni.

Per quanto la riguardava, quando non aiutava Oliver o non era impegnata con Jurnee a giocare o guardare cartoni animati, Zoe si perdeva nei suoi pensieri. Era strano avere a disposizione tanto tempo per riflettere. Così com'era strano non passare ore sui libri e non correre avanti e indietro durante i turni da infermiera in ospedale. Impiegava tutto il tempo libero a pensare al parassita e a come stesse trasformando il mondo. E pensava ad Alexis: era viva, morta o... non morta? Veniva assalita da immagini della sua amica trasformata in zombie. Alexis era là fuori, da qualche parte, intenta a nascondersi dalla follia o, peggio, a diventare parte della stessa.

Zoe pensava anche a Oliver, al suo segreto e a tutte le bugie che le aveva raccontato per tenerlo nascosto. Continuava a chiedersi: se tutto questo non fosse successo e lei avesse scoperto da sola la verità, come sarebbe andata? Lo avrebbe lasciato? Sarebbe scappata da quella casa, magari tornando a Bloomridge per rifugiarsi in un Holiday Inn? Conosceva alcune ragazze del liceo con cui avrebbe potuto dividere la stanza per qualche giorno. Forse avrebbe semplicemente cacciato Oliver, lasciandolo a dormire in hotel.

Dopotutto, era lui ad aver mentito. Lui il colpevole. Ma, onestamente, non sapeva cosa avrebbe fatto. Ora, in ogni caso, era lì. Bloccata. Che le piacesse o meno, non c'era via di fuga. Più ci pensava, più sentiva crescere la rabbia. Lui l'aveva tradita, e ancora non sapeva cosa fare e cosa provava veramente. Poteva davvero amarlo ancora, dopo tutto ciò? Era sommersa da troppi pensieri. Magari avesse potuto chiamare Alexis! Era sempre stata presente per lei; ora non più.

Verso mezzogiorno del secondo giorno, Oliver si stacco dalla finestra del soggiorno e disse: «Zoe, dobbiamo parlare di cibo».

Lei tornò di colpo alla realtà.

«D'accordo, a cosa stai pensando?» gli chiese, consapevole che, benché avessero ancora acqua corrente e riserve di acqua potabile, il cibo costituiva invece un problema serio. Già non avevano grandi riserve all'inizio, ora poi erano in tre a dover mangiare.

«Credo che la pioggia sia diminuita abbastanza da permettermi di andare dai vicini», rispose Oliver. «E questa volta posso farlo di giorno. Così, anche se dovesse arrivare un temporale, lo vedrei in tempo per tornare indietro.»

«Non so, Ollie... Mi sembra un rischio enorme.» Il tono di Zoe era cauto. «Non sappiamo cosa sta succedendo là fuori. L'unica cosa certa è che ci sono ancora molte persone in giro.» Gli spari e le urla non erano diminuiti nelle ultime quarantott'ore, e tutto il giorno precedente in casa si era sentito odore di fumo. Proveniva da qualche punto lungo la strada e impregnava l'aria nel giardino.

«Forse possiamo resistere ancora un paio di giorni. Ma sia che aspettiamo due giorni sia che io vada subito, non possiamo restare chiusi qui dentro per sempre.»

E aveva ragione. Zoe lo sapeva bene. Potevano tirare avanti ancora per qualche giorno ma con una scelta di cibi molto limitata. Le uova erano finite la sera prima e tutto ciò che rimaneva erano alcune bustine di alimenti liofilizzati e fagioli in scatola. Nessuno dei due si era preoccupato di fare una vera scorta quando tutto era iniziato. Lei era presa dai turni e dall'università e la spesa era diventata qualcosa di frettoloso, improvvisato, senza alcuna pianificazione.

Non le piaceva l'idea che Oliver uscisse di nuovo, ma sapeva che aveva ragione. La situazione era diversa dalla volta precedente. Era giorno, il cielo era terso e in ogni caso, se non avessero trovato il modo di procacciarsi del cibo, non sarebbero sopravvissuti.

Zoe annuì, a malincuore.

Oliver accennò un sorriso tirato. «Va bene allora. È mezzogiorno, il momento migliore per andare. Mi preparo.» Si voltò per uscire dalla stanza. «Fidati di me, Zo. Andrà tutto be...»

Qualcuno bussò alla porta d'ingresso.

CAPITOLO 27
LO SCONTRO

«EHI, vicini! C'è qualcuno in casa?» chiese una voce dall'altra parte della porta.

Jurnee, che stava guardando un DVD, balzò dal divano e corse in cucina, stringendo le gambe di Oliver.

Lui scambiò uno sguardo con Zoe e si portò un dito alle labbra. Chinandosi, sussurrò alla bambina: «Devi fare il più silenziosamente possibile quello che ti abbiamo insegnato. Scendi giù, vai nel nascondiglio che ti ho mostrato e resta lì finché non vengo a prenderti. Ok?»

Jurnee annuì e corse verso le scale del seminterrato, portando con sé Princess.

«Su, sappiamo che c'è qualcuno. Aprite e parliamone!»

Nel soggiorno risuonò il ringhio basso di Louie, che si piazzò in stato di allerta tra Oliver e la porta d'ingresso.

Oliver fece un rapido cenno a Zoe, indicando il tavolo della cucina, dove la sua .357 era riposta nella fondina. Silenziosamente, lei si avvicinò al tavolo ed estrasse la pistola. Oliver annuì, sparendo in camera da letto e tornando pochi secondi dopo con il fucile a pompa calibro 12 e due cuffie antirumore. Ne lanciò una a Zoe e si infilò la sua. Non possedeva un vero arsenale come alcuni suoi conoscenti, ma aveva una 9mm, una .45, una vecchia .30-30 appartenuta a suo padre, una .22 e alcuni fucili da caccia ereditati. Il fucile a pompa Savage calibro 12, invece, era un fucile d'assalto che aveva comprato qualche anno prima proprio per la difesa domestica. Aveva la canna accorciata e un caricatore da cinque colpi.

«Sappiamo che siete lì. Vi fiutiamo e in un modo o nell'altro riusciremo a entrare», disse l'uomo con tono calmo, quasi distaccato.

Zoe spalancò gli occhi. «Oliver, sono infetti», sussurrò in tono quasi impercettibile.

Lui annuì. Aveva capito. Erano infetti, sì, ma non si erano ancora trasformati in non morti. Sebbene fossero in preda alla bramosia, riuscivano ancora a comunicare ed elaborare strategie.

La casa aveva una disposizione a pianta aperta. Dalla cucina si vedeva chiaramente la porta d'ingresso attraverso il vestibolo. Oliver fece cenno a Zoe di nascondersi dietro il bancone della cucina. Il bancone era a penisola e rappresentava l'unica struttura tra la cucina e la porta d'ingresso.

«Ascolta, stronzo!» gridò Oliver. «Faresti meglio a toglierti di mezzo. Siamo armati fino ai denti. Se provi a entrare, sei morto!»

L'uomo oltre la porta sbarrata scoppiò a ridere.

Sentirono un risuonare di passi a fianco della casa. Delle persone stavano correndo sul portico perimetrale; impossibile dire quante fossero. Con le porte scorrevoli e la finestra della cucina coperte da pannelli di compensato, comunque, non avrebbero trovato alcun punto d'accesso.

«Hai più roba di quanta te ne serva lì dentro. Tutta quella cremosa dolcezza... non vorresti condividerla?!

Sento... fiuto... addirittura tre! Tre delizie! Apri questa cazzo di porta!»

Il compensato che copriva la porta d'ingresso si fletteva sotto i calci dell'uomo.

«Fammi entrare!»

Seguì un rumore di vetri in frantumi sul lato della casa, dove gli ossessi nel tentativo di entrare si accanivano contro le porte scorrevoli e la finestra della cucina.

L'uomo alla porta d'ingresso sferrò un altro calcio. Stavolta la maniglia cedette, sfondando il compensato che copriva la porta dall'interno.

«Oliver!» urlò Zoe.

Oliver corse in avanti, sollevando il fucile e caricandolo. Louie, sempre fermo davanti alla porta, non si mosse ma iniziò ad abbaiare come una furia

«Indietro, Louie!»

Con riluttanza, il pitbull obbedì, indietreggiando e abbassandosi, pronto a balzare. I suoi latrati di avvertimento si spensero in un ringhio sommesso. Se l'uomo fosse riuscito a entrare, Oliver non avrebbe potuto far nulla per impedire al fedele cane di proteggere il suo territorio. Né avrebbe avuto motivo di farlo, ma non voleva sparare al cane per errore.

«Louie, fermo!»

L'uomo diede un altro calcio. Il compensato cedette da un lato, staccandosi dallo stipite della porta.

Fermandosi a un metro di distanza, Oliver sparò. I pallettoni attraversarono la porta con una traiettoria stretta.

L'uomo grugnì. Oliver ricaricò e sparò di nuovo. Poi, il silenzio.

Oliver si tolse le cuffie e lanciò uno sguardo verso la cucina.

Zoe sollevò la testa da dietro il bancone, lo sguardo che

saettava intorno da un punto all'altro. Oliver fece un passo avanti e sbirciò attraverso lo squarcio, grande quanto un pugno, che si era aperto nella porta d'ingresso.

Fuori, l'uomo che aveva colpito cominciò a muoversi, cercando di sollevarsi da terra. Oliver capì subito, d'istinto, che non era più un essere umano. Lì fuori non c'era un uomo che respirava e pensava. C'era un non morto, uno zombie che non si sarebbe fermato di fronte a nulla pur di riuscire a mangiare i loro cervelli.

Lo zombie si gettò contro la porta, con tutto il peso del corpo, ripetutamente. Il compensato scricchiolava; il telaio cominciava a cedere. Oliver alzò il fucile, mirò dove avrebbe doveva trovarsi la testa e fece fuoco. Ricaricò l'arma e sparò ancora.

In cucina, il pannello di compensato che copriva la finestra sopra il lavello si incrinò, poi si ruppe. Un pezzo di legno da ardere entrò dalla finestra, atterrando nel lavello.

«Sto entrando!» urlò un uomo barbuto, issandosi sul davanzale. Si lasciò scivolare in avanti, rompendo il rubinetto e cadendo con le mani in avanti su una pila di piatti, che si frantumarono. «Vengo a prendere ciò che mi spetta!»

Dietro di lui apparve un'altra figura, un uomo dalla statura gigantesca, che lo spinse più avanti. «Muoviti, ce n'è abbastanza per tutti!»

«Merda!» gridò Oliver, zoppicando verso la cucina. «Spara, Zo!»

Louie gli corse davanti, abbaiando furiosamente. Oliver inciampò sul cane, cadde rovinosamente, e il fucile scivolò sul pavimento.

Oliver si trascinò in avanti.

«Dannazione, Louie! Spostati!»

«Meglio dello zucchero! Meglio del caramello cremoso!» esclamò l'uomo barbuto, ancora in piedi nel lavello, mentre l'acqua schizzava con violenza fuori dal rubinetto rotto.

«Zo! Spara, maledizione!» urlò Oliver, allungando la mano verso il fucile.

L'uomo balzò giù dal lavello e venne investito da una raffica di colpi. Cadde a faccia in giù; la testa rimbalzò con un tonfo sordo sul pavimento di legno. Oliver sbatté le palpebre, voltandosi verso Zoe. Lei era ferma in posizione di tiro, con il dito ancora sul grilletto.

Il gigante mostruoso fece capolino dalla finestra. «Bene, così ce n'è di più per me!» gridò. Afferrandosi al davanzale si gettò a testa in giù sul lavello. Zoe, con lo sguardo atterrito e le mani che tremavano, continuava a premere il grilletto. *Click. Click. Click. Click.*

Il gigante scattò in piedi, lanciandosi in avanti. Oliver si era rialzato in piedi e teneva il fucile tra le mani, ma in quella frazione di secondo non ebbe il tempo di ricaricarlo. Si gettò addosso all'uomo, e insieme si schiantarono contro il frigorifero. Il frigo si rovesciò, sbattendo contro il muro.

L'uomo colpì Oliver con un pugno in pieno volto, poi afferrò il fucile e cercò di strapparglielo. Louie gli si lanciò contro, azzannandogli il polpaccio e iniziando a scuoterlo come un giocattolo da masticare. Oliver sapeva che, se avesse perso la presa sul fucile, sarebbe finita. Lottava per restare aggrappato all'arma, mentre l'uomo lo sbatteva contro il fornello. Un dolore acuto gli attraversò la schiena. L'uomo tolse una mano dalla pistola e colpì Oliver in faccia col suo grosso pugno da macellaio.

Oliver picchiò la testa all'indietro contro il forno a microonde. Sentì lo sportello sbattere verso l'interno. Nonostante il lampo di luce e il dolore alla testa, rimase cosciente, cogliendo l'occasione per ruotare il fucile e sbattere il calcio in faccia al suo avversario. Il naso del gigante esplose in un fiotto di sangue. Louie continuava a tirava la gamba dell'uomo, che cadde in ginocchio. Dietro di lui, Zoe era in piedi, la .357 caricata sulla spalla quasi volesse lanciarla come una palla da baseball. Ma non lanciò. Invece, colpì l'uomo con il calcio della pistola alla nuca. Quello si voltò indietro di scatto per capire la causa della fitta che lo aveva colpito. «Puttana!» urlò.

Oliver caricò un colpo nella camera di scoppio. «Spostati, Zo!» gridò, appoggiando il piede sul fianco dell'uomo e sferrandogli un calcio. L'uomo cadde sul fianco opposto, sfondando con la testa una delle ante inferiori del mobiletto.

Zoe indietreggiò uscendo dalla cucina. Louie, ancora aggrappato alla gamba dell'uomo, non mollava la presa e continuava a ringhiare. Il sangue sgorgava dalla gamba infetta dell'uomo mentre il pitbull la scuoteva come una bambola di pezza.

«Raaaahhh!» ruggì l'uomo, sferrando un pugno alla testa di Louie.

«Indietro, Louie!» ordinò Oliver.

Il cane obbedì, mollando la presa ma restando accovacciato, in allerta, ringhiando a denti scoperti, i canini insanguinati pronti a mordere di nuovo.

L'uomo cercò di rialzarsi.

«Resta giù o muori, stronzo!» gridò Oliver.

«Mie! Le tue leccornie saranno mie!» disse l'uomo, ignorando Louie, le armi e il fatto di essere ormai stato messo in scacco. Allungò le braccia, afferrando il bancone per tirarsi su. Oliver sparò.

Quel tiro a distanza così ravvicinata fu fatale per l'uomo, che stramazzò all'istante. Il suo corpo, ormai quasi senza testa, cadde sul pavimento.

Al rumore dello sparo, Louie era fuggito dalla stanza. Oliver non perse un secondo. Ricaricò il fucile, si fece largo tra i cadaveri e raggiunse la finestra. Afferrò uno strofinaccio, lo arrotolò sul rubinetto spaccato da cui l'acqua continuava a zampillare e sbirciò fuori dalla finestra. a sinistra e a destra. Il portico era vuoto se non per una catasta di legna, ormai rovesciata e sparsa ovunque.

Togliendosi le cuffie antirumore, Oliver si voltò verso Zoe. «Credo fossero solo tre. Stai bene?»

«Non sono ferita... e tu?» chiese lei, fissando il suo volto contuso.

L'uomo gli aveva dato un pugno abbastanza forte da fargli saltare un dente, ma la mascella funzionava ancora quindi non doveva essere rotta. Provò ad aprire e chiudere la bocca, poi disse: «Sto bene. «Ma non ti ho chiesto se sei ferita, Zo. Ti ho chiesto se stai bene, come ti senti.»

«Io... voglio dire... non avevamo scelta, giusto?» Le tremavano ancora le mani.

«No. Non avevamo scelta. Abbiamo fatto esattamente quello che dovevamo fare: siamo sopravvissuti.» Si inginocchiò davanti al lavandino, si chinò sotto e chiuse i rubinetti dell'acqua calda e fredda. «Ho qualche tavola in garage. Devo rinforzare la finestra e sistemare la porta. Puoi andare a controllare Jurnee? Di certo sarà terrorizzata.»

«Oliver... *io* sono terrorizzata.»

Lui le si avvicinò e la strinse forte. La sentiva tremare fra le sue braccia.

«Lo so, piccola. Lo so. Anch'io. Ma tu sei stata incredibile. Hai tenuto i nervi saldi e se siamo ancora vivi è per merito tuo!»

«E ora che facciamo con tutto questo?» disse facendo un cenno al macello intorno a loro.

Oliver passò in ricognizione la cucina. Due cadaveri giacevano sul pavimento, tra sangue e brandelli di carne sparsi ovunque; l'ambiente era devastato, con elettrodomestici e mobili rotti, il rubinetto spaccato... Poi era sicuro di sentire ancora l'acqua scorrere da qualche parte. Individuò una perdita sotto il frigorifero, dove si stava formando una pozza che si allargava sul pavimento di legno. Durante la colluttazione doveva essersi rotto il tubo dell'acqua per la macchina del ghiaccio.

Riportando l'attenzione su Zoe, le accarezzò la schiena per confortarla e si sforzò di sorridere. Aveva la sensazione che non le sarebbe piaciuto quello che stava per dirle. «Zo, ascolta. C'è una cosa a cui penso da un po'. E dopo tutto questo.... ormai sono certo che è la cosa giusta.»

Lei lo guardò confusa. «Che cosa, Oliver?»

«Ricordi che mi proponevo di andare a cercare cibo dai vicini?»

Lei annuì, allarmata.

«Beh, dimenticalo. Dobbiamo proprio andarcene via da qui.»

CAPITOLO 28
IL VERME BIANCO

ZOE SI SENTIVA SULL'ORLO di un attacco di panico. Aveva appena ucciso un uomo in cucina e ora Oliver voleva abbandonare l'unico rifugio sicuro che avevano al mondo.

«Ma per andare dove?» replicò. «Là fuori c'è l'inferno. Internet non funziona. La radio trasmette sempre quel maledetto messaggio d'emergenza che dice di restare in casa. E la pioggia? Non sarebbe meglio ripulire tutto e restare qui? Hai detto che hai altra legna. Possiamo sistemare la finestra e...»

Oliver le posò le mani sulle spalle. «Zo, ti fidi di me?»

Una domanda semplice, eppure complicata. Lei lo guardò corrucciata. No, non si fidava di lui. Pochi giorni prima le aveva confessato di averle mentito per mesi. Era tornato a un lavoro che aveva quasi rischiato di ucciderlo, un lavoro che aveva promesso di non fare mai più.

«So cosa stai pensando», disse Oliver.

«Davvero?»

«Quello era un altro discorso. Io ti chiedo questo: hai fiducia nella mia capacità di proteggere noi e la bambina?»

Zoe annuì. Sapeva che, qualunque cosa fosse accaduta tra loro, Oliver avrebbe fatto tutto quanto in suo potere per proteggerla. Ma ciò non significava che lasciare la sicurezza della loro casa fosse la scelta giusta. Aveva bisogno di saperne di più. «Hai un piano? Non salgo in macchina alla cieca, Ollie, per fuggire senza una meta, senza un piano. Sarebbe un suicidio!»

«Certo che ho un piano. E ci sto lavorando da un po', anche prima che quegli stronzi cercassero di entrare in casa. La nostra sopravvivenza non dipende solo dal trovare un posto sicuro. Naturalmente anche quello è importante, ma abbiamo bisogno di cibo. Non possiamo barricarci qui dentro e sperare che tutto si risolva prima di morire di fame. Potrei andare in cerca di cibo casa per casa ma sarei a rischio di assalto ogni volta. Ora, non fraintendetemi... potrebbe comunque succedere di tutto, ma credo di avere un piano che potrebbe darci qualche chance in più.»

Zoe gettò i paraorecchie sul tavolo. «D'accordo. Ma la cucina è allagata, e forse anche il seminterrato. Sistemiamo quello che possiamo, controlliamo Jurnee... e poi mi racconti il tuo piano.»

Oliver fece un sospiro di sollievo e annuì. «Va bene», disse, chinandosi per raccogliere il pezzo di compensato strappato dalla finestra.

Zoe fece un sorriso teso. «Ho detto che ti ascolto, Ollie. Non che sono d'accordo.»

Lui si alzò e si avviò verso la porta del seminterrato. «Mi pare giusto. Vado a controllare la bambina, poi prendo delle assi per rinforzare la finestra.»

«Posso andarci io», disse Zoe.

«No. Resta qui, riprendi fiato. Non hai un bell'aspetto.»

«Stronzo!»

Oliver sorrise. «Dai, non volevo dire quello che pensi. Su, rilassati un attimo! Torno subito.»

Scomparve giù per le scale. Zoe chiuse gli occhi e lasciò uscire un lungo sospiro. Se solo, quando li avesse riaperti, fosse stato tutto un sogno, un incubo da cui svegliarsi! Come già molte volte in quei giorni, pensò ad Alexis. Avrebbe dato qualsiasi cosa per sentirla. Stava bene o era diventata una di loro? E i suoi genitori? E la sorella di Oliver, Sarah, che fine avevano fatto? Fin dove si era diffuso il morbo? Forse Oliver sbagliava e non era arrivato ovunque. No. Sapeva che si stava illudendo. Aprendo gli occhi, guardò il tavolo della cucina, coperto di materiale medico, scatole di munizioni, siringhe insanguinate. Era diventata questa, ormai, la loro vita?

Sul tavolo si era formata una chiazza di sangue, appiccicosa e scura. Restò sbigottita. Qualcosa non quadrava! La siringa con il campione di sangue di Henderson, che avevano prelevato quattro giorni prima, era rotta. Zoe si chinò, notando una scia di sangue che, dalla chiazza, arrivava fino a una scatola di cereali rovesciata, poggiata contro la fruttiera al centro del tavolo. Con cautela, allungò la mano, afferrando il bordo della scatola tra il pollice e l'indice.

Facendo un lungo respiro, raddrizzò la scatola ma subito trasecolò e fece un balzo all'indietro.

Sotto la scatola giaceva una specie di verme con zampe uncinate come artigli. Era come quello che aveva visto al microscopio, solo che questo era lungo almeno sette centimetri! Non c'era da stupirsi che la siringa si fosse rotta. Il verme biancastro giaceva supino, contorcendosi. Quella che supponeva essere una lunga bocca era dotata, dall'alto verso il basso, di denti affilati come rasoi, simili a quelli di uno squalo, che si incastravano l'uno nell'altro. Apriva e chiudeva le strane fauci, come un pesce fuor d'acqua ormai boccheggiante.

Zoe sgranò gli occhi, osservando quella creatura dimenarsi e poi immobilizzarsi all'improvviso.

Prendendo una penna, si chinò in avanti per punzecchiare il verme quando sentì un gemito alle sue spalle. Si girò appena in tempo per vedere un uomo con i denti protesi, pronto a morderla. Urlò. Quello che le si stava avventando contro era lo stesso uomo a cui aveva sparato almeno sei volte. Girò la testa di scatto, un istante prima che il morso potesse colpirla. I denti schioccarono a vuoto, vicinissimi al suo orecchio.

Come diavolo era possibile? Gli aveva sparato cinque colpi al petto, a bruciapelo, e un colpo alla testa. O almeno così aveva creduto, ma il graffio rosso sulla fronte dell'uomo rivelava che il proiettile aveva solo sfiorato il cranio, senza penetrarvi.

Nel tentativo di liberarsi, Zoe lo spinse, ma l'uomo non morto cercò di afferrarla, strappandole una ciocca di capelli e facendola cadere a terra.

Zoe atterrò pesantemente sul pavimento di legno, restando senza fiato. L'impatto le fece uscire tutto il fiato dai polmoni. Non riusciva più a respirare.

Soffiando e gemendo, l'uomo si gettò su di lei, chiudendo la bocca con tale forza da frantumarsi i denti da solo. Mordeva l'aria come un cane che cerchi di mordere una mosca. Dal ripostiglio giunse un'esplosione improvvisa di vetri infranti e legno spezzato.

Poi udì una voce dalle scale del seminterrato.

«Zoe!» gridò Oliver.

«Oliver...» cercò di rispondere, ma non le uscì alcun suono. Spingeva con tutte le forze contro il petto crivellato di proiettili dell'uomo, sentendo le sue costole spezzate muoversi sotto i palmi. Ma non riusciva a tenerlo lontano da sé e non riusciva a respirare. Dagli occhi dell'uomo, il sangue le gocciolava sulla camicia. Venne presa dal panico, non vedendo via d'uscita: o le sue mani avrebbero sfondato la cassa toracica dell'uomo, o le sue braccia avrebbero ceduto. In ogni caso, pensò con terrore, lui le sarebbe piombato addosso e le avrebbe strappato la faccia a morsi.

Ma, proprio mentre le cedevano le braccia, due mani afferrarono l'uomo per le spalle, staccandolo da lei.

Zoe lo allontanò con un calcio e Oliver lo gettò da un lato, estraendo la pistola dalla fondina. Mirò alla faccia dell'uomo.

Zoe, ancora senza fiato, chiuse forte gli occhi e si tappò le orecchie.

Due colpi secchi, rapidi. I proiettili trapassarono il cranio dell'uomo.

Dal ripostiglio si levò un coro di sibili e gemiti.

CAPITOLO 29
L'ORDA

L'AGGRESSORE crollò sul pavimento di legno con due fori d'uscita sul lato della testa.

«Zoe, alzati!» esclamò Oliver, afferrandole la mano.

Lei si sollevò a fatica, ansimando, ancora incapace di riprendere fiato. Si sentiva proprio tramortita. Nel ripostiglio, un movimento di ombre accompagnava i gemiti dei non morti. Oliver lasciò andare Zoe, corse avanti e sbatté la porta tra la cucina e il ripostiglio, poi ripose la pistola nella fondina e afferrò una sedia, incastrandola sotto la maniglia.

Dei corpi si buttarono contro la porta del ripostiglio, che scricchiolò, incrinandosi. «Andiamo, Zo! Quella porta non resisterà a lungo!» Le prese la mano e la trascinò verso le scale del seminterrato. «Corri giù!» gridò, voltandosi di nuovo verso la cucina.

«E tu?» chiese lei, ansimando.

«Ti raggiungo subito.»

Tra altri gemiti e sibili, una mano insanguinata sfondò la porta di legno.

Oliver si precipitò verso il tavolo cercando il fucile, ma urtò una scatola di cartucce sul tavolo, rovesciandola per terra. «Dannazione!» imprecò, inginocchiandosi per raccogliere i proiettili. Alzando lo sguardo, vide diverse mani spuntare dallo squarcio nella porta. Afferrarono e tirarono finché il panello di legno di protezione si spezzò. A quel punto le mani diventarono braccia che cercavano a tentoni la sedia.

Louie gli si affiancò abbaiando furiosamente.

«Oliver, ti prego, scendi!» gridò Zoe, ma lui sapeva che erano troppi. Doveva colpirne il più possibile prima che sfondassero la porta. Tolse il caricatore vuoto dal fucile e lo gettò giù per le scale che portavano al seminterrato. Il più velocemente possibile, infilò una cartuccia dopo l'altra nella camera di caricamento finché si riempì, poi armò il fucile e ne infilò un'altra. Passando di nuovo la mano sul pavimento, raccolse una manciata di cartucce e se le infilò in tasca.

«Indietro, amico!» ordinò a Louie.

Il cane, senza smettere di abbaiare, arretrò di qualche passo.

Una delle mani afferrò lo schienale della sedia e lo strappò via. Un'altra trovò la maniglia e la girò.

Oliver si appoggiò il fucile alla spalla e scattò in avanti. Non appena la porta cominciò ad aprirsi la richiuse con un calcio. «Dannazione!» gridò, dilaniato dal dolore al piede.

Senza indugiare, prese a sparare attraverso lo squarcio nella porta, straziando carne e ossa. Ricaricò e sparò di nuovo, più volte. I pallini di piombo trapassavano gli arti e dita mozzate cadevano dal suo lato della porta, mentre gli inarrestabili non morti continuavano a spingere e premere. Le dita, e persino le mani mancanti, non sembravano importare a quelle creature. Una volta diventati zombie, non provavano più dolore.

Scorgendo un movimento con la coda dell'occhio, Oliver si voltò e vide Zoe in cima alle scale con le mani sulle orecchie. «Dai, Louie!» chiamò, cercando di raggiungere il cane. «Scendi!».

Oliver premette di nuovo il grilletto. *Boom!* Un braccio volò via, reciso all'altezza del gomito. Ricaricò il fucile e premette nuovamente il grilletto ma stavolta non ci fu nessun rumore assordante, solo un leggero *click*. «Prendi questo!» gridò, lanciando il fucile scarico a Zoe. Afferrò la .45 dal tavolo. Non era un tiratore provetto con quell'arma ma a distanza così ravvicinata non aveva importanza. Puntò la pistola cercando di stimare l'altezza della testa e sparò ripetutamente, aprendo altri squarci nella porta della cucina, finché anche quell'arma tacque con un *click*.

Dall'altro lato della porta demolita, i gemiti continuavano. Oliver si chiese quanti fossero là fuori. La porta si flettè verso l'interno, rompendo i cardini.

«Giù! Giù! Giù!» urlò Oliver, correndo verso le scale.

Alle sue spalle, la porta si spalancò verso l'interno, e gli zombie entrarono nella cucina come un'onda inarrestabile.

Con la .45 scarica, Oliver estrasse la 9mm dalla fondina a tracolla e sparò alla testa dei primi tre. Uno era un ragazzo gravemente ustionato, a cui mancava già parte del viso. Guardandolo avanzare, Oliver si rese conto che aveva perso anche la mano destra. Lo seguivano due donne. Nonostante la distanza ravvicinata, Oliver era sicuro di non aver colpito tutto il gruppo, ma gli mancava il tempo per sparare di nuovo. Si rifugiò nella tromba delle scale, sbattendo e chiudendo a chiave la porta dietro di sé. Ma mentre si voltava per scendere, inciampò. Capì che stava per ruzzolare giù dalle scale e che non poteva evitarlo.

Con le braccia tese in avanti, Oliver atterrò con violenza; sentì torcersi il polso mentre il gomito si piegava. La spalla, urtando contro il gradino, scricchiolò.

Per fortuna le scale erano ricoperte di moquette, che

riuscì ad ammortizzare un poco i colpi mentre rotolava verso il basso, sbattendo la nuca contro l'ultimo gradino prima di accasciarsi sul pavimento del seminterrato. Al piano di sopra, sembrava che una mandria di elefanti stesse calpestando il pavimento. Dei corpi si schiantavano contro la porta.

Nonostante il mal di testa e le orecchie che ronzavano, Oliver, riusciva a distinguere i gemiti e i sibili dei non morti.

«Sei tutto intero?» gli chiese Zoe.

Lui si tirò su a fatica, facendo ruotare lentamente la spalla dolorante. Non sembrava rotta. E funzionava ancora.

«Sì... penso di sì.»

Jurnee era rannicchiata sul divano, la bambola stretta tra le braccia, gli occhi spalancati dal terrore.

«Quella porta non reggerà a lungo», disse Oliver, guardando verso l'alto. «Dobbiamo andarcene subito. Dov'è Louie?»

Zoe era sull'orlo delle lacrime. «Non... non è sceso con noi!»

CAPITOLO 30
IL PIANO

ZOE SI PRECIPITÒ verso la cassaforte delle armi mentre Oliver ricaricava le cartucce nel fucile. Lui, alle sue spalle, le gridò: «Prendi una scatola di munizioni da 9 mm, una da .45 e una di cartucce per il fucile!»

Quando Oliver l'aveva comprata l'anno prima, quella grossa e brutta scatola d'acciaio aveva generato accese discussioni. Lui avrebbe voluto sistemarla accanto al letto, ma lei si era opposta con fermezza. Non era mai stata così contenta di averla avuta vinta come lo era ora, mentre tirava fuori le scatole di munizioni dalla cassaforte.

«Oliver! Qual è il tuo piano?» gridò, tornando di corsa nella stanza.

«Non so quanti siano, ma sicuramente tanti. Devono essere stati richiamati qui dai primi spari. Per fortuna la porta è solida, non come quella dell'ingresso. Reggerà per un po' ma alla fine entreranno» disse, attraversando la stanza verso la finestra a bocca di lupo. Era l'unica altra via d'uscita dal seminterrato e l'unica finestra di tutta la casa che lei e Oliver non avevano chiuso con pannelli di compensato. Dava sul portico laterale e non era facilmente visibile grazie alla grata che copriva l'apertura. Dato che dormivano nel seminterrato e la finestra era ben nascosta dall'esterno, avevano deciso di lasciarla scoperta.

Oliver appoggiò il fucile al muro, scostò la tenda e guardò fuori. «Non piove.»

«Usciamo da lì?» chiese Zoe. Non avrebbe mai immaginato che sarebbero arrivati al punto di usarla davvero.

«Beh, certo non torniamo al piano di sopra.»

Oliver prese la sua 9 mm ed estrasse il caricatore. Lei gli porse una scatola di cartucce e lui le inserì, una ad una.

«Jurnee, dobbiamo andarcene», disse infine alla bambina.

Al piano di sopra, i non morti continuavano a colpire la porta senza tregua. La bambina balzò in piedi e corse alla finestra.

«Non riesco a credere che dobbiamo uscire da qui. Non sarà un azzardo? E se ce ne fossero altri fuori?» chiese Zoe.

«Credo che il rumore li abbia attirati tutti dentro, e se ce ne sono uno o due, me ne occupo io lungo la strada per il bus.»

«Prendiamo il minibus? Per dove? E i vestiti... Oddio, Oliver, Jurnee non ha nemmeno le scarpe! E Louie? Non possiamo lasciarlo lì sopra!»

«Tesoro, hai un'idea migliore? La tua macchina è in garage, che è chiuso. I nostri vestiti sono al piano di sopra, inaccessibili. Ma il minibus è fuori, ed è aperto. Ho anche lasciato le chiavi nel quadro.»

Zoe rifletteva febbrilmente.. Lì, nel seminterrato, avevano alcune scorte di cibo, un bagno. Non sarebbe stato il massimo, ma avrebbero potuto resistere qualche giorno se necessario.

«Io... non lo so. Forse se restiamo fermi, se non facciamo rumore, possiamo aspettare che se ne vadano. Forse... forse se be andranno. E Louie? Non lo lascio qui!»

Sopra di loro, qualcosa si abbatté con tale forza sul pavimento in legno che per un istante sembrò che l'intero soffitto stesse per cedere. Seguì il rumore di vetri infranti.

«Credo che abbiano rovesciato il tavolo della cucina», disse Zoe, alzando lo sguardo verso il soffitto.

Oliver infilò i caricatori di riserva pieni nelle tasche e inserì quello del fucile a pompa nell'apposito alloggiamento.

«Senti,», disse a Zoe, «so che non vuoi sentirtelo dire, ma quella porta non terrà abbastanza a lungo da permetterci di aspettare che se ne vadano. Sanno che siamo qui e non si fermeranno finché non ci avranno raggiunti. Ho letto abbastanza libri sugli zombie e visto abbastanza film apocalittici per sapere che siamo all'inizio di un collasso da cui la società potrebbe non riprendersi più. O per lo meno non durante la nostra vita.»

«Cosa stai dicendo?»

«Che non credo nessuno verrà a salvarci, Zo. Nessuno. E non credo che la cosa si risolverà da sola.»

Aveva ragione. Lei non voleva sentirselo dire non perché pensasse che Oliver fosse pazzo con tutti quei discorsi sugli zombie, ma perché sapeva che era tutto vero. Dal punto di vista medico, e in base a ciò che aveva visto sul tavolo della cucina, quel parassita era potenzialmente letale per l'umanità. Si chiese quante vittime avesse già fatto.

Zoe fece un respiro profondo e deglutì. «Allora qual è il tuo piano, Oliver?»

«Ecco.» Mise il fucile a tracolla e attraversò veloce il seminterrato fino all'armadio della biancheria. Aprì lo sportello e tirò fuori una borsa da palestra.

«Ora che le armi sono cariche, dobbiamo riempire questa con tutte le munizioni rimaste. Ricordi che ti ho parlato di quella chiesa sulla strada di campagna, a circa un miglio da Broadway? Sulla strada che svolta a destra subito dopo la casa col terreno che sognavamo di comprarci un giorno...»

Le porse la borsa.

Zoe lo fissò, attonita. «La chiesa piena di morti viventi che stavano per ammazzarti? Quella da cui sei riuscito a scappare per miracolo e dove Jurnee è stata morsa alla schiena?» La sua voce si fece più tagliente. «Sì, Oliver, me la ricordo. Ti prego, non mi dire che stai pensando di andare lì!»

L'espressione del marito era più eloquente di qualunque risposta.

Si voltò e tornò verso la stanza della caldaia, dove tenevano la cassaforte con le armi. Zoe gli rimase alle calcagna. «Non puoi fare sul serio!»

«Non voglio andare a viverci... e neanche restarci a lungo. Ma sì, propongo di fare una tappa lì lungo la strada.» Sopra di loro, si udiva il rumore di legno che raschiava il pavimento, come se gli zombie stessero spostando la mobilia.

Arrivati alla cassaforte, Zoe aprì la borsa. Oliver cominciò a svuotare gli scaffali delle munizioni. Prese anche la sua piccola calibro .22, si inginocchiò e si legò la fondina alla caviglia.

Alzò lo sguardo. «Lo so cosa pensi. Ma la dispensa della chiesa conteneva abbastanza cibo per sopravvivere mesi.»

«Non sappiamo nemmeno se quel cibo è ancora lì. E se ci sono altri zomb... infetti??»

Oliver si tirò il pantalone sopra la fondina e si alzò in piedi. «Dillo pure. Questi sono zombie per antonomasia, tanto vale chiamarli col loro nome!»

«Dico sul serio. È estremamente rischioso», insisté Zoe, spostando il contenuto della borsa per fare più spazio. Accanto alla cassaforte c'era degli scaffali su cui Oliver aveva conservato qualche provvista ai tempi in cui voleva diventare un vero esperto di sopravvivenza. Zoe prese alcune confezioni di zuppe liofilizzate e uova strapazzate in polvere. Le infilò nella borsa.

Oliver chiuse lo sportello della cassaforte. «Zo, non è più rischioso di restare qui ad aspettare che quegli esseri facciano irruzione. E anche se in qualche modo riuscissimo a ucciderli tutti o ad aspettare che si allontanino, la nostra casa sarebbe comunque in uno stato di merda!»

«Oliver!» lo rimproverò Jurnee.

Entrambi si voltarono di scatto verso la porta, realizzando solo in quel momento che la bambina li aveva seguiti.

«Pensavo fossi rimasta alla finestra», disse Oliver, arrossendo. Zoe capì che era imbarazzato e quel rossore l'intenerì.

«Beh, ho solo sei anni, Oliver! Lassù ci sono mostri e non voglio restare da sola! Tutti sanno che non si lascia una bambina di sei anni da sola con i mostri!»

Zoe lasciò cadere la borsa, si inginocchiò e strinse la piccola tra le braccia. «Hai ragione, Jurnee. Non avremmo mai dovuto lasciarti sola. E anche Oliver è dispiaciuto. Vero, Oliver?» aggiunse, lanciandogli un'occhiata d'intesa.

«Ma certo!», rispose lui, prendendo la borsa.

Dall'alto, i colpi contro la porta divennero più forti e pesanti, come se invece di tirare pugni la stessero tempestando di calci o spallate. O come se a prenderla a pugni ora fosse qualcuno di molto più forte.

«Dobbiamo andare, Zo. Alla chiesa, almeno, avremmo accesso a un sacco di cibo, abbastanza per tirare avanti per settimane. Forse, nel frattempo, le cose cambieranno.

Magari smetterà di piovere. Magari finalmente arriverà l'esercito.»

Zoe prese la manina di Jurnee nella sua, e Oliver prese Zoe per l'altra mano, conducendole in fretta verso la finestra sul retro del seminterrato.

«Ma dopo la sosta in chiesa, cosa facciamo? Supponiamo che il cibo sia ancora lì. Dove andiamo dopo?» chiese Zoe.

Oliver lasciò cadere la borsa ai piedi della finestra. «Giusto, è la fase due del piano. Subito oltre la chiesa, sulla stessa strada, c'è questa villa... È come una casa colonica, ma moderna. Ha un garage per quattro auto, quattro camini, è una proprietà enorme. Ma la cosa migliore è il ponticello che attraversa un torrente che scorre davanti alla casa. Alla fine del ponte c'è un cancello in ferro battuto. Dietro la casa c'è un campo aperto. Non c'è nulla di piantato, quindi possiamo vedere chiunque si avvicini da lontano. E la proprietà è recintata da un muro di pietra piuttosto alto . Ti ricordi quella pubblicità alla radio sull'energia solare?»

Come poteva non ricordarsela? Quella pubblicità era andata in onda centinaia di volte negli ultimi due giorni. «Certo che me la ricordo.»

«Perfetto. Il garage è coperto di pannelli solari. Magari adesso non sembra importante, dato che abbiamo ancora la corrente, ma non durerà, credimi. Onestamente mi sorprende che non sia già saltata. Perciò penso che alla chiesa dovremmo caricare tutto il cibo possibile sul bus e poi prendere possesso di quella casa.»

Zoe ripercorreva mentalmente il piano alla ricerca di possibili falle. «Ma hai detto che nella chiesa c'erano almeno una decina di quegli esseri.... e vuoi tornarci? E poi, anche supponendo che riusciamo a uscirne vivi, pensi davvero che i proprietari della villa ci accoglieranno a braccia aperte, invitandoci a vivere con loro?»

«Quando ci sono passato davanti, ho visto un'auto distrutta nel vialetto. Qualcosa era già successo lì. Senti, lo so che sembra rischioso. Ma la prima volta che sono stato in quella chiesa ero da solo. Non avevo la pistola...è ancora nella Jeep, alla stazione dei rifiuti... la mia unica arma era un tubo d'acciaio. Ora è diverso: siamo insieme e con un sacco di munizioni. Se pure trovassimo quegli esseri ancora lì, potremmo affrontarli. E per quanto riguarda la villa... non so cosa troveremo ma, se è ancora occupata, avremo qualcosa da offrire: cibo, armi, protezione, tutti beni che ormai sono molto più preziosi dei soldi.» Prese le mani della moglie tra le sue e le strinse forte. «Ce la possiamo fare, Zo. Dobbiamo farcela. Perché l'alternativa non è piacevole.»

Dietro di loro, la voce di Jurnee spezzò il momento. «Passiamo da quella finestra?»

Oliver fissava Zoe negli occhi, con una muta esortazione.

Lei sapeva che il marito aveva ragione. Non potevano restare lì per chissà quanto tempo. Anche prima che la loro cucina venisse distrutta e contaminata da sangue e viscere, inevitabilmente il cibo sarebbe finito e probabilmente presto se ne sarebbe andata anche la corrente.

«Va bene. Ma se il cibo in chiesa non c'è più? E se nella villa c'è qualcuno che non vuole dividerla con noi? Allora che facciamo?»

«In tal caso continueremo a percorrere la strada finché non troveremo un posto sicuro.»

Il soffitto tremò sopra di loro. Zoe alzò lo sguardo e vide le piastrelle bianche del controsoffitto che stavano diventando scure di sangue e altri fluidi corporei. Il tanfo della morte cominciava a filtrare fin dentro il seminterrato, ricordandole il bagno insanguinato del tribunale e provocandole un senso di nausea.

Fece un respiro profondo, sentendo il cuore batterle forte. Poi si decise. «Ok, Ollie. Facciamolo. Andiamocene da qui.»

CAPITOLO 31
VIENI A PRENDERNE UN PO'

OLIVER SI INGINOCCHIÒ, chiuse la borsa e se la sistemò sulla spalla, sul lato opposto al fucile.

«La tua .357 è carica?»

Zoe annuì, il volto teso, solcato da rughe profonde che tradivano paura e tensione.

«Ce la faremo, Zo, te lo prometto.» Indicò la finestra. «Usciamo e restiamo sotto il portico finché non arriviamo davanti. Sgancio la grata e corriamo verso il minibus. Facilissimo.»

Guardò nuovamente fuori dalla finestra, attraverso la grata. verso il giardino. Ancora tutto tranquillo. Niente zombie e niente pioggia. Un piccolo miracolo. Quando aprì il chiavistello e sollevò la finestra, una folata d'aria fresca penetrò dentro.

Al piano di sopra, la porta si incrinò con uno schiocco, seguito da un frastuono di legno spaccato, grida affamate e corpi che cadevano giù per le scale.

«Corri! Corri, Zoe!» urlò Oliver, sollevando Jurnee e passandola oltre la finestra.

Ai piedi delle scale, il pavimento era coperto da un

ammasso di corpi. Quelli che una volta erano stati i suoi vicini di casa ora si contorcevano in un groviglio di non morti sporchi e insanguinati. Sibilavano e ringhiavano, cercando disperatamente di rimettersi in piedi.

Oliver spinse Zoe fuori dalla finestra. «Vai!» gridò, sbattendo la finestra e voltandosi per affrontare la folla che si precipitava. Aveva pensato di avere più tempo, un maggior preavviso prima che la porta cedesse, ma quelle maledette creature erano entrate così in fretta!

«Oliver!» urlò Zoe.

«Corri, Zoe! Vai!»

Il primo zombie era una donna, probabilmente sulla trentina. Uno squarcio sulla coscia dei suoi leggings rosa da yoga rivelava l'osso. Indossava un top a fascia macchiato di sangue; le mancava un occhio e il braccio sinistro era mozzato all'altezza del gomito.

Oliver lasciò cadere il fucile dalla spalla, lo sollevò e fece fuoco, con effetto devastante sulla testa, che si staccò quasi interamente dalle spalle. Come bonus, il tiro investì anche un uomo corpulento che era stato così sfortunato da trovarsi proprio dietro di lei. Almeno uno dei pallettoni doveva averlo colpirlo alla testa, perché cadde a terra come un sacco di patate.

Oliver, però, non poteva voltare le spalle agli assalitori il tempo necessario per raggiungere la finestra. Una scena da film dell'horror gli balenò in mente: decine di mani di zombie che lo afferravano mentre cercava di arrampicarsi, lo trascinavano giù e lo sbranavano sul posto. No, maledizione, non aveva la minima possibilità di uscire in quel modo!

«Raggiungete l'autobus!» gridò, sparando altri colpi mentre si allontanava dalla finestra per correre verso il bagno.

Dalle scale continuavano a scendere altri non morti, più

di quanti potesse contarne. Il bagno era la sua unica possibilità.

Mentre l'orda degli assalitori avanzava, Oliver si fiondò dentro il bagno e sbatté la porta, chiudendola a chiave. L'esperienza gli diceva che aveva al massimo cinque minuti prima che sfondassero anche quella barriera.

Il primo corpo che si gettò contro la porta fece incrinare il legno.

"Ok, forse un minuto", pensò, girandosi verso l'altra porta.

Già prima di entrare in bagno, Oliver aveva cominciato a elaborato un piano semplice ma chiaro. Il seminterrato era strutturato come un anello: ogni stanza si collegava alla successiva, creando un percorso circolare. Dalla sala hobby si accedeva al bagno, che a sua volta aveva un'altra porta che dava nella camera degli ospiti. Da lì si poteva imboccare un corridoio che riportava alla zona ricreativa. E lungo quel corridoio si aprivano un ripostiglio ampio e il locale caldaia. In teoria, attraversando la camera da letto e imboccando quel passaggio, avrebbe potuto aggirare la massa dei non morti e guadagnare un varco per risalire le scale. In teoria.

«Su, Oliver, sarà una passeggiata!», si disse per incoraggiarsi.

Un pugno squarciò il legno e dita sporche si allungarono alla cieca verso la maniglia.

«Esatto, bastardo! Sono qui! Vieni a prenderle!», urlò Oliver, uscendo dal bagno per entrare nella camera da letto e chiudendo la porta dietro di sé. Dalla parte della camera non c'era alcuna serratura. Muovendosi rapido, gettò sul letto la borsa delle munizioni e il fucile, afferrò il comò e lo spinse davanti alla porta. Dato che la porta era all'angolo del muro, fece del suo meglio per incastrare il mobile tra la parete e l'uscio. Ci sarebbero voluti venti uomini per aprire quella porta e avrebbero dovuto spingere il comò attraverso il muro per farlo. Oliver si rimise la borsa a tracolla e afferrò il fucile. Il fattore cruciale ora era non farsi sentire.

Attraversò silenziosamente la camera rivestita di moquette, rendendosi conto che era impregnata d'acqua: le tubature rotte in cucina avevano allagato tutto. A ogni passo, l'acqua gelida gli penetrava nelle scarpe. Le mani gli tremavano così tanto da far tintinnare il fucile in modo preoccupante. Fece un respiro profondo, cercando di calmarsi. Poi, con un movimento lento e misurato, sbirciò dietro l'angolo del corridoio, come se si aspettasse di trovare uno zombie in agguato.

Il corridoio era immerso nell'oscurità ma libero, riempito solo dall'eco dei lamenti e dei colpi dei morti viventi. In fondo, proprio dietro l'angolo, si trovavano le scale: la sua unica possibilità di fuga. Sperava con tutto sé stesso che l'intero branco fosse concentrato nel bagno e che le scale fossero sgombre. Avanzò piano, passo dopo passo. Cosa avrebbe fatto se lo avessero assalito? Sarebbe dovuto tornare indietro, rifugiandosi di nuovo nella camera da letto. E poi? Avrebbe dovuto aspettare che se ne andassero, come Zoe aveva suggerito? Un altro passo. L'odore lo investì di colpo: feci, carne in putrefazione, morte.

Se fosse stato costretto a tornare nella camera da letto, la porta li avrebbe tenuti a bada? Almeno quella da dentro poteva chiuderla ma avrebbe dovuto rinforzarla. Forse avrebbe potuto usare la struttura del letto per puntellare la porta. Poi, con la borsa piena di munizioni, avrebbe potuto affrontarli un colpo dopo l'altro. Ma, in fondo, lo sapeva bene: non sarebbe mai riuscito a vincere quella battaglia.

Raggiunse l'estremità del corridoio e si fermò. Oltre

l'angolo, sentiva i gemiti disperati e le grida di dolore degli zombie. Sembrava quasi che la stessa forza che li spingeva a nutrirsi di carne e cervelli umani usasse i morsi della fame per motivarli. Forse quei parassiti avevano la capacità di moltiplicare il dolore di cento, mille volte? Con cautela, sbirciò dietro l'angolo.

Almeno una trentina di zombie si accalcavano contro il bagno, spingendosi e sgomitando come in un pogo durante un concerto heavy metal. La porta del bagno era ormai completamente distrutta e il piccolo spazio era pieno di altri non morti che si accanivano sulla seconda porta. Da ogni loro gemito tormentato, da ogni ansito rabbioso, trapelava la disperata necessità di affondare i denti nella carne di Oliver, di divorare il suo cervello.

Fissando la nuca degli zombie, notò un dettaglio mai visto prima. Fino a quel momento li aveva combattuti sempre di fronte ma vederli da quella prospettiva gli rivelò qualcosa di molto strano.

Alla base del cranio, ognuno di loro mostrava un rigonfiamento ovale. Cosa ancora più inquietante, osservando un uomo calvo e a torso nudo in fondo alla calca, vide quel rigonfiamento muoversi. Si agitava, convulso, sotto la pelle.

"Che diavolo...?" Se fosse riuscito a uscirne vivo, avrebbe dovuto parlarne con Zoe.

Si ritirò dietro il muro e fece un respiro profondo. "Mantieni la calma, Oliver. Puoi farcela." Tutto ciò che doveva fare era girare l'angolo e correre su per le scale.

In un certo senso, l'operazione non era così diversa dalle missioni di recupero che aveva fatto in passato. Tante volte si era dovuto intrufolare in un porto privato, in un hangar d'aeroporto o nel garage di qualcuno per prelevare un bene senza farsi catturare. Ma in quei frangenti, se fosse stato scoperto, rischiava di essere preso a pugni, nel caso peggiore a fucilate, ma certamente non aveva mai dovuto preoccuparsi di essere mangiato vivo!

Oliver deglutì con fatica e si sporse ancora da dietro il muro, questa volta allungandosi di più per gettare un'occhiata verso le scale. I resti della porta distrutta giacevano sparsi al piano di sotto, intrisi di dense chiazze di sangue vischioso. Tre cadaveri, quelli degli zombie a cui prima aveva sparato in testa, giacevano contorti sui gradini.

Oliver si nascose di nuovo dietro il muro e si preparò. "Ora o mai più."

Si piegò di nuovo in avanti, pronto a scattare, ma il cuore gli si gelò e si bloccò paralizzato. In cima alle scale, una sagoma apparve sulla soglia.

"No. No. No!", urlò dentro di sé. "Resta fermo lì, Louie. Per l'amor di Dio, non..."

Il cane abbaiò e iniziò a scendere le scale.

La folla di non morti si voltò.

Con appena dieci metri a separarli, Oliver scattò di corsa verso le scale, saltando sui cadaveri e scivolando nel sangue. «Vai, Louie! Dannazione, corri!».

Louie si voltò, correndogli incontro.

Oliver non osò girarsi, ma non ce n'era bisogno: poteva sentirli salire di corsa le scale dietro di lui, le loro grida disperate che si trasformavano in gemiti di eccitata anticipazione.

In cima alle scale, Oliver intravide il frigorifero e la macchina del gas rovesciati. Senza farci caso, proseguì girando l'angolo, rischiando di inciampare sul tavolo della cucina fuori posto, che giaceva capovolto.

D'istinto, lo scavalcò con un salto, trafitto dal dolore proveniente dal piede ferito.

Dietro, gli zombie si arrampicavano l'uno sull'altro per raggiungerlo: alcuni strisciavano sul pavimento, altri riuscivano a restare in piedi.

Ignorando il dolore lancinante al piede, Oliver puntò dritto alla porta sul retro. Attraversando la cucina per entrare nel ripostiglio, un odore lo colpì all'improvviso. Non era la solita puzza di escrementi, sangue e decomposizione, ma qualcosa di diverso: gas. "La macchina del gas", pensò.

«Louie! Fuori!» urlò.

Il cane corse fuori dalla porta sul retro un attimo prima di lui. Oliver si chiese se davvero avrebbe avuto il coraggio di farlo...

Uscì sul portico, si voltò e sollevò il fucile.

Gli zombie si riversavano fuori dalla porta.

Oliver aprì il fuoco. Ma non contro di loro: mirò invece alla finestra a bovindo, ancora coperta di pannelli di compensato. I pallettoni colpirono il legno ma la finestra resse. «Dai, cazzo!» urlò, sparando ancora e ancora. Il primo zombie, l'uomo calvo a torso nudo del seminterrato, gli era ormai addosso e si rese conto di aver commesso un terribile errore. Avrebbe dovuto continuare a correre.

Estrasse la .45 dalla fondina e sparò allo zombie a bruciapelo. La seconda non morta non fece in tempo a superare il portico: il proiettile le trapassò l'occhio destro e le fuoriuscì dalla nuca in un getto di sangue. Ma erano troppi, troppi.

«Ti prego. Ti prego. Ti prego...» gemette Oliver, puntando la pistola di nuovo verso la finestra e sparando furiosamente.

Con un boato, la casa prese fuoco. Il tetto si sollevò; le fiamme squarciarono la finestra a bovindo e la porta sul retro, spandendosi tutto intorno.

Oliver si sentì investire da un'ondata di calore ardente;

la forza dell'esplosione lo sollevò da terra. Mentre veniva scagliato all'indietro, l'oscurità lo avvolse. L'ultima cosa che vide prima di perdere i sensi fu un'orda di zombie in fiamme che uscivano dalla porta sul retro e correvano dritti verso di lui.

CAPITOLO 32
IL BUS

ZOE APRÌ la porta a soffietto rotta dell'autobus. Vide che il gradino più basso era coperto di liquido rosso e disseminato di schegge di vetro. La porta di vetro era ridotta in frantumi e, all'angolo del parabrezza, dal lato del passeggero, c'era un foro grande quanto un piede. Sollevò Jurnee e la posò sul gradino successivo, che sembrava asciutto. La bambina salì nel corridoio; Zoe saltò lo stesso gradino per raggiungerla. Uno sguardo rapido le confermò che il resto dell'autobus era asciutto. Sapeva, grazie alle sue ricerche, che se la pioggia rossa non ti colpiva direttamente, cadendo in punti sensibili come gli occhi, la bocca o dentro una ferita aperta, i parassiti morivano rapidamente, incapaci di sopravvivere più di qualche secondo senza un ospite. Ma non aveva alcuna intenzione di mettere alla prova questa teoria sguazzando in quella merda.

«Jurnee. Ascoltami. Devi restare qui, va bene?» disse Zoe, guardando fuori attraverso il parabrezza incrinato.

Jurnee, con la bambola stretta tra le braccia, la guardò terrorizzata e scoppiò a piangere. «Non puoi lasciarmi qui!»

Zoe si chinò per guardarla negli occhi. «Ascoltami.

Oliver è bloccato lì dentro e ha bisogno del mio aiuto. Riesci a essere coraggiosa solo per un minuto e aspettare qui... per Oliver?»

La bambina si asciugò il naso sulla manica e annuì. «Prometti che farai in fretta?»

«Lo prometto», rispose Zoe, rialzandosi per scrutare il giardino di fronte alla casa. Non aveva un piano preciso ma sapeva che doveva tentare qualcosa. Forse poteva attirarli fuori per dare a Oliver il tempo di scappare. Ammesso che fosse ancora vivo. Si rimproverò subito per quel pensiero..

Non vedendo alcun segno degli infetti, ridiscese i gradini. Decise di aggirare la casa dal lato del garage, raggiungere la porta sul retro e iniziare a urlare. Forse sarebbe riuscita a trascinarli fuori dal seminterrato e dare a Ollie una possibilità di...

Una serie di spari la fermò. Zoe si accucciò d'istinto. Erano gli spari di un fucile a pompa e provenivano dal giardino sul retro! Si alzò e corse attraverso il vialetto, girando attorno al garage.

Altri colpi. Poi il terreno tremò, e un boato fece esplodere la finestra del garage. Zoe alzò le mani d'istinto, senza riuscire a capire cosa stesse succedendo. Sapeva che c'era stata un'esplosione ma solo quando girò l'angolo vide davvero l'entità del disastro.

Si fermò, osservando la scena. La loro casa era in fiamme. Lingue di fuoco si levavano dal tetto e dalle finestre. Ma il suo sguardo corse subito all'uomo riverso sull'erba. «Oliver!»

Si lanciò verso di lui, mentre gli infetti, trasformati in torce umane, si riversavano fuori dalla porta sul retro come un'orda di mostri divorati dal fuoco. Dietro Oliver c'era il fedele Louie, che stringeva tra i denti il colletto della sua camicia di flanella e tirava con tutte le forze, cercando freneticamente di trascinarlo lontano dai non morti in fiamme.

Ma quelli continuavano ad avanzare imperterriti, ruzzolando giù per i gradini, strisciando e artigliando il terreno, come se le fiamme non avessero il potere di distoglierli dal loro intento. Si comportavano come se non sentissero che il fuoco li stava divorando, bruciando vivi! O meglio, li stava bruciando da morti viventi...

Zoe estrasse la .357 dalla cintura e sparò al primo, proprio mentre quello afferrava Oliver per la caviglia. Il colpo mancò la testa ma lo colpì alla spalla. Zoe corse di nuovo in avanti, avvicinandosi all'obiettivo. Impugnando l'arma con entrambe le mani, prese la mira e stavolta, a tre metri di distanza, fece saltare in aria la testa dell'uomo in fiamme.

Poi si girò verso la folla. Tre malati collassarono prima di arrivare a tiro, evidentemente danneggiati in modo irreparabile dalle fiamme, o dall'esplosione, ma altri sette continuarono ad avanzare. Zoe sparò più volte, riuscendo a stenderne soltanto due prima di esaurire le munizioni. «Svegliati! Svegliati, Oliver!» implorò, sollevando il suo fucile. Lo caricò e premette il grilletto, ma non accadde niente. «No! No! Forza, Oliver, svegliati!» gridò, schiaffeggiandolo in faccia.

Tre malati li raggiunsero e iniziarono a tirare Oliver per i piedi. Uno, forse una donna, anche se era difficile dirlo a causa della testa calva e della pelle coperta di vesciche, gli morse il piede. Oliver spalancò gli occhi, gemendo: «La mia pistola...» Sollevò la mano, mostrando l'arma che stringeva.

Zoe gliela strappò, la puntò e fece fuoco. Il proiettile trapassò il cranio della donna, che crollò di peso sui piedi di Oliver.

Zoe sparò altri quattro colpi rapidi in rapida successione. Nonostante la distanza tanto ravvicinata, metà non centrarono la testa degli infetti. Ma alla fine, quando ebbe finito tutti i proiettili della .45, tutti gli zombie che non erano stati completamente divorati dalle fiamme giacevano a terra morti.

«Oliver?» ansimò Zoe, lasciandosi cadere a terra. «Stai bene?»

«Credo di sì...» gemette lui, mettendosi faticosamente a sedere. Di fronte ai loro occhi il tetto della casa collassò su se stesso.

«Era tutto quello che avevamo», mormorò lei. Ma sapeva che non importava. L'unica cosa che contava era che fossero vivi.

Un movimento dall'altra parte del cortile catturò lo sguardo di Zoe. «Alzati, Oliver.»

«Sì... dammi solo un secondo per schiarirmi le idee», disse lui portandosi una mano sul volto.

«Non c'è tempo. Su! In piedi!» insisté lei, tirandosi su e gettandosi il borsone delle munizioni sulla spalla. «Adesso! Muoviti!»

«Zo, che cavolo...» Si ammutolì, vedendo il motivo della sua agitazione.

Dal lato sud del giardino, decine di figure stavano sbucando dalla sottile fascia di bosco che separava la loro casa dalla strada accanto.

Una donna obesa, in una camicia da notte a fiori, lanciò un urlo straziante. Tanto bastò: gli infetti risposero al suo grido di guerra lanciandosi fuori dal bosco in una corsa disperata.

Zoe afferrò Oliver, che barcollava. «Dobbiamo scappare!»

«Mi gira tutto...!»

Lei gli tenne la mano, guidandolo mezzo zoppicante intorno al garage, con gli infetti alle calcagna.

Sali, Louie!» gridò.

Il cane abbaiò e si lanciò sulle scale, sparendo nel minibus.

«Louie!» esclamò Jurnee risollevata.

Salendo di corsa sul minibus, Zoe lasciò cadere la borsa, chiuse la porta e si precipitò al posto di guida.

«Sai guidare questo coso?» chiese Oliver, lasciandosi cadere sul sedile accanto a Jurnee.

«Lo scopriremo presto!» rispose lei, mentre la folla si gettava contro il muso dell'autobus, iniziando ad arrampicarsi.

Girò la chiave: il motore si accese rombando. «È solo un grosso SUV, no?» cercò di scherzare, ma Oliver non rispose.

«Oliver?» lo chiamò, voltandosi verso di lui mentre usciva dal vialetto.

«Uh-oh... credo che sia stanco», disse Jurnee.

Zoe inchiodò, scaraventando un uomo con la camicia a quadri zuppa di sangue dal cofano contro il parabrezza già crepato. Il vetro cedette di schianto: l'uomo lo sfondò in una cascata di schegge, piombando a testa in giù sui gradini del bus. Sibilando come un serpente arrabbiato, si raddrizzò, balzò in piedi e si mise a correre su per i gradini.

«Tieniti forte, Jurnee!» urlò Zoe, affondando l'acceleratore proprio mentre l'uomo metteva piede sul bus.

Il veicolo schizzò in avanti di colpo, facendo cadere l'intruso lungo il corridoio verso il fondo del mezzo. Zoe continuava a spingere sull'acceleratore, tenendo lo sguardo incollato allo specchietto retrovisore, sfrecciando su per la collina. I rami degli alberi graffiavano il lato del conducente, tanto lei sterzava, portando l'autobus quasi nel fosso. Non poteva fermarsi. Non ancora. C'erano troppi inseguitori.

Ma nonostante il suo disperato tentativo di allontanarsi il più possibile prima di fare una sosta, non poteva permettere che quell'uomo raggiungesse Jurnee. Cercò di dare un'occhiata a Oliver, di capire in che condizioni fosse, ma tra l'uomo malato che avanzava nel corridoio e lo sforzo per mantenere il bus in strada, non riusciva a scorgerlo.

Jurnee urlò.

Louie balzò dal sedile, avventandosi sull'uomo prima che raggiungesse la bambina. Gli strinse le fauci intorno alla gola ed entrambi caddero nel corridoio. Svoltando da Brandywine Road su Lake Drive, Zoe abbatté una cassetta postale di plastica verde. Inchiodò, sperando di essersi allontanata abbastanza dall'orda dei non morti. Saltò giù dal sedile ed estrasse la .357 dalla fondina.

«Jurnee, tappati le orecchie!» disse, alzando l'arma. «Louie! Qui!»

Il cane mollò la presa sulla gola dell'uomo e corse dalla bambina, mettendosi davanti a lei. Si voltò, ringhiando a denti scoperti.

L'uomo si rialzò barcollando, con la gola lacerata che lasciava scoperto l'esofago, eppure continuava ad avanzare come ignaro della sua ferita mortale.

Zoe sparò due colpi. Il primo mancò completamente il bersaglio, ma quando la testa dell'uomo si riversò all'indietro capì che il secondo aveva fatto centro. L'uomo cadde di schiena.

Un movimento all'esterno attirò la sua attenzione. «Merda!» esclamò Zoe, saltando di nuovo al posto di guida. Gli infetti stavano salendo a frotte sulla collina. La scena ricordò a Zoe la *Zombie run* di 5 km che aveva luogo a River City ad Halloween.

Premendo sull'acceleratore, si lanciò a tutta velocità lungo la strada. Il quartiere sembrava una zona di guerra:

molte case carbonizzate, altre saccheggiate, automobili abbandonate ovunque, ammassate sui bordi della strada, nei giardini, una addirittura piantata nella facciata di una casa.

Zoe si faceva strada come poteva, costretta più volte a uscire di carreggiata per aggirare veicoli abbandonati. Ma, sul punto di imboccare la strada che usciva dal quartiere, vide una scena che le tolse il fiato.

Un piccolo aereo passeggeri si era schiantato nel campo di un contadino. Nel tragitto aveva raso al suolo tre case, ribaltato diverse auto e danneggiato gravemente altre abitazioni. A soli quattro giorni dall'inizio dell'incubo, ed ecco cosa era diventato il mondo. O almeno, il suo mondo.

Soltanto una volta lasciatasi alle spalle i caseggiati e ben avviata sulla strada di campagna che scorreva tra campi di mais deserti, Zoe si sentì abbastanza al sicuro da fermarsi.

Tirò il freno a mano e corse verso Oliver e Jurnee.

Le lacrime rigavano il viso della bambina. «Credo che Oliver si sia fatto male.»

Oliver era seduto con la testa reclinata contro il finestrino.

«Oliver! Oliver, svegliati!» gridò Zoe, esaminandolo freneticamente in cerca di ferite. Poi guardò Jurnee, confusa, implorando una risposta.

La bambina indicò la vita di Oliver.

Sotto di lui si allargava una macchia rossa.

«Oddio... no!» Lo afferrò, piegandolo in avanti. La schiena era inzuppata di sangue che colava nei jeans. Zoe seguì con lo sguardo la traiettoria del sangue, risalendo lungo la maglietta fino a un foro all'altezza della scapola. «Oh, Oliver...» mormorò, con la voce spezzata. Tirò via la maglietta appiccicata alla pelle, infilò le dita nel buco e tirò con forza, lacerando i tessuti. Un frammento di vetro largo almeno due centimetri sporgeva dalla sua schiena.

Zoe volse lo sguardo verso la parte anteriore dell'autobus. Sopra il cruscotto, montate vicino al soffitto, c'erano due scatole di plastica: una riportava "Kit per la pulizia dei fluidi corporei" in lettere bianche; l'altra, in rosso, "Pronto soccorso". Corse a prendere quest'ultima.

Tornata sul retro, disse: «Jurnee, non voglio che tu guardi, ok?» Spostò la testa di Oliver, appoggiandola contro lo schienale del sedile davanti.

«Guarirà?» chiese la bambina, tirando su col naso.

Zoe lottò per non lasciarsi travolgere dal panico. La verità era che non lo sapeva. Stava perdendo sangue in quantità preoccupante e senza stetoscopio non poteva dire se avesse un polmone perforato.

«Io... non lo so», ammise, rifiutandosi di mentirle. «Ora guarda da un'altra parte, d'accordo?.»

Jurnee abbracciò la sua bambola, strinse forte gli occhi e si voltò di lato. «Ti prego, Oliver... cerca di guarire! Ti prego!»

Fu in quell'istante che Zoe lo comprese fino in fondo: non solo amava suo marito, ma era ancora innamorata di lui. Si era comportato in modo odioso con lei ma come le stelle hanno bisogno del cielo notturno per brillare, lei aveva bisogno di Oliver. Senza di lui, non c'era luce dentro di lei, nessun bagliore...

Trattenne le lacrime e fece un respiro profondo. "Sono una professionista esperta. Posso gestirlo." La sua esperienza avrebbe dovuto rassicurarla ma in realtà proprio questa le insegnava che la ferita avrebbe potuto essere grave per le potenziali conseguenze: danni ai nervi, gravi lesioni muscolari, un polmone perforato. In circostanze normali l'avrebbe portato di corsa al pronto soccorso.

Afferrò il frammento di vetro con le pinzette e tirò. Un centimetro. Poi due. Poi tre.

«Sei un disgraziato, Oliver McCallister!», mormorò tra sé.

Sangue fresco iniziò a sgorgare dalla ferita. Zoe lasciò cadere il pezzo di vetro nel kit di plastica e applicò una garza sulla parte interessata, premendo con forza. Nonostante il panico che la attanagliava, la sua mente iniziò a elaborare considerazioni cliniche.

Il sangue non era schiumoso, come sarebbe stato nel caso provenisse dal polmone, segno che quest'ultimo era intatto. Inoltre, la scheggia presentava una strana angolazione, quindi forse non era entrata dritta e non si era spinta troppo in profondità. Un altro elemento positivo: era quasi certa di averla estratta tutta. La punta era integra, quindi non si era spezzata all'interno dell'organismo.

"Bene. Ora ferma l'emorragia", si disse, premendo forte contro la schiena di Oliver.

«Posso guardare?» chiese Jurnee.

«Va bene... ma c'è tanto sangue. Sei sicura di volerlo fare?»

La bambina annuì. Aprì un occhio, sbirciò. Poi aprì anche l'altro e si sporse, cercando di vedere meglio. «Sta bene adesso?»

«Non lo so. Ha perso molto sangue», ammise Zoe, cercando di mantenere la voce ferma. «Adesso devo fermare l'emorragia.»

«Posso aiutarti?»

Zoe rifletté. «In realtà, sì. Puoi tenere questa garza sulla ferita e spingere con tutta la tua forza?»

Jurnee annuì.

«Bene; è di fondamentale importanza non mollare mai e spingere forte. È la pressione che può fermare il sangue.» Le fece segno di scavalcarla.

Non le sfuggiva l'enormità di chiedere aiuto a una

bambina di sei anni per tamponare una ferita grave. Si augurò che non ne restasse impressionata al punto da soffrire poi di incubi. Ma dopo tutto quello che la povera bambina aveva già visto, difficilmente sarebbe stata quella medicazione a perseguitarla nei sogni. E finché non avesse sollevato la garza, non avrebbe visto il taglio. Inoltre, Zoe aveva bisogno di un altro paio di mani per ciò che veniva dopo.

Jurnee si alzò in piedi sul sedile, appoggiò i palmi delle mani sulla garza come se si stesse preparando a praticare la rianimazione cardiopolmonare, e premette verso il basso, il viso contratto per lo sforzo.

«Brava. Tieni così per un attimo mentre preparo del cerotto.»

Rovistò nel kit. C'erano cerotti, bende, persino bendaggi compressivi, ma poiché la ferita era sulla schiena, non sarebbero stati efficaci. Con sua sorpresa, notò un pacchetto di Steri-Strip. I cerotti per sutura non facevano parte della normale dotazione dei kit, ma per qualche ragione quello li conteneva, o forse qualcuno li aveva aggiunti. In ogni caso, in mancanza di aghi e filo da sutura, erano esattamente ciò di cui aveva bisogno. Gli Steri-Strip erano una via di mezzo tra un cerotto e una sutura. Non richiedevano l'uso di ago e filo, ma avevano una tenuta eccezionale ed erano in grado di chiudere i tagli.

Preparò le strisce e aprì una nuova confezione di garze sterili. «Ok, puoi lasciare andare. Ma quando lo fai, devo togliere quella garza, perciò chiudi gli occhi.»

«Voglio vedere come lo sistemi», disse Jurnee decisa.

«Sei sicura?» chiese Zoe.

Con gli occhi ancora lucidi, ma l'espressione ferma, la bambina si raddrizzò. «Sono sicura.»

«Togli la garza.»

Jurnee sollevò lentamente il tampone imbevuto di sangue, rivelando una ferita di circa due centimetri e mezzo. Aveva quasi smesso di sanguinare.

Zoe alzò lo sguardo verso di lei. «Stai bene?»

La bambina annuì, senza distogliere lo sguardo. «È una brutta ferita», mormorò.

«Lo è, ma la ricomporremo con del nastro speciale.» Si sforzò di sorridere, ma dentro di sé avrebbe voluto gridare. "Oliver, maledizione! Non farmi questo. Non qui, non ora!" Non aveva nemmeno avuto la possibilità di dirgli che lo aveva perdonato per le bugie. Lo aveva fatto. Lo avrebbe fatto! Se solo... "Solo, ti prego, svegliati!"

Lo voleva fare. *Ti prego, svegliati.*

«Allora Oliver si sveglierà?» chiese Jurnee.

Il sorriso di Zoe si spense. «Io... credo abbia bisogno di riposare un po'.» La verità era che non lo sapeva. Aveva perso tanto sangue. Ma la sua paura più grande era che non si sarebbe mai più svegliato, che stesse scivolando nel... Non riuscì a completare quel pensiero. Non voleva permettersi di formularlo.

Scacciando via quell'idea orribile, pulì la ferita con lo iodio del kit, la tamponò e applicò con mano ferma tre strisce sterili, serrando i lembi della pelle. Con sua sorpresa, Jurnee non distolse lo sguardo neppure un attimo, seguendo ogni gesto.

«E adesso?» domandò la bambina.

Zoe guardò fuori dal finestrino, spaziando sulla distesa di campi aridi. Il sole era alto ma il cielo, cosparso di nuvole, si stava scurendo all'orizzonte, come se stesse per piovere. Zoe guardò di nuovo il parabrezza rotto. «Dobbiamo andare» disse, lasciando ricadere Oliver sul sedile. Ancora incerta sull'entità delle sue lesioni interne, lo lasciò seduto, appoggiato contro la parete del minibus.

«Puoi restare qui a tenerlo d'occhio?»

Jurnee annuì.

Zoe la prese in braccio, stringendola con forza. «Grazie, Jurnee», disse con un sorriso tirato. Non aveva alcuna voglia di sorridere, ma la gratitudine era sincera. Quella bambina era di un coraggio incredibile. Nonostante gli orrori che entrambe avevano vissuto per arrivare a quel punto, Zoe era felice che fosse lì, con lei.

Louie saltò sul sedile accanto a Jurnee e si accucciò.

"E adesso?"

Adesso avrebbe seguito il piano di Oliver.

Avrebbe guidato fino alla chiesa. Se lui non si fosse svegliato prima, sarebbe entrata da sola e avrebbe preso tutto il cibo possibile. Poi avrebbero raggiunto la villa che Oliver le aveva descritto. L'importante era arrivarci prima che iniziasse a piovere, senza farsi sbranare dai malati, e pregare che la villa fosse abbandonata.

Ormai determinata, tornò al posto di guida. Cosa sarebbe potuto andare storto?

Un tuono rimbombò in lontananza, attirando la sua attenzione su un orizzonte irreale: i rossi dardi del sole trafiggevano un cielo sempre più denso di nubi insanguinate, simili a batuffoli di cotone tutti intrisi e pronti a riversare il loro carico sulla terra.

Zoe rimise in marcia, riportando il bus sulla strada. "Oliver, ti prego... fa' che il tuo piano funzioni!"

RINGRAZIAMENTI

Come sempre, desidero ringraziare la mia amatissima moglie. Ancora una volta mi hai concesso il tempo necessario per creare le mie storie folli, e per questo ti sono grato e riconoscente.

Mamma, anche oggi, a molti anni dalla tua prematura scomparsa, continui a ispirare la mia vita e il mio lavoro. Mi manchi.

Vorrei ringraziare il mio team di editing, in particolare Kristen Tate della Blue Garret. Ci siamo di nuovo, con il primo libro di una nuova serie! Sono davvero grato di poter lavorare ancora con voi.

Un ringraziamento speciale ai lettori che hanno dedicato del tempo non solo a leggere il mio lavoro, ma anche a recensirlo. Le recensioni sono davvero importanti per gli autori e le apprezzo tutte.

Infine, vorrei ringraziare i miei colleghi scrittori e lettori della community BookTok che, negli ultimi due anni, mi hanno accolto, sostenuto e reso parte di questa comunità davvero speciale. Grazie per aver condiviso la mia emozione.

Otto Schafer
31 ottobre 2023

L'AUTORE

Zoe, Oliver e Jurnee sono ancora lontani dalla salvezza ma, se il loro destino è ancora incerto, non dev'esserlo per forza anche il tuo. Per essere sempre al corrente degli sviluppi della storia, puoi andare sul sito www.ottoschafer.com e iscriverti alla mia newsletter. Nel frattempo, ho scritto un'avventura fantasy contemporanea che ti terrà compagnia durante l'attesa. Per scoprirla clicca qui: God Stones (serie di 5 libri) Edizione Kindle (amazon.com)

Se ti è piaciuto *Pioggia color ruggine*, mi farebbe molto piacere ricevere un tuo commento e spero che tu possa dedicare un po' del tuo tempo per pubblicare una recensione su Amazon. Il tuo feedback e il tuo sostegno mi aiuteranno a creare opere che possano intrattenerti anche in futuro. Desidero che tu, gentile lettore o lettrice, sappia quanto è importante la tua recensione. Se desideri lasciarne una, vai alla mia pagina autore su Amazon. Con i migliori auguri e ringraziamenti.

www.ingramcontent.com/pod-product-compliance
Lightning Source LLC
LaVergne TN
LVHW100521110826
845146LV00002B/721